徳間文庫

警視庁心理捜査官 上

黒崎視音

徳間書店

目次

……いったい、犯罪には強い連続性というものがあるのだから、
千の事件を詳しく知っていれば千一番目の事件が解決できなかったら、
不思議なくらいなものだ。

——サー・コナン・ドイル

『緋色の研究』

……私は家なしだった。雨露をしのぐ煉瓦造りの家がないのではなく、
わかって、包んで、愛してくれる心がないために。

——聖マザー・テレサ

生まれつき凶悪無残
血に飢えて飽くことを知らない
食った方が食った後よりなおひもじいという奴だ

——ダンテ

『神曲』第一歌

プロローグ　端緒

今日は、俺の解放される日だ……。

深い満足と共に思わず呟（つぶや）いた言葉が口から漏れると、暗闇に白く凍り、冬の虚空に吸い込まれ、消えた。

狭い路地裏だった。大人二人が肩を並べれば一杯になるほどの、街灯の光さえ届かない都会の片隅、無数の闇の一つ。

見下ろしていた視線を上げ、男は身軽にきびすを返し、歩き始めた。呼吸が乱れないのが愉快だ。むしろ重荷を下ろしたように軽快だ。

——初めてにしては、上出来じゃないか……？

人生は何事も、最初の一歩で全てが決まると、男は考える。俺の今の態度はどうだ。慌（あわ）てもせず、堂々としている。今、自分のしたことと同じことをする奴は数多いだろうが、俺のように動じない男はいない。最初はどんな奴でも慌てふためいて逃げ帰り、三回目から、ようやく思い通りになるという……。

俺は逃げない。ただ立ち去るだけだ。

顎を上着のふわふわした襟元に埋め、歩く間に、四肢が自然に震えてくる。下腹のあたりから憎しみより冷たく、怒りより熱い感情の滾りが、いまさらのように背骨を這い昇り、全身に広がってゆく。

俺は興奮しているのか？　これまでどんな時も冷たかった自分の心が？

そうじゃない……心の片隅から響く声があった。

男は足を止め、その囁きに耳をそばだてた。

そんなありふれたものではない。偽りの自分を捨て、初めて自分の純粋な欲望に従った証──。

歓喜なのだ。

生まれてからずっと着けていた仮面を捨て、初めて自分の素顔を今、見た思いがする。

今日からの俺は、昨日までの自分とは違う。あらゆる道徳はもはや無意味だ。この闇が自分を守ってくれる。そして俺は、闇から自在に姿を現し、獲物を再び闇の中に連れ去ってゆくのだ。

男は鉄錆の臭いがわずかにただよう空気を深く吸い込んだ。今にも口を割って、大声で哄笑したくなるのを奥歯でかみ殺す。

再び歩きだそうとして、男は束の間逡巡した。

真っ白になった心の一点に、ぽつんと小さな点が生じていた。

その意味に気づくと男は狼狽し、悲しげな顔になった。お預けを喰った犬のような表情になる。

小さな点は、失望感だった。

男は気を取りなおして歩き出した。そして、思った。

――まあいい、次はもっと巧くやることにしよう……。

女が……女が俺を危険にする。

男は、声にならない忍び笑いを漏らし、肩を震わせ、誰に見られることもなく立ち去っていった。

残されたのは、凍てつく路地の暗闇で、場違いに扇情的な姿勢を取らされた女の死体だけだった。

――そして、霙混じりの小雨が静かに降り始めた。

一時間後、通報を受けた警視庁通信指令本部の指令台から、緊急指令が発せられた。

「警視庁より各局、各移動、各受令器携行員――」

事件発生を告げる、第一報だった。

第一章　臨場

現場の台東区蔵前の路地には、深夜という時間帯と雨にもかかわらず、すでに野次馬や近所の住人が集まって来ていた。

小雨の中、次々と集結する警察車両の赤色灯がアスファルトに反射し、その辺りだけ日常から切り取っている。

現場を管轄する蔵前署員によってテープと現場保存のための青いビニールシートが張られ、現場を衆目から隔離していた。

本庁鑑識課の到着を待っていた蔵前の鑑識係も採証活動を開始し、微物、足跡、遺留品を検索している。

鑑識課員らが使う強力なライトの光が、腹這いに近い体勢のために、注意深い血痕追跡犬のように見える自分たちの姿と、次々にビニールシートを捲って姿を見せる捜査員たちを、まるで影絵のように浮かび上がらせる。

その外側では、不安気な表情で囁き合う人々に、現場を受け持ち区とする第一機動捜査隊の捜査員が、活発な聞き込みを行っている。都内八カ所に分駐し、車両のもつ機動力を最大限に生かす彼らこそ、鑑識と共に初動捜査の要だった。

一台のパトカーが現場から少し離れた場所に到着し、後部座席から私服姿の二人の初老の男が降り立った。野次馬を掻き分け、現場に近づく。二人ともコートを着込み、臙脂色の下地に黄色で〝捜一〟と縫い取られた腕章をしていた。一方の、やや年齢が上の男の腕章には文字と同じ黄色で上下にラインが入っており、男が捜査一課の管理官であることを示している。

木綿の白手袋をはめ、靴にビニールの現場保全用カバーを付けてから、立番の警官が敬礼と共に持ち上げるテープを無言で潜り、シートを捲ると、現場に入る。

狭い路地の幅一杯、両側のコンクリート塀の下まで溢れた被害者の血が、靴底を覆ったカバーにべたりと張りつく不快な感触に、管理官の男は眉をひそめながら死体に近づく。

死体はまだ若い女性だった。

しかし、その死体が死後犯人によって取らされている姿勢は、異様だった。

長年の習慣で、男は心中、自分だけの実況検分調書を書き始めた。

〈……死体は十代後半から二十代前半の中肉、身長一五四センチ程度の若い女性で白の厚手のセーターと上着、ジーンズを着用し灯火の届かない路地上で民家の塀東側に位置し、俯（うつぶ）せで膝を曲げ腰を上方に突き出すようにして、両手は身体側方にあって後方に向き、掌（てのひら）は上方に向いている。顔面は路上に押しつけられており、口には粘着テープ様のものが貼られ前頭部及び天頂部から夥（おびただ）しい血液の流出が見られる。

下着とジーンズは太股まで下げられ、下着は鋭い刃物で切断され臀部（でんぶ）が剝（む）き出しになり、薄い赤色の斑点が腹部、大腿部に見られる。また、性器も損傷を受けているが、血液の流出は見られない〉

これが、様々な角度から死体を観察して判った全てだった。

検視官が先程から検視を行っているが、尋ねるまでもなくマル害――被害者の死因が前頭部の切創からの失血死であることは判った。人間は全血液の三分の一を失うと死亡する。場数を踏んだ捜査員なら、幾度も目にしているホトケだ。

だが、死因自体は見慣れていても、このような特異な様相を呈した死体を見たことはなかった。

それどころか、捜査一課の事件認定を担当する第一強行犯捜査の主席管理官になって三年、様々な死体を扱ったが、これほど無惨な死体は珍しいというのが、男の正直な感想だった。

　これは、と管理官はそこだけ声に出して呟（つぶや）いた。

――ホトケはここに据えられている、いや、まるで〝陳列〟されているようだ……。

　男はしばらく死体の側で黙考すると、傍らの同行してきた捜査員に訊（き）いた。

「おい、二特捜の四係は、誰か残っていたか」

「判りません、自宅から直行してきましたので」

　白い息を明かりに光らせながら、片方の男が答える。

「至急当直に連絡し、一人寄越すように伝えろ」

　連絡を受けた二特捜四係、吉村爽子（よしむらさわこ）巡査部長が警視庁から臨場したのは、それから十数分後のことだった。

　爽子はその夜、たまたま米連邦捜査局（FBI）の発表した資料を本庁六階に残って目を通していた。それは、自宅で読みたくなるような物ではなかった。

　送ってくれた覆面パトカーの運転手に、どうも、と小声で礼をいい、助手席のドアを開ける。カバー付きのクリップボードを手に小走りに現場へと急ぎながら、捜一の腕章をきちんと上腕部に安全ピンで留める。爽子は日頃から、その位置には注意している。

その理由は爽子の容姿にあった。

身長は一五七センチと小柄、顔は小さく童顔で、実年齢の二十七歳より七歳近く若く見え、報道関係者はともかく、野次馬に間違われたこともある。

しかし結局、警察官達に〝身内〟だと認識させるのは、稚気を残した端正な顔立ちではなく、その表情だ。二重瞼（ふたえまぶた）と長い睫毛（まつげ）に縁取られたつぶらな目は今、峻厳な光を宿して周囲をうつしている。

髪は長く、規則通り後ろで束ねている。束ねている、というより、ひっつめているという方が適当で、爽子の周囲にたいする態度を無言で表している。服装はいつも通りの紺系統のパンツスーツに、同じ色合いのダッフルコートを着込んでいる。没個性的だが、爽子の華奢（きゃしゃ）な身体を引き締めて見せ、同時に良く訓練された小柄な鳥猟犬種（ワイマラナー）のような印象を与えるのだった。

捜査権という牙と、忍耐、自制、規則という首輪をつけて犯罪者を追う、捜査一課の人語を話す猟犬の一人だ。

野次馬の人壁を掻き分け、テープの前まで来ると立番の警官に腕章を見せ、名乗った。

案の定、その警官は爽子の顔を一瞬見つめた後、ご苦労さんの一言と共にテープを上げた。

警官は四十代の巡査だった。上官に対する口の利き方ではなかったが、爽子は慣れている。ここで男性社会にとやかくいっても仕方がなく、また男性的抗議をするつもりもないので無言でテープを潜る。

シートをめくると同時に、ライトが照らしだす現場全体が見渡せた。

爽子は一目見ただけで、どくんと胸が鳴るのが自分でも判った。

それは、つい先程まで警視庁六階で目にしていた資料に書かれていたのと同じ光景だった。異なるのは、資料は資料に過ぎず、今目の前にあるのは現実であるということ。

そして、紛れもない〝気配〟が漂っていることだった。

異常犯罪——、それも快楽殺人。爽子が感じたのは、その気配だった。

爽子は、聞き込みや通常の捜査には加わらず、またすでに到着して代行検視を始めている検視官や、鑑識課員とも言葉を交わさず、持ってきたクリップボードを開いた。聞き込みは彼女の任務ではなかったし、人の話を聞かないのは先入観を持たないためだ。

専用の書式に、現場の状況を記録し始めた。

爽子は「心理応用特別捜査官」だった。単に心理捜査官、と呼ばれることが多い。

警視庁には特別捜査官という制度があり、これは社会や経済の発展にともなって複雑、巧妙化そして国際化する犯罪に対応すべく誕生したものだ。

水面下で進行し、現行犯逮捕や物証を得ることが困難な経済事犯に対応する「財務特別捜査官」。

語学に優れた者が選抜され、国際的な組織犯罪に対応する「国際特別捜査官」。

カルト教団による毒ガステロ事件の後創設された「科学特別捜査官」がある。

「二特捜のお出ましか。珍しいじゃないか……、何か判ったか」

周囲の喧噪（けんそう）に構わず、一人自分の仕事を続ける爽子に、事件の担当らしい第二強行犯捜査三係の捜査員が声をかけてきた。

「……まだ臨場したばかりですから」

爽子はメモから目も上げずに、無味乾燥に答えた。

「動機は何だろうな……。〝つっこみ〟か」

つっこみ、とは強姦を指す隠語だ。

殺人ともなれば、どんなベテランでも興奮するのは否めない。爽子に声をかけた捜査員も興奮からそんな言葉を口走ったのだろうが、爽子は内心怒りを覚えた。減らず口はどこか別の場所で叩けという思いが一つと、若い女性のマル害を前にして、あまりに露骨で不謹慎に聞こえたからだった。

爽子はしかし、内心の怒りを表情には出さず、

「それをいうなら一七七、でしょう」

と、動機ではなく、男の言葉を指して素っ気ない無表情な一言を端正な唇から吐いただけだった。

一七七、とは警視庁の無線通信の通話コードで、やはり強姦を意味し、刑法一七七条から取られている。

「可愛げのねえ女だ」

三係の男は、へっ、と鼻を鳴らし離れていった。

爽子は相変わらず目もくれなかった。

自分の性格はよく判っているつもりだが、三係の係長以下全員に持つ不快感は隠しようがなかった。それに、どこの国の警察でも、心理捜査を行う者は最初奇異に見られ、しばしば疎(うと)んじられる。爽子は慣れていた。

爽子は作業を一人続けた。ビニールシートの外が騒がしくなってきている。おそらく駆けつけた捜一課長が現場からの報告を受け、マスコミ相手の現場レク——事案の概要を説明しているのだろうが、捜査員には関係がない。

止まっていた雨足が、急に戻った。

束ねていた髪が雨滴を吸い、うなじに触れた。思わずペンを持つ手を止め、子供のように首を竦(すく)めた。

白い息をつき、思い出したようにわずかに額に下げた前髪を搔き上げ、疎まし気に夜空を見上げた。

その時、横から傘が差しかけられた。そちらに目をやると、長身の捜査員が立っている。顔は鑑識のライトの逆光で見えなかったが、姿に見覚えがないところをみると所轄の捜査員らしい。爽子は暇な人、と思いながらもとりあえず、どうも、とだけ口の中で呟き、再びクリップボードの用紙に視線を戻した。

爽子が一人行っている作業、それは犯人像推定、いわゆるプロファイリングと呼ばれるものだ。

プロファイリングとは、良く知られているように一九七〇年代から米連邦捜査局――FBIで研究され、開発された捜査技術だ。名称は英語で輪郭を意味する〝プロフィール〟を動名詞にした造語である。

この技術は現場に残された遺留品、死体の状況などから犯人にとっての犯行の意味を推定し、犯人の性格や年齢、身体的特徴、生活様式を心理学的、また統計学的に割り出す技術である。

この技術が最も進んでいるのはもちろん開発した米国であるが、それは、プロファイリングの効果が最も期待される異常犯罪、とりわけ性的な快楽殺人がいかに多発しているかを示している。

米国における異常犯罪者と警察当局との闘いの歴史は長い。

たとえば一九三五年、メリーランド州クリーブランドで発生した〝マッドブッチャー〟と呼ばれた連続殺人者の犯行では、シカゴのマフィアを壊滅させ、現在でも腕利きと語り伝えられるエリオット・ネス、通称アンタッチャブルが捜査に当たったにもかかわらず、犠牲者は十人にのぼり、結局犯人は逮捕できなかった。

七〇年代に入るとこの種の犯罪はピークに達し、このことに危機感を抱いたメリーランド州クワンティコのＦＢＩアカデミー、行動科学課の有志達はプロファイリング技術確立の前段階として、刑務所内で服役している凶悪犯達にたいして出張の合間を利用した調査を開始した。

これはプロファイリングの確立に大いに貢献することになった。

今日では、プロファイリング業務は凶悪犯の早期逮捕を実現できる手段として、絶大な信頼を寄せられている。

現在、ＦＢＩにおいてプロファイリングの作成業務を行っているのは行動科学課から発展的に分離した捜査支援課だが、心理分析官はたった十人で、一人四十から五十の事件をかけ持ちしているというのが実態だった。

そして、現代日本でも連続幼女誘拐事件をはじめとして、動機がこれまでの価値観では理解出来ない犯罪が多発してきた。

加えて都市生活の匿名性が広がるにつれ、隣人が何をしているかわからない、という事態が生じた。

犯罪捜査において、現場周辺にくまなく行われる聞き込み捜査、いわゆる〝地取り〟捜査は、犯罪捜査の基本である。だが周辺住民の協力が不可欠だ。

さらに、異常犯罪者のほとんどは、他人には理解できない、自分だけに理解できる動機によって犯行を行う。だから、通常捜査員が殺人の動機と考える怨恨、痴情、男女関係の縺（もつ）れ、といった面識者同士の範囲（敷鑑）で行われるとは限らず、人間関係の捜査、いわゆる〝鑑取り〟捜査でも、被疑者特定が困難な場合がある。

また、交通手段の発達から犯罪も広域化し、昔は概（おおむ）ね現場周辺二キロ四方の捜査範囲だったのが、現代では四十キロ四方に拡大している。それに対して捜査員の一日の捜査範囲は五百メートル四方と、過去と現在でもあまり差違はない。

九〇年代に入り、警視庁はそれら異常犯罪に対応する方法を模索し始めた。

そして、警視庁は新たに異常心理に起因した凶悪犯罪に対応すべく、〝犯罪捜査における心理学の応用を担当する特別捜査官〟の養成を決定した。

当然、見本にされたのはＦＢＩの捜査支援課だが、日本警察はプロファイリング技術をそのまま導入するのではなく、事件が発生すれば捜査本部の一員として一件に対して一人の担当官を専従とし、本部の捜査方針に意見を具申できるものとした。

また、必要とあれば独自の観点から捜査活動を行える権限も付与した。そのため、選抜される者は科学警察研究所の技官や、他の特別捜査官のように専門技能を持った中途採用者ではなく、捜査の経験を有し、心理学を学んだ者から選ばれた。

これが、「心理応用特別捜査官」である。

爽子は必要な基本事項を記入し終わると、いよいよプロファイリングにかかった。

血溜まりの中、コートの端に気をつけながら、死体に屈み込む。手を伸ばし、そっと剝き出しにされた身体に指先だけで触れてみる。虚無のような冷たさが手袋を通して伝わってくる。死後硬直はそれほど進んでいない。顔面は左頰を下にして地面に押しつけられ、顔を覆った髪の隙間から鼻梁しか見えなかったが、表情は見なくても判っている。一般の想像とは違い、自然死、他殺の別にかかわらず、死体は皆同じ表情をしている。——完全な無表情だ。血にまみれ、頭部を半ば覆った長い髪が無惨だ。

木綿の白手袋をはめた手を伸ばし、そっと額の生え際の髪をわずかに搔き上げてみる。

生きている人間がする、どんな悲しい表情よりも凄惨で無表情な白い顔が露わになる。口元は見えない。

ガムテープが貼りつけられていた。布製の、頑丈な作りの物だ。被害者の口からは、悲鳴や助けを呼ぶ声は漏れなかったに違いない。

頭部天頂部、前頭部に深い刺創があり、右頰にも数条の切創が見られた。頭部の傷と同じ刃物らしい。創角（傷の端）の状況から、揉み合っている間についた傷ではなさそうだ。

現場と死体の状況を考え合わせ、爽子は犯人像を推定した。

まず留意すべきは、凶器やその他、目立った遺留品が見あたらないことに加えて、粘着テープを使用するなどして、犯行時、ある種の状況の管理を行おうとしていることだ。これは「秩序型」と呼ばれる割合高い知性を持った犯人であることを示している。

マル害の女性は、現段階では性的暴行が加えられたか不明だが、刃物で性器を損傷され、下着も裂かれていることから、これは「性的殺人」の分類に含まれる。たとえ、性行為が行われていなくとも、性器に異物が挿入されれば、性的殺人になる。

そしてこれは、損傷部位からいって、面識者の犯行ではない。

面識者の犯行では、多くの場合、顔面という被害者の特徴・人格を端的に象徴する部位には、損傷を加えない。もちろん、そうでないこともまた多いが、そういう場合にはメッタ刺しの様相を呈し、生前の顔が判らないほど損傷がひどいか、何か袋や布団などを被せることが多い。これを被害者の「非人格化」という。

また、この死体のように死後俯せにして顔が見えなくするのも、「非人格化」の一つだが、この場合、遮蔽する物を使用していないことからみて面識者を殺害したほどの強度のストレスを感じていない、つまり〝流し〟——行きずりか、半分通り魔に近い状況ではないかと爽子は推測した。

面識者でないとすれば、一体誰が……。

問いかけるような気持ちで、爽子は屈んだ姿勢のまま、眼前の死体を見つめた。被害者が生きている姿を想像する。爽子の視点がふと蠟のように白くなった死体の横顔を離れ、宙を彷徨う。眼底にゆるい圧力が掛かり、うなじがちりちりする。

——来た……。爽子は思った。神経を集中し、その場にないものさえ見ようと爽子がする時、いつもやってくる感覚。

爽子は立って歩く被害者の隣を歩いていた。頭一つ、被害者より高い位置だ。爽子は犯人の視点から被害者を見ていた。路地に入って、女は物音に気づき、振り返る。間髪いれず腕が伸びる。粘着テープだ。女はそれが剥がされるビッという音に反応したのだ。

無理矢理口に押しつけられるテープに、思わず手をやる被害者。そして、第一撃が振り下ろされる……。

テープを押しつけ、凶器を取り出すまで、数瞬の間はある。被害者は若い。何故逃げられないのか。恐怖のためだろうか、それとも……。

「おう、吉村」

急に声をかけられ、爽子の幻視は終わった。

声の主を思いだし、初めて視線を上げた。気がつくと傘を差しかけてくれた人物は、どこかへ行ってしまっていた。

「田辺警部……、お久しぶりです」

立ち上がりながら答える。

「どうだ、なにか判ったか」

鑑識課検視六係、田辺博道検視官だった。検視のベテランで、大の汗かきとしても知られている。慎重、入念がモットーで、過去幾度も警視総監賞を受賞している。爽子とは、心理応用特別捜査官の養成講習で講師と受講者として知り合った。爽子の数少ない理解者の一人だった。

「ええ。……あの、マル害に性的暴行の痕跡は」

「いや、今のところ見当たらん。もっとも、署の方で詳しく検視しなければ、何ともいえんがね」

せかせかと汗を拭く。その姿は顔立ちと相まって、まるで私立中学の受験に付き添ってきた父親のようだった。もちろん、ここは私立中学ではなく、殺人現場だ。

もう、いいですかと、鑑識課員が声をかけた。爽子は自分の作業が終わるのを待っていたことに気づき、慌てて脇にどいた。

「ええ、どうも。結構です」

鑑識課員の邪魔にならない位置に移ると、田辺は被害者に手を合わせた。臨場した時と引き揚げる時にそれぞれ手を合わせるのが、田辺なりの礼儀だった。一瞬、十字を切ろうかと思ったが、爽子は手を合わせた。

田辺は腕を下ろすとき、ふと呟いた。

「そういえば、マル害は腕時計をしてなかったな」

「腕時計、ですか？」

「ああ、左手首に死斑の浮かばない場所があった。部位や形状から見て時計の跡だ。他に持ち去られた物はない。現金、カードも手つかず。物盗りの仕業でもないし、行状でもない」

圧迫を受けていた部位には、死斑は浮かばない。

「鑑識は見つけました?」

「いや、今のところ。——じゃ、また明日の会議で」

背中を丸めるようにしてそそくさと立ち去る田辺に、爽子は黙礼した。

田辺は何気なく漏らした一言なのだろうが、重要なヒントだった。

このような犯罪現場から、一見金銭的価値のない被害者の所持品が持ち去られる場合がある。

〝戦利品〟あるいは〝記念品〟と通称されるそれは、犯人が自分の犯行にどのような感情を抱いているかを示している。

それは歪(ゆが)んだ悦びと誇りだ。彼らはそれを手に夢想することによって犯行を再体験し、その時の興奮と快感を得るのだ。

これは、と爽子は思った。間違いなく異常心理に起因する快楽殺人だ。

その時、死体を担架に乗せようとしていた鑑識課員が、あっ、と声を上げた。

「どうしました?」

爽子が尋ねると、鑑識課員は顔を強張らせて、振り返った。

「……遺体を乗せようとして、仰向けにしたら……これが」

爽子は肩越しに覗(のぞ)き込んだ。

一目見て爽子は息を飲んだ。

俯せで膝を立てていた時には見えなかった被害者の腹に、子供がコンクリートに釘で悪戯書きをしたような字が刻まれていた。霙に洗われ漂白されたような皮膚に浅く刻まれた躍るような字体が、爽子を嘲笑していた。

〝ジャック・ナイト〟――そう読めた。

「出血がないということは、殺害後に書かれたんだわ……」

いわずもがなのことを爽子は呟いた。落ち着くためだった。

〝記念品〟を持ち去っていることと合わせ、爽子は考えた。

――このマル被が、犯行に暗い悦びを感じているのは間違いない。そして署名を残す大胆さ。自己中心性と自信。

爽子の脳裏に、ふと嫌な予感が灯った。

――この犯人は、犯行を続けるかも知れない。

被害者の確認のためにポラロイドで顔写真が撮られ、それを手に捜査員が慌ただしく走り去っていくのを横目にしながら、爽子は思った。

翌、一月十四日の早朝、蔵前署の訓辞室へと続く廊下を、本庁捜査一課長、平賀梯一警視正と蔵前署刑事課長、田原保警部が歩いていた。

署内は、まだ静かだ。事件発生が深夜であったため、通常の招集時間より早い七時には捜査員は集結している。通報が最も少ない時間帯で、宿直員はそろそろ起き出す時間だが、交番の勤務員は溜まった事務仕事を消化する時間帯だ。

二人の幹部は、自分たちの足音だけを聞きながら、捜査本部に向かっていた。

「本庁は二強行ですな。係はどこです？」

「三係。よろしく頼むよ」

田原の問いに、平賀は応じた。

二人は平賀が捜一で係長をしていた頃、田原がベテランの部屋長（主任。警部補）として同じ係におり、気心の知れた仲だった。

「係長はどなたですか」

「大貫警部。田原さんと入れ違いに異動してきた」

「どんな方ですか」

昨夜は田原は現場検証に当たっていたため、言葉を交わす暇などなかった。

「真面目な奴だよ」

「そうですか……」

田原はふと言葉を切った。そして、自分より上背のある平賀を見上げるようにして、いった。

「〝おばけ〟の専門家が加わるそうですな」

おばけ、とは「おばけ捜査」のことで、日本における心理学的捜査のことだ。

あまり知られていることではないが、日本の警察も犯罪者の心理を分析し、犯罪捜査に役立てることを試みてはいた。だがそれは主に放火犯捜査や、警備部の群集心理の分析や機動隊員の士気高揚を目的として細々と行われてきた日陰の存在に過ぎなかった。当然、確実なデータの収集という観点の欠けた分析では、成果など望むべくもなかった。

よって、〝足〟で集めた情報を伴わない、という意味と雲を摑むような話、にかけて、「おばけ」捜査と呼ばれるようになった。

心理応用特別捜査官が正式に発足し、科学警察研究所が過去の重要事件の記録を、三年以内に発生した殺人事件二百件の詳細と二十年以内に発生した捜査本部案件二千六百件を分類、データベース化し捜査に活用されつつある今も、現場の捜査員達の見方は変わらない。的確な現場の読み――捜査員達は筋読み、と呼ぶが、それは経験で裏打ちされるべきもので、捜査員の矜持と同居していた。心理学に重点を置いた犯人像推定は技能であって科学ではないというのが、現場の空気だ。

田原の口調はそれを反映したものだった。

優秀だが、と平賀は爽子を指していい、「難物だな、あれは」と言葉を継いだ。

「協調性に問題が？」

「ああ。警官というより学究肌の研究者といった感じだな。……まあ、うまく使ってやってくれ」

本部の指揮を執るのは実際には捜査一課の管理官だが、平賀は田原にそういった。

捜査本部が設置されている会議室（訓辞室）に入る。入り口には長い紙に〈女子短大生殺人事件特別捜査本部〉と「戒名」が大書きされ、貼ってある。

会議室にはいくつものテーブルが並べられ、すでに捜査員達が着席していた。その正面、捜査員達に相対する形で幹部席が置かれ、その後ろにはホワイトボードと被害者の遺影が置かれている。

ホワイトボードの前には第二強行犯捜査の管理官、佐久間貴則警視が立ち、幹部席には、借りてきた猫のような表情をしたキャリア警視の近藤秀久管理官、第二特殊犯捜査管理官の鷹野吾郎警視が座っていた。

平賀と田原の姿を認めると、全員が一斉に立ち上がり、号令と共に頭を下げ、着席した。

佐久間管理官の司会で、第一回の会議が始まった。

最初に、平賀は訓辞を行った。

「全員早朝からご苦労です。被害者の若い命を非情に奪った犯人を一日でも早く検挙し、墓前に報告出来るように捜査してもらいたい」

そして、全員の顔を見渡した。

捜査本部の顔触れは、鑑識を別にすれば五十人ほどで、殺しの本部としては標準的なものだ。

まず、蔵前署刑事課が三十名。近郊の各所轄からの応援要員である指定特別捜査員が八名。最初に現場に臨場した一機捜から四名。

だが事実上、事件解決の趨勢を決めるのは、平賀の直接の部下である本庁捜査一課の捜査員達だった。

警視庁刑事部捜査第一課――。

捜査一課は課長以下ほぼ全員が高卒、あるいは大卒の叩き上げ、いわゆるノンキャリアによって構成されている。まれにキャリアが配属されても他の部署と同じくお客さん扱いで、実際に捜査の指揮を執ることはない。それはどこの部署でも概ね同じだが、ノンキャリの牙城、職人集団の捜査一課では、とくにそれが顕著だ。今、一課内部ではイリオモテヤマネコ並の珍種であるキャリアは、幹部席に座っている近藤管理官だ。

一課内部は七つのグループに分かれ、警視である管理官の統括を受け、二つから三つの係に分かれて捜査を行う。

まず、第一強行犯捜査。このグループは事件の認定、特異家出人及び未解決事件の捜査を担当し、課内庶務を取り仕切っている。そのほかにも都内に置かれた全ての捜査本部の情報を収集する特設現場資料班も置かれている。そのうち、未解決事件を扱うため隠密を要する二係だけは、機密性を考慮し、本庁六階の刑事部ではなく、例外的に五階に置かれている。

第二、第三強行犯捜査は殺人、傷害事件を担当し、最も人数が多い。当本部に出向しているのは、第二強行犯捜査三係である。

第四はユミヘンと呼ばれる強盗・強姦事件、第五は失火・放火事件をそれぞれ扱う。

二から三の強行犯捜査に所属する捜査員は全員、六階の大部屋で机を並べる。

しかし、大部屋には給湯室や宿直室を除いて、仕切られた二つの重要度の高い部屋がある。一つは課長室。もう一つは第一、第二特殊犯捜査の部屋だ。

特殊犯捜査は一般的には〝特殊班〟と呼ばれ、営利誘拐、人質籠城（ろうじょう）事件に対応することで知られている。だが、彼らの任務はそれだけではなく、企業恐喝、業務上過失致死事件も担当する。それらは、第一特殊犯捜査一から三係が扱う。

そして、鷹野警視が管理官を務め、吉村爽子が所属する第二特殊犯捜査四係は、社会的影響が大きい特異な犯罪を担当する係である。

まさに、首都東京で発生するあらゆる凶悪犯罪に対抗する精鋭集団だ。

平賀は歴代課長が抱く満足感を覚えながら、着席した。

爽子は、居並ぶ捜査員席の後ろの方に、昨晩と同じような紺のパンツスーツ姿で座っていた。

今朝は雑務をこなす地域課の借り上げ捜査員の出勤するのと同じくらいに蔵前署に着いていたが、選んでここに座っていた。とくに席順が決まっている訳ではなく、来たものから順に席を埋めて行くが、若い者が前の席に座っているというだけで後々悶着(もんちゃく)の原因になることがある。普段はあまりその手の他人の思惑に敏感な爽子ではないが、ただでさえ好奇の眼差しで見られやすい今回は、あえてここを選んだ。なんといっても、心理捜査官に指定されて以来、初の実戦らしい実戦だ。

平賀の訓辞が終わると、早速昨夜の報告が始まった。

まず最初に立ち上がったのは、係長、大貫裕也警部だった。

大貫は土気色の顔色をし、頰の削げた男だった。他人の気持ちに一切慮(おもんぱか)るというところがなく、あらゆる感情が機械的に見える。もっとも普段の大貫は頑迷な鉄面皮を崩さない。被疑者にはもちろん同僚にもだ。爽子はその鉄面皮がいかにも警官らしく見え、嫌いだった。とくに朝、廊下ですれ違った時、陰気な鼻歌を唸（うな）っていると、耳を塞（ふさ）ぎたくなる。

「報告します。当該マル害の氏名は、所持していた都内美倉女子短期大学の学生証から同短大幼児教育科二年、坂口晴代、年齢十九歳。現住所は台東区柳橋三丁目六番地、コーポあだち１０５号室と判明、同住所に確認をとりましたところ在宅しておらず、付近の住民の証言によると朝外出したまま帰宅していないとのことで、写真による判別では当該マル害に間違いないとのことです」

大貫が着席すると、替わって機捜の警部補が立ち上がった。

「機捜より報告します。現場付近で不審な人物及び悲鳴、物音を聞いたという証言はまだありません。引き続き、地取り捜査を継続します」

続いて、報告は昨夜東大の法医学教室で行われた司法解剖の結果が、立ち会った田辺検視官によって行われた。田辺は今日も大汗をかいていた。捜一課長の面前であるためか、それとも暖房が利きすぎているのか。

「死因は頭頂部の深さ四センチの刺創からの出血死で、死斑の状況、直腸温度、死後硬直の進度から死後約一時間が経過、つまり犯行時刻は昨夜十一時頃と推定されます。

この他の授傷状況は前頭部左に同じく刺創が一カ所、右頬に長さ五センチの切創。左下腕部に防御創と見られる一ないし四センチ大の同じく切創が見られる。腹部に署名らしき浅い切創もありますが、資料を参照下さい。

また、性器膣内にかなりの損傷が見られますが生活反応がなく、殺害後に行われたと思われます。なお、精液は膣内から検出されず、強姦の可能性はなし。

成傷器（凶器）について――、致命傷になった頭頂部刺創の創口、創管、創底の状況からある程度の重量を有し、湾曲した鋭器と推定されます。以上です」

次に、現場鑑識の係長が立った。

「当該マル害の着衣、皮膚からは現在のところ本人の物以外の体毛、唾液、体液は検出されておりませんが、引き続き採証作業を鋭意、進めております。遺留指紋についても同様です。

マル害の口を塞ぐのに使用された粘着テープからは左手中指及び人差し指の、革製と思われる手袋痕が採取されております。足跡は現場が舗装されて雨水に濡れており、採取困難。以上です」

全ての報告が終わると、佐久間は口を開いた。

「ご苦労でした。……以上のように、当該マル被は冷静冷酷な凶悪人物と思われる」

するると、鷹野が気負うふうもなく挙手した。

「それについて報告があります——吉村巡査部長」

爽子が立ち上がると、捜査員らが身体をねじ曲げ、好奇と実力を値踏みするような表情を浮かべ、注目してきた。

爽子は臆することなく、高揚とも無縁な声で報告した。

「当該マル被は推定二十代前半から後半。定職を持ち、一人暮らしをしている可能性が高く、対人関係に難があり、暴力的傾向が見られる。しかし職場ではむしろ無口で目立たないが、犯罪に対して強い興味を持っている。十数年以内で器物損壊罪——この場合は動物虐待ですが、その前歴を持ち、現在も続けている可能性が高い。一見では、魅力的な人物。運転免許を所持している。住居は殺風景か、きちんと片付けられている。身長は一七〇センチ以上で、右利き。がっしりした体格。ここ数カ月で、女性と何らかのトラブルを起こしている。

なお、被害者との面識はないと思われます」

爽子がそこまでいった時、大貫が前を向いたまま尋ねた。

「なんで顔見知りじゃないんだ、面識のない奴がどうやってあんな暗い路地にマル害を誘い込んだんだ。大体、ホトケは俯せになってたんだろ。敷鑑の中にいるマル被の特徴だろうが」

まるで、自分の昼食だけ注文するのを忘れた部下にたいするような物いいだった。爽子は大貫の後頭部に目を移して、いった。

「この種の犯行は、面識のあるものとは考えられません。マル被自身のストレスが大きくなりすぎるからです。また、顔面を傷つけていること、死体に署名していることからも、そう考えられます」

「異常者に見せかけたつもりかも知れないし、他に理由があるのかも知れん」

「可能性は低いと思われます」

「それにな、どんなに手口が酷くても、捕まえてみりゃ被害者と鑑があったなんてのは、ざらだ。最初から判ったようなことをいうな」

大貫は踏んだ場数でものをいえ、という口調だった。

別の捜査員が、「性格は?」と尋ねた。買えないと判っている宝石の値段を訊くような口調だ、と爽子は思った。

「冷静で狡猾(こうかつ)、かなり頭の回る人物です。自己顕示欲もつよく、マスコミに文書を送付する可能性もあり、それから……」

と、爽子は言葉を切った。「先程も触れましたが、犯行を誇示する署名を残していることから見て、累犯する可能性も捨て切れません」

爽子の報告を半信半疑で聞いている捜査員がほとんどで、白けた表情で内心、せせら笑っている連中もいた。後ろ姿からでも、大貫がそういった連中の一人であることはわかった。

ともかく、と爽子が着席すると佐久間は空咳（からせき）の後、口を開いた。「地取り班は田原警部を中心に現場周辺の不審者、目撃者の割り出しに全力を挙げ、鑑取り班は大貫警部を中心にマル害の学校、交遊関係を重点的に身辺捜査を願いたい。なお、二特捜の吉村巡査部長は捜査本部直属とする。

また、マル害に残された署名については犯人逮捕時の裏付け証拠として、マスコミには伏せる。各員にあっては保秘に十分注意のこと……、以上だ」

捜査員らは一斉に立ち上がり、それぞれコートを手に、予（あらかじ）め決められていた相棒と共に会議室を出て行く。爽子は立ち上がったが、それだけだった。爽子の肩先を、声にならないなにがしかの呟きが、いくつも掠（かす）めて、会議室の外に流れて行く。

捜査員達が消えると、爽子はバッグとコートを手に、幹部席まで歩き出していた。指示を仰ぐためでもあったし、自分の立場を明確にしてもらう必要があった。佐久間と近藤は帰庁するのか、帰り支度をしている。

爽子が近づいても、佐久間は書類を鞄に納める手を止めようとはしなかった。ただ、ちらりと一瞥（いちべつ）を寄越しただけだった。

爽子は足を止め、途方に暮れた感じでふっと息をした。——心理屋は情報が入るまで待機、ということか。

「吉村君」

声のする方を見ると、鷹野が幹部席の傍らに立っており、その横には見慣れない長身の若い捜査員が、コートを手に立っていた。

鷹野は爽子が側まで行くと、傍らの捜査員を手で示しながら、

「君にはこの人と組んでもらう。蔵前署強行犯係、藤島直人巡査長だ」

藤島がよろしくお願いします、といって頭を下げた。そして顔を上げた時、目が合った。

爽子は目の前にいる捜査員が、昨夜現場で、自分に傘を差しかけてくれた人物だということに気づいた。そして、自分の捜査本部内での位置づけも。

「それじゃ藤島巡査長、仲良くしてやってくれ」

「鷹野管理官、私は……」

「心理捜査官として任務を遂行してくれ。以上だ」

鷹野は飄々（ひょうひょう）というと、会議室を出ていった。まるで宅配便の配達を頼んだ後のような足取りだった。

二特捜は珍しく、現在当該事件を含め二つの事件を抱えていた。四係主任が中心となって担当しており、そちらはいわば四係の本業ともいうべき事件なので、本庁に戻ったのだった。

今後、当事件については爽子一人が四係として扱うことになる。

爽子は見上げるようにして藤島の顔を見た。いつもの悪い癖で、上目づかいに見てしまう。無意識な仕草だったが、他人に近寄り難い印象を与えてしまうのだった。

藤島は浅黒い顔に、眉の凛々（りり）しい男だった。生来の生真面目さも、どこか面影に留めている。しかし、今浮かべている表情は藤島の正直な感想を如実に物語っていた。困惑だった。

本庁捜一に所属し、しかも巡査部長で、聞き慣れない肩書きを持つ女。だが、肩書きや階級と、これほど対照的な外見を持つ警察官は、あまり記憶にない。

藤島は二、三度瞬き、非礼に当たらない程度に、爽子を観察した。

小さな頭は、後ろでまとめられた長い髪に縁取られ、下ろされた前髪の下から、つぶらな、と形容するにはあまりに強い光を宿した大きな瞳が見上げている。藤島は、まるで発走前の、ゲートに入ったサラブレッドの眼のようだ、と一瞬見とれた。

全体的に小柄だが、それが紺のパンツスーツで一層、強調されている印象だ。捜査員特有の隙のない雰囲気がなければ、就職活動中の女子大生に見えたかも知れない。

「本庁捜一、二特捜四係、心理応用特別捜査官、吉村爽子です」

爽子も藤島の気配を察し、出来の良い生徒のような口調で名乗った。

「あ……どうも。藤島巡査長です」

もう一度名乗ってはみたが、戸惑いは消えなかった。

――この人は私の首に付けられた〝鈴〟だ。

捜査本部が設置され、所轄と本庁の捜査員が組む場合、ベテランと若手、若手同士という二通りがある。前者はベテランが主に主導権を持ち、若手が補佐する。理想的な組み合わせで、成果が上がりやすい。ベテランがたとえ所轄の捜査員であっても、その関係は同じだ。

しかし後者は違う。連絡業務、張り込みの交代など、本部内での雑務をさせられることが多い。つまり、本来なら所轄のベテランと組むべき爽子が若手と組まされるということは、本部を仕切る幹部達の爽子の持つ経験への評価、心理捜査に対する見方を雄弁に物語っていた。

経験が少ないのは爽子自身、否定のしようがないが、犯人像推定に関しては、他の捜査員の偏見に腹が立った。しかし、視点を変えてみれば、自分を押しつけられた藤島の方が不幸なのかも知れなかった。だが、どちらが不幸かなどと天秤にかけている場合ではなかった。

行動を起こさねばならなかった。捜査本部は、蟻の巣に似ている。同じような格好をして、皆動いているが、他の蟻とは違うということを、自らの働きで証明しなければならなかった。

爽子は「行きましょう」の一言で、藤島を促した。

署を出ると、昨日の雨は路上に水たまりのまだら模様を残して、上がっていた。空気は冷たいが、肌を刺すほどではない。

爽子は署の裏にある駐車場に停めた黒のアルト・ワークスに藤島を誘った。覆面パトカーは借り出すのに手続きが面倒だったし、鑑捜査に主に使用されるため、幹部が押さえてしまう。ワークスは爽子の車だった。

自分の車を捜査に使用することも借り上げ、という。

「まず、どこへ行きますか」

「被害者宅です」

乗車してすぐ、藤島が問うと、爽子はシートベルトを締めながら簡潔すぎる答えを返した。

心理捜査の観点から、被害者がどのような生活を送っていたのかを知るのは鑑取りとは別の意味で重要だった。

同じ女性が被害者でも、たとえば寄り道せず帰宅する者と盛り場を好む者とでは、おのずと生活範囲だけではなく、巻き込まれる犯罪の種類も違ってくる。これを「被害者のリスク度」という。リスク度の違いによって、行きずり――いわゆる流しの犯行か、敷鑑の範囲内での犯罪かが見えてくる。

そして爽子は今回の事件は、流しの犯行だと半ば確信していた。

ワークスは爽子と藤島を乗せて駐車場から出た。交通量が増えてきている。都会の冬の光景は、林立するビルの影の重なりだ。影と陽光の中を縫い、ワークスは走った。

「〝黄免〟、持ってるんですか？」

「いえ、交通課の経験はありません」

藤島が話しかけたが、爽子は乗らず、ただ運転に集中していた。黄免とは、ミニパト講習修了者が所持する免許のことだ。

爽子は警察官になってから自動車免許を取った。所轄の留置係をしていた時だったが、四カ月もかかった。爽子が免許取得に時間を要した理由は、おそらく車という密室に男性教官と二人だけという環境を嫌悪していたからに違いない。それは爽子の幼い頃の体験に起因しているのだろうが、それを他人に話したことはない。

被害者、坂口晴代のアパートは東京卸売りセンターに近い、ごく普通のモルタル二階建てのアパートだった。

アパート前の路上には、すでに到着していた大貫警部ら三係の乗ってきた覆面パトカーが停車していた。

爽子もワークスを路上に停め、降りた。藤島も続いた。外観からするとワンルームだろう。道路に面した一階のドアの前に、立番の制服警官の姿が見え、郵便ポストを確かめるまでもなく、そこが被害者の部屋と知れた。近所の主婦らしい中年女性の姿もあり、閉じられたドアの内側を窺(うかが)っていたが、警官に声をかけられて、隣のドアに消えた。

爽子と藤島が坂口晴代の部屋の前に着くのと、大貫らが証拠品を入れたダンボール箱を手にドアを開けたのは、ほぼ同時だった。

大貫は頬の痩(こ)けた顔を上下に動かし、爽子を眺めた。

「何しに来た、今頃。……調べなくても、吉村さんはなんでもお見通しじゃないの、ええ？」

大貫の皮肉にも、爽子は表情も変えず無言だった。不愉快は不愉快だったが、自分のシマを荒らしに来た、という警戒感は感じられないほどの皮肉だった。

「それでは坂口さん、ご協力ありがとうございました」

大貫は振り返り、生気のない顔色をした男性に、形ばかり声をかけた。坂口晴代の父親らしかった。

爽子は大貫らが立ち去るのを無表情に見送った。

「後から係長に目録を見せて貰った方が良かったんじゃないのかな」

藤島が隣でいった。

「本部の知りたいことと、私の知りたいことは別です」

爽子は答え、「坂口晴代さんのお父様ですね？」と父親に向いていった。

「このたびは……。申し訳ありませんが、もう一度娘さんのお部屋を拝見してよろしいでしょうか。私は、警視庁の吉村と申します」

父親のセーターにスラックスという、昨夜から駆けつけたままの服装が、被害者の家族を襲った突然の衝撃を物語っている。

「……ええ、どうぞ」

父親は聞き取りにくい声でぼそぼそと答えた。そして、ふと茫洋（ぼうよう）とした視線で、爽子を見た。無感動になった目が、何かの情動を映す。爽子はその視線を逸らして一礼し、藤島を促すと、木綿の白手袋を両手にはめながら、敷居を越える。

爽子と藤島は靴を脱ぎ、部屋に入った。父親が、後ろ手にドアを閉めた。

質素な六畳の部屋だった。採光も悪くない。家宅捜索がされ、多少は散らかっているように見えるが、生前はきちんと整頓されていたのが判り、被害者の性格が偲（しの）ばれた。

食卓や机はなく、部屋の真ん中に置かれたテーブルで、被害者は食事や勉強をすませていたのだろう。文庫本や教科書の納められた本棚とワードローブが壁際にあり、化粧台もある。それら全てが小さく纏（まと）められていた。

化粧台に近づく。写真立てが伏せられている。位置が少し乱れているところを見ると、大貫らが触れて、そのままになっているらしい。爽子は手に取った。一人の少女が、子供達に囲まれて笑顔を一杯に咲かせ、エプロン姿で写真に収まっていた。幼稚園か保育園で撮られたものらしい。被害者は幼児教育科だといっていたのを思い出す。実習の時の記念だろうか。

爽子はきちんと立てて写真を置きながら、ふと息を吐いた。鈍い怒りがわく。それは坂口晴代を殺害した犯人に対してではなく、大貫ら三係の捜査員に対してだった。それから、この片づいた静かな部屋と、坂口晴代がまるで男を誘うような姿勢で転がされていた、冷たくなんの彩りもないあの路地との格差、距離を思った。痛ましさとも哀しさともつかない感情が涌き、胸を塞いだ。そっと手袋をはめた指先で写真の坂口晴代の顔に触れて気を取り直すと、爽子は捜索に戻った。

後ろで爽子を見ていた藤島は「何を捜せばいいのかな……」と呟いた。

「何か、です」

「何か、とは？」

自分の言葉が少なすぎるとは思ったが、爽子は無言で、捜索を続けた。説明したいとは思わなかった。

三十分後、あらかた本棚、衣類を調べた爽子は、テーブルの下を覗き込んだ。

プラスチック製の見慣れない物が転がっていた。

「藤島さん」爽子は本棚の本を捲っていた藤島に声をかけ、それを手に立ち上がった。爽子の手にあるのは、喘息用の吸引器だった。

「あの、晴代さんは喘息を？」

玄関で、ぼんやりとしていた父親に、爽子は訊いた。

「ええ……、上京してからですが……、それが何か」

「坂口さん、これをお貸し頂けないでしょうか」

「はあ……どうぞ、お役に立つのでしたら……。お持ちになって下さい」

「後で任意提出書をお渡ししますので……。お預かりします」

二人は礼をいい、部屋を出た。ドアを閉める時、隙間から父親の「晴代……」という嗚咽が漏れ、爽子と藤島の耳に残った。


爽子は蔵前署に帰るまでの間、鑑捜査の結果が判らなければ確実なことはいえないが、坂口晴代のリスク度はかなり低い、と思った。では何故あのような無惨な死を路上で迎えることになったのか。爽子は昨夜現場でした自分の想像にこだわっていた。現場の状況を見た上での想像だ。ただの思いつきとは違う。では、犯人の一撃を、どうして若い被害者が避け得なかったのか。

完全に抵抗を封じられていたのか。だとすればどうして犯人はあの路地で凶行に及んだのか。別のもっと犯行が露見しにくい場所に連れていく余裕はなかったのか、どうか。

――抵抗しなかったのではなく、出来なかったとしたら。

そんなことを胸の内で考えながら、爽子は一言も発することなく、運転していた。藤島も話しかけない。

蔵前署の駐車場にワークスを停めると、会議室に入る。

捜査本部付きの事務職員に、被害者の所持品の目録を見せて貰う。

吸引器はなかった。おかしい、と思う。何故持っていないのか。常時携帯しなくてもよい程度の症状だったのか。調べてみる必要がある。掛かり付けらしい病院の診察カードは目録に記され、病院の住所、電話番号も控えてある。

爽子は目録から目を上げ、藤島にいった。

「藤島さん、任意提出書を四号様式で作成してもらえます?」

「ええ、いいですが」

藤島が会議室から出て行くのを見定めてから、爽子は私物の手帳に病院の住所を書き付け、藤島が戻って来る前に蔵前署を出た。

車に戻り、エンジンをかけたところで、藤島が駐車場を走ってくるのが見えた。爽子がサイドブレーキを外そうとした時、藤島はワークスの助手席のドアを叩いた。

「病院に聞き込みですね?——俺も行きますよ」

そういってドアレバーに手をかけた。動かしてみるがドアは開かない。ロックされていた。

爽子は仕方なく助手席のウインドーを下げた。

「藤島さん、迷惑がかかるわ。藤島さんも見たでしょう、私が他の捜査員にどう思われているか」

「そんなこと関係ないです、俺達はコンビじゃないんですか。——乗せて下さい」

「規則だから？」爽子の声は皮肉を含んでいた。

「それも関係ないです。一緒に行きます」

爽子は、身を屈めて自分を見つめる藤島の眼を見返した。打算ではなく、藤島という人間の強い意志が感じられた。

爽子は、根負けしたような溜息をつき、左腕を伸ばし、ロックを解除した。

藤島が乗り込むと、思いがけない言葉が爽子の口から漏れた。

「……ありがとう」

いってから、爽子は怒ったような表情になった。何故かは、自分でも判らなかった。そんな気持ちを爽子はアクセルに逃がし、発進する。

「この吸引器がなにか？」

駐車場を出、車の流れに入ったところで、藤島が尋ねた。

「私の分析では、犯人と被害者の面識はありません。それに、自宅を見た限りでは、被害者は見ず知らずの他人の誘いに乗るような女性じゃない。何らかのきっかけと、ある程度被害者にもそうせざるをえない事情があったからと思うんです」

「しかし、抵抗を封じられていたのかも知れません」

「手首には、何らかの拘束がされた痕は見られませんでした。それに、抵抗出来なかったとしたら、マル被はもっと安全な場所に連れ去った筈です」

「そうですね……」

藤島はどちらともつかない呟きで答えた。

「そして、犯人は被害者を俯せにして逃走した。これはいくらかでも、会話なり関わりがあった証拠です。状況から見て、少なくとも暴力的な拉致とは思えません」

「……つまり、喘息の発作を起こしている被害者を偶然目にして拉致した、と」

「私はそう思うんです」

「マル害がマル被の車に乗った理由は？」

「病院に連れて行く、とでもいったんでしょうね」

犯人は確かに坂口晴代を医師のもとに連れていった。同じ医師でも監察医のもとに、解剖台に乗せて。

「しかし、死体検案書には発作の事実は記載されていませんでしたが」

「ええ」

爽子はそれだけいって、口をつぐんだ。

法医学教室で行われる司法解剖は、死因の解明を第一の目的とし、解剖鑑定の要目は死因、創傷の有無と状態、正確な死後経過時間、血液型、姦淫（かんいん）及び毒物の有無である。そのため、外傷付近は綿密に検査されているはずだが、今回のように死因がはっきりしている場合、見落とされているか、解剖にあたった医師が検案書に書かなかった可能性もある。また、肺は死後、急速に収縮する。死体が遺棄されていた場所と時間を考えると、発作の痕跡を監察医が見落としていた可能性もないとはいえない。

坂口晴代が殺害される前、発作を起こしていたにしても、即座に流しの犯行と断定される訳ではもちろんない。しかし、捜査本部が怨恨の線で動こうとしているのは、会議での爽子に対する大貫の発言でも判った。

鑑捜査の必要はもちろん認めるが、今回の事件に限っていえば、徹底的な被害者の殺害当夜に関する足取りの解明と目撃者の確保だ、と爽子は考えていた。

坂口晴代が治療に通っていたのは、蔵前駅に近い雑居ビルの二階にある「八坂クリニック」という診療所だった。

車を停めて階段を登り、ドアを開けると、十二畳ほどのこぢんまりとした待合室があり、古びたソファに老人と若い女性が腰かけ、順番を待っていた。奥にガラスとカウンターで仕切られた受付があり、白衣を着た中年の女性が何か手元の帳簿を捲っていた。横に診療室に通じているらしいドアがあり、側にあまり発育の良くない観葉植物の鉢植えが置かれている。

「お仕事中申し訳ありません、ちょっとこちらの患者さんのことで、お話を伺いたいんですが。警視庁の吉村と申します」

爽子はジャケットの左内ポケットから、紐に繋がれたままの警察手帳を提示し、身分証のあるページを開いて見せた。警察官は制服も私服も、身分証を必ず見せなければならないと規定されている。それだけではなく、どちらのポケットに入れるかも、規定がある。表紙だけ見せて、身分証を見せないのは、公安の捜査員くらいのものだ。

「何でしょうか」

受付けの女性の帳簿を捲っていた手が止まり、わずかに身を引いた。

「坂口晴代さんという方が、こちらで治療されていたと思うのですが」

「お待ち下さい。……ええ、でもそれが何か」

手元の帳簿に再び目を落として確認してから、怪訝な表情で答えた。

「どのような治療をされていたんでしょう」

「そういうプライバシーに関することは……。少々お待ち下さい、先生に伺ってきますから」

「お願いします」

受付の女性はドアの内側に消え、爽子と藤島はしばらく待たされた。それから、ドアが開かれ、若い男の患者が出てきた。そして、その背後から医師らしい白髪の男が顔を覗かせた。

「ええと、何か聞きたいことがあるとか」

「申し訳ありません。警視庁の吉村と申します」

「まあ、こちらにどうぞ」

二人は診療室に通され、診療用の丸椅子を勧められた。一脚しかなかったので、藤島は遠慮し、爽子だけが腰かけた。

診療室は広くはなかったが、隅にシャウカステンや人体図が貼ってあり、清潔感のある二十畳ほどの間取りだった。

医師は名刺を出し、それには「八坂クリニック　所長　八坂文夫」と書かれていた。爽子と藤島も改めて名乗った。

「で、なにをお話しすればよいのかな」

「坂口晴代さんはご存じですね、こちらで診療されていた」

そのとき、背後のドアが開き、受付の女性がカルテを八坂医師に渡すと、出ていった。

「ええと、そうですね。確かにうちの患者だ」

「どういう治療を?」

「その前に、どうしてそのことを」

「実は、坂口さんは亡くなられたんです、昨夜」

「……何ですって?」

「何者かに殺害されたんです」藤島が言葉を挟んだ。

八坂医師は信じられない、というふうに首を振った。

爽子と藤島に促され、八坂医師は坂口晴代の病状について話し始めた。

坂口晴代は、非アトピー型の慢性喘息を患い、激しい運動などは止められていたらしい。常時、吸引器を所持しておくようにいい、メチルキサンチン製剤を処方していたという。

「これは、坂口さんのものでしょうか」

爽子はハンカチに包んだ吸引器を見せた。八坂医師は吸引器を手に取るとしばらく改めてから、答えた。

「ああ。これはうちで出したものだね」

「喘息の発作というのは、相当苦しいんでしょうか」

「そうですね。普通、立っていられなくなる。坂口さんの場合、かなりきつかったでしょうな」

「たとえばどういった時、発作を起こすのでしょうか」

「まず第一の誘因は風邪、第二に天候や気温、第三に過労ですね」

爽子と藤島は礼をいい、診療所を辞した。


「どうします、管理官に報告する？」

「まだ、判らない」

爽子はハンドルを握ったまま答えた。

被害者がかなり重い喘息を患っていたのは判ったが、それだけではどうにもならない。しかし、被害者が犯行時、抵抗できない状況にあったことの一応の説明は成り立つ。だが、説明できるだけではまだ不十分だ。証明できなければならない。どんな方法があるか。まず考えられるのは被害者の再度の解剖だ。

昨夜の犯行現場では、ほとんど鑑識は採証することができなかった。このような場合、頼れるのは被害者の身体に残された犯人の痕跡だけだ。そのため、被害者の遺体は遺族に返還されず、大学から蔵前署に戻され、鑑識の採証活動は続けられている。問題は佐久間管理官が許可をするかどうかだ。

鑑捜査に重点が置かれており、難しいだろうが、犯行現場の正確な再現も心理捜査における重要な点だということを、主張するしかない。

蔵前署に戻ると、爽子は藤島に「電話をしてきます」と告げた。

藤島は黙って爽子を見た。爽子はその目を見つめ、「逃げたりしません」と付け足した。

爽子は藤島と別れると、廊下の公衆電話に行き、カードを挿入し本庁捜査一課の番号を押した。

しばらく待たされたあと、相手が電話口に出た。

柳原明日香（やなぎはらあすか）警部。爽子の上司である二特捜主任だった。

「――もしもし、吉村さんね？　どうしたの」

「相談したいことがあるんです」

柳原の声は、若々しかった。

爽子は自分の犯人像推定と推論を話した。一通り話し終わるまで、柳原は口を挟まなかった。

「……捜査本部の見解はどうなの？」

「痴情絡みの線です」

「マル被は浮かんだの？」

「いえ、まだ……。結果待ちです」

「マル被とマル害が接触した時の目撃者は？　それが出てくれれば吉村さんの考えが正しいかどうかわかると思うけど」

「それもまだなんです。それに……いまのままだと出てこない可能性もあります」

一呼吸おいて、爽子は続けた。

「この種の犯行は、現場周辺の聞き込みを最優先すべきだと思います。面識者を洗っても、おそらくマル被はいません」

「時間との勝負ってことね。〝強行〟の担当は、三係か。……あのタヌキを納得させるには、証明してみせることが必要ね」

タヌキ、とは大貫のあだ名だった。

「とにかく、マル害が犯行時必ずしも面識者でなくとも拉致が可能だったことを証明できれば、もっと地取りに捜査員を回せる訳ね」

「ええ」

「そういうことなら、鷹野管理官を動かしなさい」

「管理官を、ですか」

爽子の口調に、電話の向こうの柳原は笑った。

「ああ見えても、あの人は頼りにできる人よ。普段はああやって飄々として見せてるけど。本庁にいると思うから、私から伝えておくわ」

「すいません、お願いします」

「それから、〝的割(まとわり)〟の結果だけど該当者なしとの回答よ。夜の会議で知らされると思うけど」

爽子はもう一度礼をいってから、受話器を戻した。

的割とは、殺人も含めた常習性の高い犯罪を過去に犯した者の氏名、住所など基本項目二十九、犯行手口を十五から二十七に分類した手口原紙を照会することをいう。手口原紙は庁内で一括管理されており、過去に類似の犯行があった場合は手口から犯人が割れる。的割照会に該当者がいないことは、予想していたことだった。該当者がいるような事件であれば、自分は呼ばれていない。

廊下を会議室へと歩きながら、爽子は自分の心が落ち着いているのを感じた。柳原と話したあとは、いつもそうだった。自分の意見をよくきいてくれ、適切な助言を与えてくれるからだけではない。自分とは無縁な、人間的な魅力があるからだろうか、などと改めて思った。

柳原は落ち着きを感じさせる三十代初めの女性だった。表情はいつも穏やかで透明な微笑を湛えている。柳原が慌てたり狼狽えたりするところを、爽子は見たことがなかった。特殊犯捜査は、誘拐も担当するため、女性の捜査員も数人いる。事件発生の際、身内を装う必要があるためだった。

しかし、柳原は違っていた。刑事部に配属される前は、公安部に所属していた。爽子はそれを本人の口からではなく、鷹野から聞いた。

警視庁内部において、刑事部と公安部の軋轢はよく知られている。にもかかわらず、柳原が刑事部捜査第一課に所属しているのが謎だった。

加えて、柳原は準キャリアだった。拝命時に警部補から始まり、二十代の終わりに警視に到達するキャリア（国家公務員Ⅰ種）ほどの派手さはないが、準キャリア（国家公務員Ⅱ種）も拝命時、競争率二十倍の巡査部長から始まる。多くは技官として採用されるが、そういった意味でも柳原は異色だった。

公安の捜査員が派出所などに転属することもないことはないが、極めて稀なことであり、幹部名簿に名を連ねる者がそうなることは絶無といってよい。

柳原の転属に関しては本人が語らないために、様々な噂が一課内部に流れていた。上司と不倫沙汰を起こし昇進について便宜を図らせようとしたのが露見したためとか、爽子が耳にした最も酷いものは、情報提供者を得るにあたり、身体を使ったというものだった。

――刑事は、下半身は足しか使っちゃならん。だがあの女、別のところまで使ったんじゃねえのか。

卑猥(ひわい)な表情で捜査員同士が囁きあっているのを耳にしたことがあった。噂が深海魚のように課内を遊泳している証拠に、柳原を陰で〝観音様〟と呼ぶ者もいた。柳原のいつも穏やかな表情をさしているのではない。観音様、とは警察内部の隠語で全裸ストリップをさす。柳原に貼られた、淫靡(いんび)なレッテルだった。

しかし、周囲の囁きと、長身でやや癖のかかった髪の警部とは無縁な世界だった。気づいていないのではない。囁きを聞き、あからさまな視線を背中に感じることがあっても、柳原が強い自制心で自分を抑えていることに気づいたとき、爽子は尊敬した。噂の真偽はどうであれ、柳原は信頼できる人間だった。

何よりも、爽子にとって柳原が捜一課内で唯一、心を許せる人間であることが、爽子自身にとって最も大切なことだった。

午後八時、その日の捜査員が次々に会議室に戻ってきた。皆一日寒風の中を歩いたせいか、顔が白けて見える。

大方の捜査員が席に着くと、すでに幹部席に座っていた、朝と変わらない顔色をした佐久間が立ち上がった。

まず全員に労(ねぎら)いの言葉をかけてから、「本庁に的割照会を行ったが、類似及び該当なしという回答だった」と伝えた。

それから、定例の報告に移った。

「あー、鑑取り班から報告します。ええ……当該マル害の自宅からアドレス帳、留守番電話の録音テープなど四点の証拠品の任意提出をうけ、分析しましたところ、かなりしつこく連絡をとろうとしていた者がおりました。

当該人物は留守番電話に〝トオノ〟、と名乗っておりますが、アドレス帳には記載ありません。マル害周辺に当たったところ、当該人物は遠野信治、住所は台東区東浅草で、大学生。年齢十九歳と判明しました。〝一二三〟に総合照会したところ前歴が二つありますが、これは〝ばんかけ〟(職務質問)です。犯歴はなし」

〝一二三〟とは中野区にある警視庁照会センターの、警察電話の番号に由来する通称であり、総合照会とは身元及び犯罪経歴を含めた全ての警察の記録を照会したことを示す。職務質問による前歴が二回、ということは、少なくとも二人の警官が遠野を怪しい人物、と見たことを表している。

「交際していたのか」佐久間が質した。

「周囲の証言では、遠野が一方的に迫っていたようです。マル害の方は迷惑に思っていたようです」

「遠野の犯行当夜のアリバイは」

「まだ、確認しておりません」

仏頂面を崩さず、口元の筋肉だけを動かして、大貫は答えた。

「マル害の犯行時の足取りは」

大貫の部下が立ち上がった。

「周囲の証言では、マル害は学校での講義を終えると駅前のコンビニエンスストアで、大体十七時から二十二時まで働き、二十三時までに帰宅するのが日課だったようです。その日も出勤しています。タイムカードで確認とりました。——少し体調を崩していたようすですが、とくに変わった様子はなかったそうです」

「アルバイト先でのトラブルはないか」

「いえ、どちらかというと近頃珍しい真面目なタイプで、あまり目立つことはなかったそうです」

「判った、ご苦労だった。……次、地取り班頼む」

田原が立った。

「現場周辺一キロ四方を重点的に戸別訪問しておりますが、有力な情報、まだ得られておりません。引き続き、地取りを続行します」

「ご苦労でした」

佐久間はいってから、手を顔の前で組んだ。数瞬の沈黙が蛍光灯の底に落ちた。それから、口を開いた。

「当該事案は痴情、怨恨の可能性が高いと考えられるが、その観点から見れば遠野信治が坂口晴代に交際を迫ったが、拒絶され、逆上して殺害した可能性が高い。明日からは遠野の犯行当夜の足取りを徹底して内偵してもらいたい。参考人だ」

この時点では、まだ遠野を被疑者と断定することは出来ない。まず周囲の証言を得て動機、状況証拠を拾い出し、それらが揃えば重要参考人となり、任意同行が求められることになる。

そのとき、佐久間は末席近くに座る爽子を見た。朝の会議で正反対の意見を述べたのを思い出したらしく、「四係の意見は」と、組んでいた手をほどき席に背中をあずけながら、ついでのように尋ねた。感情を殺して、爽子は立ち上がった。

「今朝ほど、被害者宅を調査したところ、これが出てきました」

ビニールに入った吸引器を取り出し、顔の高さまで持ち上げた。

そして、被害者が犯行時にこれを所持していなかったことから見て、発作を起こしていたところを偶然通りかかった犯人が、甘言を用いて拉致したのではないか、と藤島に話した推論を繰り返し述べた。

「……もしそうだとすれば、必ずしも面識者でなくともあの暗い路地に被害者を誘い込むことは出来たはずです」

佐久間は表情を変えず、爽子を見返した。

「どうやって証明する」

「……司法解剖の再確認を上申します」

会議室の空気がざわめいた。それを制するように、佐久間はいった。「そうまでする必要があるのか？」

「殺害された状況の正確な把握のためにも、必要と思います」

ざわめきは、低い囁きに代わり、室内をいくつもの目線が飛び交った。それを崩したのは、大貫のダミ声だった。

「順番が逆だろうが、あ？　マル被を逮捕して、それでも状況に不明な点があれば、その時点で解剖するもんだろうが。なに考えてる」

　爽子は表情を動かさなかった。

「それにな、吸引器の件にしてもマル被が持ち去ったんじゃないとどうしていえるんだ、ん？　とどのつまり、全部あんたが頭の中でした推測だろうが」

「吸引器を持っていたにしても、バッグかポケットの中に入っていた吸引器を、わざわざ探して持ち去るでしょうか。それに、被害者の犯行当夜の足取りが判明していない現時点で、否定することはまだできないんじゃないでしょうか」

　爽子の声は必要以上に冷徹だった。年功序列の砦（とりで）たる警察内部では、最も嫌われる受け答えだ。

　大貫の声に酸味が増した。

「あんた、ちゃんと目ぇ見開いてホトケを見たのか。あんな殺しを〝流し〟でする奴がいるか！」

　これが大方の捜査員の本音だ、と爽子は思った。殺人の動機は痴情、怨恨、男女関係の縺（もつ）れがほとんどと考える固定観念。とくに「捜査全書」主義者の大貫には、殺人を快楽として犯す者が存在するということを理解出来ないのだろう。そして、なによりそれら異常犯罪に対応するために「心理捜査官」が創設されたことを。

「管理官、本件担当の心理捜査官として、司法解剖の再確認を上申します」

「二人とももういい、よせ。吉村巡査部長、予断をもって捜査に臨んではいかん。どんなに自分の考えに自信を持っていたとしてもだ。以後、気をつけてほしい。——だが、被害者に喘息の既往歴があるのも確かであり、犯行当夜、体調を崩していたという周囲の証言もある。地取り班はその点に留意し、捜査してもらいたい。司法解剖の再確認の件は考慮する」

玉虫色の、佐久間の選択だった。席に座りながら、爽子は自分の分析を単に予断の二文字で押さえ込まれたのが、何より不快だった。

大貫が威嚇するように煙草のフィルターでライターを叩きながら、陰気にぼそりと「ま、勝手にしろや」と呟いたのを最後に意見も出ず、翌日の方針が簡単に確認されると、二回目の捜査会議は散会した。

捜査本部が設置されると、最初の三週間を第一期期間と呼び、ほとんどすべての捜査員は宿直者を除いて署内の道場などに泊まり込む。第一期期間を終えるまでは、日曜、祝日もなく捜査は続行されることになる。

蔵前署の道場には捜査員が集まっていた。

広い道場には十分な暖房器具もなく、めいめいが敷いた布団にくるまったまま隣の者と話をしたり、座って煙草を吹かす者もいる。一見無造作に固まっているように見える捜査員達も自然に本庁、所轄に分かれていた。

捜査本部は合同が建前だが、どうかすると管轄に拘る警察官の習性が出てしまうのだった。警察官が三人以上集まると、警察社会の縮図になる。もっとも、拘るが故に神経も使う。所轄は本庁を立て、本庁の捜査員もまた、所轄を蔑ろにすることは出来ない。それは警部以下の捜査員を、いつも突然に見舞う異動に対する処世術でもあるのだった。捜査一課の捜査員も、定年まで捜査一課に在籍する訳ではない。

蔵前署刑事課の集まった中に、寝間着がわりにジャージを着、布団の上に胡座をかいた藤島直人の姿があった。コーヒーの空き缶を灰皿にして傍らに置き、煙草を吸っていた。マイルドセブン・スペシャルライトだった。

その藤島に、同僚の捜査員が、ほら、と缶コーヒーを突き出した。

「あ……、どうも。戴きます」

藤島は煙草を消して缶に落としてから、受け取った。

「疲れたか」

いいながら、その捜査員は藤島の隣に座り込んだ。

本格的な特別捜査本部は、初めてだった。

「ええ、まあ」

「あんな女と組まされたんじゃ、疲れない方がどうかしてるよな」

同情している口調だった。藤島は曖昧(あいまい)に、小さな笑みを浮かべた。

男はちらっと本庁組を振り返り、声を低めた。

「しかし見たか、あの吉村ってデカ長の気の強いこと。相手を誰彼構わず怒鳴る大貫係長に真正面から楯突(たてつ)いただろ。俺、いつ〝このメンタ！〟が出るのかと思った。——係長の口癖だよ」

メンタ、とは警察の隠語で女性のことをいった。

「そうなんですか」

「ああ。女性の進出著しい本庁で、あの人だけは我関せずさ。どこの部署にいたときでも、大抵の女を一度は怒鳴ってる」

男はどこか楽しそうにいい、プルタブを引いて缶を開け、コーヒーを一口飲んだ。藤島も自分のコーヒーを飲んだ。

生温かい液体を喉(のど)の奥に流し込むと、藤島は口を開いた。

「……確かに、気は強いですね。一日組んでいても、なかなか腹の底が読めないし」

藤島はそこで、でも、と言葉を切った。「俺は、決して悪い人ではないような気がするんです」

「おいおい」と相手は呆れたようにいった。「そんなに簡単に人間が判ったら、俺達みんな失業だ。どうしてそう思うんだ？」

「——どうしてでしょうね」

藤島は相手の顔を見た。本当に、自分でも判らない様子だった。ただどうした訳かあの時、——被害者の部屋を捜索した時に坂口晴代の写真に見入る爽子の様子を思い出し、その際の印象から正直に口に出た言葉だった。

「お前、惚れたんじゃないのか。ああいう気の強いのが好みか、それともロリコンか」

ますます楽しそうな口調になっていた。

藤島は苦笑した。

「まさか。どちらでもありませんよ。俺はお淑やかな人がタイプですから」

「そりゃ残念だな」

吉村爽子は、夢を見ていた。

自分の手も足も見えず、それどころか身体があることさえ確認出来ない闇に浮かんでいた。闇が羊水だとしたら、さながら爽子は胎児のようにそこにいた。

爽子の意識に、小さな、何かが跳ねる音が響き、闇の中空にふっと鬼火のような光点が浮かんだ。そして、音が大きくなるごとに、光点もまた膨張し、視界を圧してゆく。ああ、またあの夢だ……。音の正体がボールをつく音だと気づいたとき、爽子は思った。唐突に、目の前に住宅地の光景が現れた。その道路で、一人の少女が、ボールを塀に当ててキャッチボールをしていた。

あれは、と爽子は思った。あの時の私だ。まるで、離人症の患者が自分自身を見る感覚に似ていた。

意識の焦点が揺らめきながらも、徐々に定まってゆき、ゆっくりと小学四年生の爽子に近づいて行く。そして、幼い自分の横顔が意識の視界に一杯に広がった刹那、爽子はボールを手に、道路に立っていた。視点が低くなっている。

首を巡らし、辺りを見渡す。コンクリート塀に挟まれ、古びたアパートや家屋に削られた東京の晩秋の空に、雲が切れ切れに浮き、塀を越えて伸びた葉のない木が、雲を摑むように空に伸びている。

乾いた路上には人影はなく、物音もしない。

爽子は視線を戻し、手に持ったままのボールを、再び塀に向かって投げようとした。

「……お嬢ちゃん」

不意に、男の声が傍らから降ってきた。爽子はボールを投げようとした姿勢のまま、びくりと肩を震わせた。そのまま、凍りついたように動くことが出来なくなった。

「聞こえないのかな、お嬢ちゃん……？」

答えない爽子に、また声がかけられた。——答えないのではなく、答えられないのだった。その声には抑揚がなかった。けれど、幼い爽子でも感じられる男の感情が二つだけあった。

それは、欲望と劣情だった。

爽子は泣きだしそうになるのを抑え、震える手でしっかりとボールを持ちながら、窺うように恐る恐る横を向いた。

最初に目に入ったのは男の汚いジーンズで、見上げた爽子の目に入ったのは、男の見開かれた目とだらしなく広がった口元だった。

爽子の手から、ボールが落ちた。

男は急に腰を屈めて爽子の手をとり、強い力で引っ張った。爽子の首が壊れた人形のようにがくがくと揺れた。

男は大股にどこかに歩いて行く。爽子は手を掴まれ引かれて行きながら、必死に口を開いた。声を上げなければならない、助けを呼ばなければならないと思った。だが、肺から巧く息が出てこない。

爽子は助けを呼べないまま、男につれて行かれた。着いたところは、建築中で骨組が出来ただけの、知らない家だった。

男は道路からは見えない物陰に爽子を連れ込むと、膝をついて爽子の目を覗き込んだ。造作になんの特徴もない顔の中で、目だけが不気味な光を湛(たた)えていた。

「……君は可愛いね、お嬢ちゃん」

爽子の唇がぶるぶる震えた。

「いいかい、ちょっとの間、静かにしてるんだよ――」

男の手が爽子の服にかかり、男は爽子に顔をさらに近づけた。

そして――。……

爽子は気を失いそうになりながら、声を出そうとした。しかし、防衛本能がそれをかろうじて押しとどめた。

声を出せば殺される。そう思った。

首から下の感覚は、すでに感覚というより一種の信号のように感情を伴わない、ただの触感に過ぎなくなっていた。だが、心の奥底で誰かが汚されていく悲鳴を、確かに聞いた。

幼い爽子は人間であって、女性ではなかった。それを男は女性であることを何も知らない爽子に強制し、さらに貶め、辱めていた。これからの人生で様々な葛藤と受容を経て爽子が受け入れて行くすべてを、男は奪おうとしているのだった。

爽子は茫漠とした大きな喪失感に眩暈を起こした。頭の芯から、血が引いて行く。まるで深い穴に落ち込んで行くような。

世界の何もかもが、崩れて行く……。

「おい、何をしている？」

爽子を現実に引き戻したのは男のものではない、その声だった。

声のする方にぼんやりとした目を爽子は向けた。自転車に乗った若いお巡りさんがいる。片足を地面に付けて、こちらを見ていた。

男は何か叫び、爽子を突き飛ばして立ち上がり、走り出した。爽子はうち捨てられ、その場に崩れるように転がった。

男は警官とは反対の方に駆け出していた。そこは別の通りにつながっていた。警官も自転車を捨て、「待て、こらぁ！」と声を上げ、警棒を腰から抜きながら走った。地面に転がった爽子の側を駆け抜ける時、制帽が爽子の近くに落ちた。

敷地から出たところで、警官は前を走る男の腰を突き飛ばし、無様につんのめった男の背中に馬乗りになる——。

そこで、爽子の意識は暗転した。再び闇に戻った。そして、闇の中で誰かの叫び声が聞こえる。

誰の声……？

それが自分のものだと気づいた瞬間、爽子は目覚めた。

爽子は毛布を跳ね除け、ベッドの上に起きあがった。心臓が激しく動悸し、長袖のTシャツとジャージのズボンを纏った身体は、ぐっしょりと寝汗に濡れていた。しばらく、肩で息をしていた。

いいしれぬ不安のため、無意識に周りに目をやった。明かりは落としてあるが、間違いなく警視庁の仮眠室だった。枕元に置いた時計を手に取り、顔に近づける。午前二時であることを夜光塗料の燐光で教えていた。

そのうち動悸は収まり、汗が冷たい空気に触れ、爽子は急に寒さを感じ、身震いしながら毛布をかけ直し、横になった。冷えた汗が不快にまとわりついた。

やはり自宅に帰った方が良かったのかもしれない、と爽子は思った。爽子は練馬のアパートに一人で住んでいる。仮眠室に泊まったのは、捜査会議終了後、本庁に寄り、自分のプロファイリングの再検討をし、捜査本部に提出するのとは別の報告書作成に時間がかかったからだった。

爽子は目を閉じた。しかし、もう今夜は眠りが訪れないことは判っていた。この夢を見た夜はいつもそうだ。

もうあれから何年が経つのか……。十七年。そうだ、あれは私が十歳の頃の出来事だった。なのに、時々夢魔のように私の夢に侵入してくる。……いつまで続くのか。

爽子は毛布を顎まで引き寄せながら、あの事件は心の傷というより、轍だったと思った。轍は深く、自分の人生の進路にさえ車輪がとられるように影響を与えている。それとも、人の一生が一編の物語だとすれば、くしゃくしゃにすることはできるが、決して破り捨てることが出来ない汚点のページなのか。

眠れないと判っていることが、爽子の意識を覚醒させた。記憶が止めどなく流れだし、瞼の裏に像を結んだ。

……馬乗りになった若い警官は、そのまま男の右手を捻りあげ、腰のケースから手錠を摑みだし、男の手首にかけた。そのままの体勢で右肩に留めたマイクに、状況の報告と応援を要請した。

それから立ち上がり、邪険に手錠を引っ張り、男を引きずり起こした。男は抵抗する素振りも見せなかった。

「大丈夫だったかい？　怪我はないかな？」

若い警官は爽子の前にやってくると、尋ねた。息は乱れていたが、出来るだけ優しい表情をしようとしていた。爽子はのろのろとした動作で立とうとし、地面についた手の近くに制帽があるのを認めると拾い上げ、警官に渡した。

「ありがとう。……強い子だね、偉いぞ」

若い警官は白い歯を見せて微笑んだ。爽子はその表情に励まされるように、怖ず怖ずと頷いた。

そのうちにパトカーが二台到着し、爽子と被疑者の男は別々に乗せられ、所轄署に向かった。パトカーに乗っている間も、所轄署に到着して女性警官に付き添われて廊下を歩く間も、爽子の表情は虚ろだった。一言も口を利かなかった。

「君の名前と住所、お父さんお母さんの名前を教えて貰おうかな」

刑事課の大部屋で、爽子が椅子に座るなり、目の前に座る捜査員が尋ねた。赤ら顔の身体の大きな男だった。爽子は思わず、身を竦ませた。

「どうしたの、答えられないの？」

他に事件を抱えていらいらしていたのか、捜査員は少し強い口調で再度尋ねた。その声が、さらに爽子を萎縮させた。

「——あのお兄さん、呼んで」

乾いた喉から、ようやく掠れた声を出した。

「……？ ああ、あのお巡りさんか。今ね、あのお兄さんは仕事中なんだ。だから、話はおじさんが聞いてあげる。いいね？」

「——あのお兄さん、呼んで」

爽子はもう一度繰り返し、それきり口を閉ざした。

捜査員は溜息をつき、立ち上がると机の上の電話を使って、警邏課と話をした。しばらくすると、制帽を小脇に抱えたあの若い警察官が大部屋に入って来た。

「どうしたの？」

若い警官は爽子の頭をそっと撫でて、優しく尋ねた。爽子は急に感情の波が心に押し寄せるのを感じ、ぼたぼたと涙を流すと、ぽつりぽつりと事情聴取に応じ始めたのだった。その間、ずっと若い警官は爽子の側にいてくれた。

爽子が近所に住む変質者に悪戯されたことは、数日中に噂となって近所に知れた。被害者である爽子に、上辺は同情を込めて人々は接した。しかし、同情と同時に自分に向けられる好奇の視線を、爽子は肌で感じ続けた。三日家に閉じこもって休んだ後、ようやく登校した学校でも、それは同じだった。

年相応に活発で、ごく普通の女の子であった爽子の顔から、急速に表情が消えていった。

それでも、まだ温かい家庭があれば、爽子はもう少し救われた筈だった。しかし、爽子には父親がおらず、家にはいつも寂しげな顔をした母親しかいなかった。事件のあと、爽子が女性警官に付き添われて帰宅した時も、母は爽子をただじっと見ていただけだった。慰めの言葉はなかった。

爽子は居場所をなくし、孤立していった。そして、いつしか学校に通わなくなり、代わりに自分を助けてくれた若い警官のいる交番に通うようになったのだった。

最初は警官も困って、母親の仕事先に電話した。その都度連れ戻されても、爽子は交番に通うのを止めなかった。しまいには警官も諦めたのか、それともそんな爽子の様子を不憫に感じたのか、爽子の母親にはお仕事が終わるまでお預かりします、という始末だった。

爽子は交番で何をする訳でもなかった。警官に話しかけることもしなかった。ただ与えられた椅子にぼんやりと座り、警官達と、分けて貰った食事を食べた。

交番通いはしばらく続いたが、やがて若い警官が異動することで終わりを告げ、爽子は学校に通うようになった。

それから、人が変わったように勉強に集中するようになった。爽子はもともと勉強が好きな子供ではあった。だが、それは好きだからというより、何かに憑かれたように没頭しているというのが当たっていた。成績は、目覚ましく向上していった。

中学を卒業すると、高校は女子校に入学した。そこでも、爽子は優秀な生徒だった。けれども、爽子は独りぼっちだった。孤独が好きなわけではなかった。しかし、友人と呼べる人間はあまりに少なかった。もちろん、男女交際などしたこともなく、年頃のクラスメートが芸能人や他の学校の男子生徒を話題にしていても、話に加わることはなかった。

高校三年になると、爽子は母親に大学に進学したいといった。無理は承知だった。だが、どうしても勉強したい分野があった。

母親は爽子の決心が堅いことを知ると、故郷に手紙を送った。上京して初めて書いた手紙よ、と母はいった。

数日後に侘びしい二人住まいのアパートにやって来たのは返事ではなく、和服を着た老婆だった。それが爽子と祖母の初めての出会いだった。

母は爽子を紹介し、大学に進学させたい旨を話し、学費が今の生活では払えないことを説明した。祖母は爽子の成績表をみると驚き、四年間の仕送りを約束してくれた。そして爽子は、自分の母について様々なことを知った。母が岡山県の津山という山陰の町の、かなり富裕な家の出であること、そして父親とは駆け落ち同然で上京し、父親は爽子が生まれると同時に姿を消したこと。母の実家は、手を尽くして行方を捜していたが、今日まで東京にいるとは知らなかったこと——。

爽子は朧気にも、母親の冷淡な態度の理由が判った気がしたものだった。母は自分を好きではなかったのだ。愛情や好意の対極は、嫌悪や憎しみではない。完全な無関心だ。母は私に自分を捨てた父親の面影を見、意識的に視界の外に追いやっていたのだ。

それは、怒りや悲しみ以上の感情のうねりを生み、爽子は母がたまらなく悲しく、同時に激しい蔑視の対象に変化するのが判り、一人悩んだ。そして、母と暮らした年月が一体何だったのかと煩悶した。爽子にとって初めてのエレクトラ・コンプレックスだった。迷いはいつまでも心に残ったが、爽子はすべてを忘れるように勉強に自分を追い込み、無事、国立大学文学部に入学した。そして心理学科、それも迷うことなく犯罪心理学を専攻した。

爽子の中で、受動的な被害者意識は影をひそめ、代わりに犯罪者、とりわけ性犯罪者に対する激しい憎悪がわいた。爽子はこの頃から、自分が汚されたのではなく、ただ傷つけられたと考えるようになっていた。そして、犯罪者を詳しく知ることで、彼らより精神的に優位に立とうとしたのだった。彼らを知ることで、自分の恐怖の根源に迫ろうとした。結局、恐怖は正体を見極めることでしか、対象化されないのだから。

大学入学後も、爽子は相変わらず無愛想に振る舞ったが、心理学科は女子学生が多いためかそれなりに友人もでき、当然飲み会に誘われることもあった。

だが、どんな場所に連れ出されても、爽子は変わらなかった。むしろ意識的に、周囲に無関心な態度をとった。

酒を飲む席での女性の評価は、容姿よりもどれだけ〝可愛い女〟を演じられるかによって決まる。爽子の一種禁欲的で清楚(せいそ)な美しさに惹(ひ)かれて話しかけてきた男子学生に、爽子は〝はい〟と〝いいえ〟しか答えなかった。数分もせず場は白け、男子学生達は席を替わっていった。そんなことが二、三回続くと、爽子は誘ってくれた友人の顔を立てるために最初のうちだけ顔を出し、それから飲み屋の食器や座布団の下にそっと金を置き、立ち去るようになったのだった。こんなことを続けるうち、爽子を誘う友人はいなくなった。さすがに、これを繰り返すうちに自分という人間が悲しく惨(みじ)めになった。最後に抜け出した夜、街を人波に逆らって歩きながら涙がこぼれた。どうしようもなく頑(かたく)なな自分が嫌になった。

爽子は孤独と心理学だけを友として四年生まで過ごし、やがて就職の季節を迎えた。

周りを見ると一般企業に就職する学生がほとんどだったが、自分は性格上、務まらないだろうなとは、漠然と思った。大学に残る気はなかった。とすれば公務員ということになるが、どんな仕事が自分に合っているのかは思いつかなかった。

——警察官は、どうだろう。ある時ふと、満員電車の人いきれの鬱陶しさに耐えている時、閃くように思った。一旦思いつくと、思いが自分の胸の中で広がって行くのを感じた。警察官なら、自分の学んだことも、多少は生かせるのではないか。

その時は単純にそう考えただけだったが、自分が転移性恋愛を警察官という職業にしていたと思いついたのは、つい最近になってからだった。転移性恋愛は心理学用語で、過去に属する人・物に結びつく感情を現在側にいるそれに無意識に帰することであり、爽子の場合、対象が人や物ではなく、職業だということだった。

爽子は決心した。当時日本経済は空前の好景気であり、あとになってそれが実体のないものだったと気づくものの、大卒で警察官を志望する者は少なかった。爽子は警視庁広報課に電話をかけ、資料を取り寄せた。

そしてある朝、爽子は母親と二人きりの朝食の食卓で、母親にいった。

「あの……お母さん？　私……警察官になろうと思うんだけど……」

爽子は茶碗から目だけをあげて、切り出した。

母も味噌汁の椀から目を上げ、「そう……」とただ一言答えた。

それだけだった。

爽子は警視庁の女性警官募集に志願して合格し、家を出た。わずかな衣類と身の回りの品、そして「頑張りなさいね」という感情を伴わない母の言葉が、爽子の荷物のすべてだった。

警察学校に入校すると、そこでも爽子の成績は目覚ましかった。ただし、合気道、逮捕術、射撃などの教練は苦手だった。

六カ月の在学期間を終えると、いよいよ卒配（卒業配置）と呼ばれる初任地への配属が決まる。この卒配では男性警官と違い、女性警官たちは当人の希望には関係なく、各署の責任者が警察学校まで直接出向き、女性警官を選ぶ。

爽子の同期生達には、交通機動隊の白バイ婦人小隊や、通称カラーガードと呼ばれる鼓笛隊専任を志望する者など様々だったが、爽子は留置係を希望していた。そして偶然、警視庁管内で数少ない女性留置場を持つ第三方面・碑文谷（ひもんや）署が、爽子の配置を希望した。爽子は希望通り警務課女性留置係に配属された。

そこで爽子は看守として、様々な犯罪を犯した者、あるいは犯さざるを得なかった者と接した。爽子は、その時、今まで知らなかった自分の一面を知った。

それは、同棲していた男を刃物で刺して重傷を負わせた二十四歳の女性が留置された時のことだった。刺された男は女性に無理矢理覚醒剤を注射し薬漬けにした挙げ句売春を強要し、稼がせた金を全て取り上げて遊び回り、さらにその金を別の愛人に生活費として渡していた。犯人の女性は取調室で、聴取はもちろん、取調官との雑談にも応じようとはしなかった。それは黙秘というより極度の精神の混乱からくるものだった。担当看守である爽子にも、話しかけようとさえ、しなかった。

逮捕されて二日目、その日の取り調べが終わり、留置場に戻るとき、ふと、あたしって馬鹿だよね、とぽつりと呟いた。そして同意を求めるように、自嘲の薄い笑みを浮かべて、爽子を見た。爽子は首を振った。女性は不思議そうに爽子を見た。

「あなたは、本当に恥ずかしいことは何か知ってるから」

ありがと、と女性は呟いた。そして三日目から立ち会いの婦警を爽子にすることを条件に聴取に応じ、その結果国選弁護人の助言に反し、自分が薬物の影響がない状態で犯行に及んだこと、また殺意があったことさえ自供した。

その女性は拘置所に身柄を移される際、爽子にありがとう、といった。爽子は警察官になって初めて、自然に微笑むことができた。

留置管理に二年間所属、競争率二十倍の巡査部長試験に合格した後、爽子は署内異動で刑事課保安係に配属された。保安係は売春、密輸拳銃の摘発、猥褻物（わいせつぶつ）取り締まり、薬物事犯など、様々な事案を扱う係だった。

女性捜査員が産休を取ったための場繋ぎ的な人事だったが、爽子は単にお茶汲みに止まらず、他の捜査員が勤務に忙殺されてつい後回しにした事件を積極的に扱った。——最初は奇異な目で見られた。刑事講習を受けていないトウシロになにが出来る、という視線もあった。しかし爽子は微罪ながらも目覚ましく検挙率を上げて行き、それとともに周囲の見方も変わった。

爽子が高い検挙率を上げた理由は、独特の捜査方法にあった。大学時代に学んだ知識と警察官になってからのささやかな経験を生かし、自分なりの犯人像推定法を使っていたのだった。そのために留置管理を希望したのであり、実際、刑事捜査員に適性があると認められれば、まず犯罪者を肌で理解するために留置管理をさせられるものだ。

そして、爽子を署内で一躍有名にしたのが、連続放火犯を逮捕した事件だった。放火といってもボヤ程度だったが、連続し、しかも執拗なために刑事課強行犯係と保安係が合同で捜査を行っていたが、管内のコンビニエンスストアで強盗傷害事件が発生して人手をさかれ、犯行も止まっていたことから宙に浮いた格好になっていた事案を爽子が係長に頼み、一人捜査を続けたのだった。

放火犯（ピロマニア）、とりわけ連続放火犯の犯人像推定は、本場ＦＢＩのプロファイラーでも難しいとされる。その理由は、犯人の心理的側面に不明な部分が多いからだ。放火はある程度成功率の高い犯罪である。それは、保険金や怨恨とは関係ない、いわゆる愉快犯の犯行ではいきおい目撃者に頼らざるを得ないからだが、犯行が人通りのない時間帯では、それさえも期待できないからだ。加えて、物証も手近にあるライターやマッチを使用すれば、現場に残ることはない。それでもなお逮捕される者は、妙ないい方になるが犯罪者としては程度が低く、彼らを心理学的に研究しても、彼らより巧妙にやってのける放火犯の心理的側面は、所詮推測の域を出ない。

爽子は現場の状況を幾度も見直し、分析を重ねた結果、心理学的な共通項を見出し、被疑者を絞り込み、張り込んだ末、この〝赤猫〟(連続放火犯)を現行犯逮捕した。犯人は、ある私立中学の教員だった。

保安係にも留置係と同じく二年間、二十六歳まで勤務した。

それからの一年は、爽子にとって慌(あわ)ただしい一年間だった。新設される「心理応用特別捜査官」への志願が通り、刑事捜査員の資格を得るべく刑事講習への推薦を署長より受けたのだった。

一般にいわれる〝刑事〟という役職や職名は警察内部にはない。刑事講習を受けて合格し、本庁・所轄の刑事、生活安全、公安(所轄では警備)の各部課に所属する私服警官を慣例でそう呼んでいるだけだ。爽子は碑文谷署から推薦された二名の男性警官と共に受験し、書類選考で爽子が残り、筆記試験の作文もパスし、刑事部の幹部三人との面接にも合格した。

現場実習も含んだ三カ月に及ぶ講習の末、爽子は履修試験に合格した。晴れて捜査員資格を得た喜びに浸る間もなく、爽子は当時は千代田区にあった科学警察研究所心理研究室の技官や現役の捜査員、検視官から、心理応用捜査講習の特訓を二カ月にわたり受けた。そこで、日本式のプロファイリング技術を学んだ。四人の受講生の中で、爽子の犯人像推定と教材にされた過去の事件の犯人との一致率は八十パーセント強で、トップだった。結局、心理応用特別捜査官に指定されたのは、爽子ただ一人だった。

そして、異例の人事が爽子に発令された。

普通、刑事講習に合格し、捜査員になった者は自分の所轄に戻り、まず刑事課盗犯係に配属される。だが、爽子が新たに異動を命じられたのは警視庁捜査第一課だった。爽子は二十七歳の若さで抜擢されたのだった。

捜査一課の人事権は、警視正である課長自身が掌握している。一課に所属する捜査員達は、ほとんど課長自身が選抜した精鋭なのだった。

最初、爽子は素直に喜んだ。しかし、所属してたった半年ほどで、現実と生半可な憧れとの乖離を知った。思い知らされたといっても良かった。捜査一課は犯罪者という獲物を追いながら、同時に咬みあいもする猟犬達の巨大な檻に似ていた。その中では、周囲の捜査員が柴犬や紀州犬、ドーベルマンやシェパードだとしたら、爽子など同じ猟犬でもヨークシャーテリアほどの存在でしかなかった。そして周囲は、そのように爽子を扱った。

　警察官として任務をこなす日々の中で、正義という言葉を信じれば、爽子は警察組織も仕事も、何より自分自身が信じられなくなる時があった。そんな思いまで抱きつつ警察に止まる自分とは何者なのか。採用試験が年に二度あるために、ほとんど使い捨てか外部に対する飾り者にされる自分たち女性警官とは、一体何なのか。いや、もしかすると、この差別的な待遇こそが、自分を警察に止まらせている理由なのか……。

いつも心にある疑問や憤懣が爽子をさらに頑なにさせ、ことさら無表情にした。冷たく見せた。爽子は、いつもどこかの瀬戸際にいた――。

爽子の目は朝まで虚空を見つめ、東の空が白むまで、閉じられることはなかった。

　一月十五日。

　朝、爽子は蔵前署に前日と同じ、七時過ぎに出勤した。昨夜は明け方微睡んだきり、ほとんど寝ていなかったが、その表情は変わらなかった。

　やがて他の捜査員達も姿を現し、次々と席に座っていく。

藤島も、爽子の姿を見つけると、おはようと挨拶し、隣に座った。束の間慌ただしい雰囲気になった会議室の空気が、潮をひくように静かになる。佐久間、近藤両管理官が部屋に入ってきたからだった。

起立、と号令がかかり、全員が礼をしたあと、佐久間はまず「おはよう」と口を開いた。

第三回の捜査会議の始まりだった。

最初に前日の捜査結果と方針が改めて確認された。

その時、鑑取り担当として指名された大貫が口を開いた。

「ああ、管理官。先日報告しました遠野信治についてですが、当該人を重要参考人扱いで内偵します」

佐久間が大貫を見た。扱いが一つ進むということは、単なる参考人より犯人である可能性が高いと大貫らが考えていることを示していた。

「根拠は？」

「周囲の証言です」

佐久間の問いに、大貫は無味乾燥な答えを発した。

爽子は、大貫の答えから、なにか鑑取り班が摑んだのだろうかと思った。おそらく、昨夜からずっと部下を張りつかせていたのではないか。周囲の証言か、それとも現場をうろつくなどの、不審な行動かどちらかだろう。昨夜の会議では、報告しなかったが。大貫は自分の分析を憶測といった。だったら大貫自身の考えは何なのかと詰問してやりたいところだった。大貫は一課内では傲慢だが真面目、という評価がある。しかし、真面目というのは性格であって、能力ではない。

「大貫警部、ちょっといいですか？」爽子は挙手し、発言した。「当該人の性格、及び人間関係についてもうすこし詳しくお願いできますか」

大貫は振り返ることもなく、「報告書を読め」と吐き捨てただけだった。

――関係ねぇよ。大貫がよく口にする痰に絡まった響きが、その底にあった。……お前らのことなんざ、はなから当てにはしてねえ。

　爽子は挙げた手を下ろしながら、三年ほど前の事案を思い出していた。

江東区内のマンションの一室で、男が死体で発見され、状況から殺人、事故両面で捜査された。男は同性愛者で、死因は窒息死だったのだ。法医学者が鑑定を進める一方、心理技官が犯人像推定業務を行った。法医学者は他者による殺害説をとり、心理技官は自己愛行為中の事故死、いわゆるオートエロティックによる過失致死説をとった。大貫はその時、所轄の現場責任者で、過失致死説をとる本庁幹部に押さえられていた。しかし、初動で侵入経路を見逃していたことが判明し、結果、男性同士の痴情事件として、被疑者が逮捕されたのだった。

爽子は心理捜査官の講習中に、この事案を被害者が同性愛者であることを分析者が意識しすぎ、類型に頼りすぎた悪い例として学んだが、大貫には心理捜査に対する決定的な不信感を植え付けたことは間違いない。

だがそれは心理捜査官制度が発足する以前の話だし、何より爽子が担当した事件ではない。

異常犯罪は、幸いなことにまだ日本では発生件数は少ない。日本の捜査員が優秀なのは、筋読みを経験で培(つちか)って行くからだが、それとて前例のない事案では役に立たない。実際に起きるまで、地下鉄に毒ガスを散布したり、少年が少年の頭部を切断するなど、だれが予想していたというのだろう。人間は、知らないことに関しては、経験者から学ばなくてはならない。

そして爽子が学んだところでは、この事案は犯人が最初に犯した殺人だ。犯人の精神が一線を越えたことを報せる警告なのだ。

時間がない。間に合わなくなる。きっとこの後も、犯人は……。

「——どうした？　大丈夫ですか？」

藤島が、メモも取らず机の表面を見つめる爽子の横顔を覗き込むようにして、訊(き)いた。

爽子はふっと我に返り、思わずパイプ椅子から立ち上がっていた。

丁度会議が散会し、捜査員達が慌ただしく会議室を出ていくところだった。爽子を取り残すように、捜査員達は部屋を出て行く。

「気分でも悪いのか」

藤島も立ち上がり、もう一度尋ねた。

「吉村さんよ」

気がつくと、最前列にいた大貫が、出て行きかけたドアの前から、爽子の背中にいった。抑揚のない、陰気な声だった。

「暇で羨ましいな、え？」

「巡査部長、血液型はお調べになったんですかね？」

大貫の傍らにいた三係の捜査員が嘲笑(ちょうしょう)を込めて、付け足した。

「ま、遠野の血液型が判ったら、お知らせしますから」

爽子は振り返りもせず、立っていた。二人は出ていった。

「――知ってる？」

爽子は前を向いたまま、藤島にいった。

「血液型は、人間の性格に直接影響を与えないのよ。人間の性格は遺伝が半分、環境が半分、形作るの。……血液型で全てが判れば、心理学なんかいらない。無教養な連中、血液型気質相関説に科学的根拠はないのに」

　爽子の声は小さく、そして震えていた。

「――いろんな人間がいるさ……。あの人達は足と勘を使って、俺達は心理学で捜査する。それだけの違いさ」

　藤島が静かにいった。

　爽子は答えず、机の間を抜け、幹部席で資料を見ていた佐久間と近藤に向かっていった。

「佐久間管理官」

　呼びかけられて、佐久間は書類から目を上げた。

「なんだ」

「指示を願います」

　佐久間は書類に視線を落とした。「報告を待て。待機だ」

「ですが」

「二度いわせるな、待機だ」

　書類から目も上げなかった。それでも、爽子は立ち続けていた。意地になっているのか屈辱のせいか自分でも判らなかった。近藤のそわそわとした視線が、爽子と佐久間の間を行き来した。

「――行こう」

藤島がその場の雰囲気を察し、爽子の腕に手をかけて、いった。そのまま爽子は藤島に引っ張られた。ようやく佐久間に背を向けたのは、二、三歩引きずられるようにしてさがってからだった。

「吉村君」と今度は佐久間が爽子にいった。爽子と藤島は立ち止まり、佐久間を見た。

「藤島巡査長は心理学に関しては素人だ。良い機会だ、今後の捜査を円滑にする意味でも、心理捜査について教えてやってはどうかな」

佐久間の口調には、大貫のような嘲笑や侮蔑は籠もっていなかった。むしろ、人の上にたつ人間が最低限持っている、微かな思いやりさえ感じられる口調だった。

「わかりました、では失礼します」

藤島は爽子をそのまま会議室から連れ出した。

会議室がある階の廊下の突き当たりに、自動販売機が置かれた場所がある。藤島は爽子を伴ってそこまで行くと、ようやく爽子の腕を持っていた手を放した。そしてポケットから小銭を取り出すと、自動販売機に入れ、冷たいオレンジジュースの紙コップを爽子に半ば押し付けるように手渡した。頭を冷やせということらしかった。

「——ありがと」爽子は不承不承、受け取った。

「あんなことをしても逆効果だ」

藤島はいいながら煙草を銜え、火をつけた。

爽子は一口ジュースを飲んだ。冷たい液体が、不思議と気持ちを落ち着かせた。

「……ごめんなさい」

藤島は爽子の顔を見、そしてふっと微笑んだ。

「なに？」わずかに目を見開き、怪訝な表情の爽子は稚気さえ漂わせて小首を傾げ、藤島を見る。

「いや、なんでもないんだ」

爽子は変な人だ、と思いながら一気に残ったジュースを飲み干した。その爽子に藤島がいった。

「な、——心理学の講義、してくれないか」

「快楽殺人者には二種類あって、一つは秩序型、もう一つは無秩序型。その違いは——」

爽子と藤島は会議室に戻っていた。部屋にはもう、誰もいない。爽子と藤島は向かい合って座っていた。藤島は爽子の言葉に耳を傾けながら、レポート用紙にメモを取っていた。それを見て取ってから、爽子は続けた。

「犯人が被害者を選択する場合、大体において基準があるの。とくに性的殺人の場合にはかなり意図的に選択される」

「どういう基準なのかな」

「たとえば、被害者の容姿、服装、髪型。これは犯人がどんな妄想を繰り返してきたかによって決まるのよ」

「身近にいなければ？」

「捜すだけよ、何カ月でも」

薄いが、それでいて柔らかそうな爽子の唇から発せられた無情な言葉に、藤島は息をついた。

「しかし、このマル被が坂口晴代を付け狙っていた訳じゃないのなら、どうして被害者を拘束するガムテープや凶器を持っていたんだ」

「より空想を現実に近づけるために所持していたのかも知れない。……多分、逮捕しないかぎり、凶器を持ったまま徘徊を続けるわ」

夜、捜査員が引き揚げて来た。

どことなく、みな疲れているように見える。その色が濃いのは、現場周辺の地取り捜査を担当する捜査員達だった。

良くない兆候だ、と爽子は思った。

人間は物事に対して先入観を持つと、目の前の事象全てをそれに合わせて認識してしまうところがある。心理学的にいうとパレイドリアという。この場合、大貫らが遠野信治なる人物を重要参考人として有望視していることが、地取りを担当する捜査員達の心理的な面に影響を与えているのだ。

大貫は遠野を犯人と半分断定している。物事の真偽にかかわらず、環境から情報を選択し記憶に蓄えている情報と組み合わせ、形を変えてでもすでに自分にある信念と整合性のある信念を作り出す。心理学者オルコックはそれを信念エンジンと名付けた。オルコックはいう。そのエンジンがひとたび動き出せば、理性は直感の前にたやすく敗れると。

佐久間、近藤が現れ、会議が始まってもそれは変わらなかった。

比較的余裕が見られるのは大貫ら三係の連中だけで、その他の捜査員達は成果なし、を連呼するに止まった。ある種の倦怠感さえ感じられた。

そのままの雰囲気で、会議は散会した。

捜査員達はふっと息を吐くように、席から立ち上がった。互いに一日の労をねぎらう声があちこちから漏れ、爽子と藤島もそれを聞きながら立ち上がろうとした時、佐久間が「吉村君」と声をかけた。

爽子は藤島から離れ、一人佐久間の側に行った。

佐久間はあらかたの捜査員が出ていったのを見計らってから、口を開いた。

「――司法解剖の再確認の許可が出たよ」

「そうですか。ありがとうございます」

爽子が儀礼的に頭を下げると、佐久間は小さく頷いた。

「私自身はそこまで必要ないと思っていたが、課長も出席した今日の会議で鷹野警視がそう主張してね。課長も承認した」

「はい」

佐久間は爽子から目を逸らすと、いった。

「……吉村君、ひとつだけいっておく。いいか、捜査は自分の優秀さを誇示するための手段ではない。あくまで犯人逮捕が最優先事項だ。それから、愛娘の遺体に二度メスの入る御両親の気持ちをよく考えてみろ。いいな」

「――判って、います」

全ての感情を押し込めた声で答え、失礼します、ときびすを返しかけた爽子に、佐久間はいった。

「吉村君」

「何でしょうか」爽子は足を止め、向き直った。

「——いい上司を持ったな」

明らかな皮肉だった。捜査方針に介入された不快感が滲み出ていた。

その声には昼間見せたささやかな気遣いの片鱗も感じられず、佐久間もまた大貫らに期待しているのが判った。

爽子は黙礼し、その場を離れた。

怒りなのか哀しみなのか判らない感情が、爽子の心に湧いていた。それは、怒りが佐久間に向けたものなのかそれとも犯人に向けたものか、哀しみが被害者に向けられたのか自分自身に向けられているのかも判らないほど、混乱した感情だった。指向のない感情は、心をどこまでも侵蝕する。そして、いつか心を突き破るのではないかと爽子は思った。あてどもない今の感情が、心の深い場所に自然に沈殿してくれることだけを、爽子は願った。

そのまま、会議室を出た。ドアの外には藤島が待っていた。

「なんの話だった？」

壁に凭れていた身体を離し、藤島が尋ねた。

「――司法解剖の上申が通ったわ」

「そうか、良かったじゃないか。これで結果如何で捜査員を地取りに投入出来る」

「――そうね」

「どうしたんですか」

目を逸らして小声で答える爽子に、藤島が僅かに怪訝な表情になった。

「別に」結んだ髪を微かに揺らして、爽子は答えた。

「そう、ですか」

「それじゃ、明日」

爽子は背を丸めるようにして、廊下に消えた。藤島もただ見送る以外に、何もできなかった。


一月十六日。

文京区大塚、監察医務院の中の空気は、冬だというのに湿っていた。そして、まるで水の底のような静謐。全てが、溜まった消毒液の臭いと、沈黙の底にあった。死者と生者を分かち、死者だけが占有できる沈黙が、まるで異界のように建物を包んでいる。

その医務院の入り口から入ってすぐの遺族待合室のソファに、爽子は浅く腰かけていた。出勤すると同時に監察医務院での解剖を知らされ、到着したのが昼過ぎだった。その時すでに第一強行犯捜査から急遽派遣された牧田という警部が立ち会うために来ていた。司法解剖の立ち会いは警部補かそれ以上の階級でなければならない。しかし蔵前の本部からは、誰もが多忙を理由に立ち会いを拒否していた。そこで、第一強行犯捜査の牧田警部に鷹野が協力を頼んだのだった。

すぐに解剖が開始された訳ではなかった。折悪しく、足立区で二体、千代田区で同じく二体の異状死体——通常考えられる死因以外の理由で死亡した遺体が運び込まれたので、すでに一度解剖に処されていた坂口晴代は後回しにされていた。それを知ると牧田は立ち会いに難色を示した。しかし、爽子が何とか頼み込んで止まって貰っていた。爽子にしても、簡単に引き下がる訳にはいかない。

解剖が開始された時間は、午後五時を回り、すでに三十分が経過していた。普通、外表検査で約一時間、解剖そのものは長ければ二、三時間かかる。坂口晴代の場合、爽子の知りたいことが確認されれば終了する。そう時間はかからない筈だった。

——私の知りたいこと、か。

ここに、藤島は来ていなかった。地取りの応援に回されていた。爽子はたった一人、解剖の結果を待っている。

爽子は手をうなだれた額の前で組んでいた。ふと顔を上げる。目の前を、検死当番らしい監察医が、往診鞄のようなバッグを手にした監察医補佐とともに小走りに出て行く。都内のどこかで、異状死体が見付かったのだろう。爽子は後ろ姿を見送った。溜息をつく。

私は何のためにここにいるのだろうか、と爽子は思った。

――私の捜査は誰にも期待されていない。それなのに、私は被害者が殺害されたとき、自分の考えた通りの状態であったことを望んでいる……。

なんという人間なのか。犯人逮捕のためだと考えても、どうしても心に補償しきれない罪悪感があった。被害者も自分と同じ女性だ。本来なら被害者の身体が出来るだけ人目に触れないように守ってやるのが同性としての務めではないのか。

爽子は目を上げ、受付窓口を見、それから奥の鉄製の扉に顔を向けた。その奥には事務室があり、そこを通り過ぎると地下一階にある解剖室につながる階段がある。解剖室にはガラスで仕切られた見学室が設けてあり、爽子は見ていくかと監察医に声をかけられたが、断り、ここに座っているのだった。とても全てを正視できる自信はなかったし、その解剖が自分の進言で行われているとあれば、さらに耐え難かった。

口元に当てた親指の爪が、小さく鳴った。思わずまじまじと自分の爪を見た。わずかに歯形がついていた。――爪を噛むなんて、何年ぶりだろう。

女性警官は規則によってマニキュアを塗るのは禁止されている。そのかわりにペディキュアを塗る者が多いが、爽子はそれさえつけていなかった。艶をなくした爪は疲れた女のそれだった。

――逃げてるんじゃないの、結局。マル害の運命からも、組織の力学からも……。

爽子は思い、こうまでして埋めなければならない他の捜査員との溝を思った。

そして自分と他の捜査員は、まさに心理学者と、たとえば物理学者の関係のようなものだ、と思った。

心理学の理論の多くは、基本的に実証が困難なものが多い。それは、分析者の主観が色濃く反映され、実験やあるいは解剖によって客観的に目にすることが出来ないからだ。しかし、科学は基本的に事象から検証し、客観的なデータを収集することによって成り立つ。つまり、誰が実験しても同様の結果が得られなければ成り立たないが、心理学では分析者によって結果が異なるのは当然と考えられている。そのため、精神鑑定は必ず三名の精神科医によって行われるのだ。

論理を優先する――、いやほとんど論理のみで成立しているのが心理学といえるだろう。他の科学者とは相容れなくて当然だ。中には心理学をオカルトと同列に見る者さえいる。

たしかに、自己の心理に光を当てようとすれば、必然的に宗教的なものの見方が出て来ても不思議ではない。事実三大心理学者の一人、ユングは父が聖職者、母が霊媒気質の一族の出だったせいか霊魂の存在を信じ、超常現象、とりわけ錬金術に傾倒したのは有名だ。その学位請求論文も『いわゆるオカルト現象の心理学と病理学のために』というものだった。また、師フロイトと決別するきっかけになったのが超常現象に対する意見の相違であるのはよく知られた、ユング自身が記している事実だ。

　爽子はもっともユングに傾倒していたが、その飛躍した部分についていけないと感じることが多かった。何より爽子は学者ではなかった。爽子は警察官だった。爽子が分析の対象にするのは内なる宇宙などではなく、都市を隠れ蓑に跳梁する異常犯罪者なのだ。

　冷たい空気が足下に淀んだ待合室で、爽子は解剖結果を待ち続けた。警察官として。そうでなければ耐えられない。

　その時、爽子の腰で振動がした。ポケットベルが作動している。爽子は取り出し、液晶の画面を見た。藤島からだった。署に連絡をいれるようにと告げていた。

　爽子は立ち上がり、公衆電話の受話器を取り、カードを挿入した。

「遠野が、逮捕されました」

　藤島が電話口に出るなりいった。側に誰かいるらしい。丁寧な口調だった。爽子は思わず息を止めた。受話器を握る手に力が入る。

「――いつ？」

「四時間ほど前ですが、自分もついさっき聞いたばかりです。……現場付近で通りがかりの男と口論になり、殴った。それを尾行していた大貫警部の部下が取り押さえ、所持品を調べたらナイフを持ってた。傷害と銃刀法違反の現逮。――どうやら、遠野がナイフを普段から所持していることを大貫警部は摑んでたらしい」

そうか、と爽子は思い当たった。大貫の自信は、これだったのだ。

「供述はどうなの、もう……〝うたった〟の」

「いや、まだだが……。奴、相当精神的に参ってるって話だ。いろいろと訳の判らないことをいっているらしい。遠野が犯人でないとしても、取り調べ方によっては――どうかな」

「わかった。解剖の検案書がとれ次第、そっちにもどるから」

「いけそうですか」

「わからない。でも、もうすぐだから」

「そうですか。待ってます」

「ええ。――それじゃ」

爽子は受話器を置いた。そして、もといた場所に戻った。

腰を下ろそうとした時、目の前のホールに続くドアが開いた。白衣を着た監察医と監察医補佐、次いで牧田が出てきた。

「結果が出たよ」と牧田がいった。

「ご面倒をおかけしました」爽子が頭を下げると、牧田は目を逸らし、結果は先生方に伺ってくれ、とだけいい置き、足早に帰っていった。

「あの、どうだったんでしょうか。鑑定結果は」

爽子は、二重顎の目立つ、やや太り気味の医師に尋ねた。

「ん……、まあ、手っ取り早くいえばだね、医者も人間、見落としもあるってところかな」

爽子は思わず医師の細い目を見つめていた。

——ということは……。爽子が口を開こうとすると、医者が先にいった。

「鑑定嘱託書の項目には取り上げられていなかったからね。まあ、気づいてたのかもしれないが」

「わかりました」

この期に及んで何といういいぐさか、と爽子は暗い怒りを感じながら、無表情に答えた。

……人ひとり、殺されてるのよ。

「最終的な鑑定書には記載しておくから」

鑑定書は関連検査の結果も記されるので、概ね三週間ほど先になるのだ。

監察医と補佐が立ち去ってしまうと、爽子は大きく息を吸い込み、肩の力を抜いた。消毒液の臭いのする湿った空気でさえ、肺胞に有り難かった。

爽子が所定の手続きをすませ、監察医務院を出たのは、それから三十分後のことだった。そしてその時、この解剖を最後にして、坂口晴代の遺体は衣類を除いて遺族に返還されるのを知った。

玄関のガラスドアを押して外の乾燥した空気に触れた。新しい緊張と同時に寒さが爽子を包み、コートのボタンをはめた。

すでに日はビルの向こうに消え、わずかな残照が西の空に見えた。

これが最初の正念場だ、と爽子は小柄な身体を一瞬震わせて、思った。

爽子は駐車場に停めていたワークスに乗り、蔵前署に戻った。

蔵前署には安堵の空気が流れていた。本当の勝負は被疑者の罪が裁判で確定するまで続くが、犯人が早期逮捕できたと信じ、それを素直に喜んでいる雰囲気だった。出先が近かったのか、すでに会議室に集まっている数人の捜査員達の表情も同じだった。

「吉村さん」

会議室に入ってきた爽子を見つけ、藤島が近づいた。

「遠野は、自供したの」

「ああ、ついさっきした。弁録も取られた」

弁録とは、逮捕されて最初にとられる弁解録取書のことだ。

爽子は頷いた。実際にしていなくとも逮捕されて一、二時間で容疑者が犯行を〝自供〟してしまうのは珍しくはない。なかには捜査員に誘導、あるいは責め立てられて真に迫った〝供述〟をする者もいるのだ。

人間の記憶ほど、不確かなものはないことを爽子は知っていた。

狭い取調室で取調官と書記役の三人だけにされ、世間から隔絶されると被疑者は暗示にかかりやすくなる。犯罪事実を告げられ、繰り返しお前がやったんだろうといわれれば、当人も犯行を犯した気持ちになってしまうのだ。これは、心理学では供述心理学と呼ばれる分野の研究対象だ。

似た例に、催眠療法がある。これは、被験者がふと感じた不安に怯えセラピストのもとを訪ねて逆行催眠を受けると、たちまち過去の心的外傷、つまりトラウマの記憶を取り戻すというものだ。アメリカで盛んな療法だった。これで、過去の記憶を蘇らせたと主張する人は多い。しかし不思議なことに彼らの主張するトラウマの原因は三通りしかない。個人間でもっと差がある筈なのに、ほとんど三つの理由しかないのだ。その理由とは、宇宙人に誘拐された、悪魔崇拝者の生け贄にされかけた、家族の誰かに性的な悪戯をされた、というものだ。いずれも、セラピストの誘導によって〝記憶を取り戻した〟――つまり別の記憶を植え付けられた可能性が高いのではないかという心理学者もいる。

ある心理学者はいった。「私がもし、あなたは幼児期に迷子になった悲しい記憶がありますね、と告げても大抵の人は初めは思い出さない。しかし、次に会ったときには実に正確にそのことを思い出してくれる。たとえ本当にそんな体験がなくてもだ」と。ユングも、患者の記憶を誘導するのは良くないと、催眠療法は後年行わなかったくらいだ。

「大貫警部」

と爽子は部下と共に煙草を吸いながら雑談していた大貫に、声をかけた。大貫らはぴたりと話すのを止め、爽子を見た。

「遠野信治と話がしたいんですが」

「何のためだ」

「吉村巡査部長、あんた、なんか文句つけようってのか」

大貫の部下の一人がいった。

爽子はその男を見た。「いいえ」

「ま、いいだろう。吉村さんも、今回はいい勉強になったろうが、え?」

煙草の煙を吐きながら、大貫が小馬鹿にしたようにいった。

爽子と大貫の間は離れていたが、直接煙を吐きかけられたような嫌悪感を感じた。あんたみたいな奴は、どこか麻酔のないところで肺ガンにかかればいい、と爽子は思った。

どうも、と爽子は表情を隠していい、藤島とともに取調室に向かった。自分のペルソナ――外的人格が、また重くなったような気がした。

取調室の前へくると、爽子はドアをノックした。中から返事があり、爽子と藤島は中に入った。六畳ほどの取調室の中心に置かれた机に、髪の長い男が両腕を置きその上に顔を伏せる姿勢で座っていた。表情は見えない。

「少し話したいことがあって。大貫係長の許可は貰ってます」

爽子が隅の机に座っていた書記役の捜査員に声をかけると、その捜査員は黙って出ていった。ドアが閉められると、爽子は遠野の正面のパイプ椅子を引き、腰かけた。

「――まだなんか、あるんすか」

伏せたまま、遠野が疲れた声でいった。

「少し話が聞きたいと思って。私は捜査一課の吉村といいます」

のろのろと遠野は顔を上げた。頬や額には、脂が光っている。

細面の疲れた男の顔だった。髪は真ん中で分けられ肩に届くくらい長い。典型的な、都会によく見られるありふれた顔だというのが、爽子の第一印象だった。クレランボー症候群あるいは熱情精神病にも見えない。主体性が感じられず、というより時流に流されているのが自分の主体性だと考えている人間。こんな意志の弱い人間が捜査員に逮捕され、何度も同じことを繰り返し質問されれば、苦しみから逃れるためにどんな嘘もそれと意識せず口にしてしまうことは納得できる。そのことを証明するように、遠野の目にはどんよりとした膜がかかっていた。それは、殺風景な取調室に、奇妙にとけ込んでいる表情だった。

「俺が、やったんですよ」

どこか遠い場所から聞こえる呪文のような声だった。この声で、普段その場しのぎに使う〝すみません〟という言葉と同じ感覚で〝自白〟したに違いない。すでにたった数時間の取り調べで、この男の心の確とした記憶——いうなれば〝リアル〟は破壊されている、と爽子は思った。——空虚な心に虚構を流し込まれた屍だ。

「そう。本当に?」

爽子は静かな声と表情で尋ねた。

「…………」

「犯行当夜、十三日のこと、覚えてる？」

遠野は無言だった。

「十一時頃、何してたの」

無言。遠野はただ目だけを動かした。爽子を見ようともしない。爽子は息を吐いた。

「どういうふうにいえなんて、強制はしない。ただ、あったことをありのままに話してくれればいいの」

爽子の言葉を遠野が理解するまで、数瞬の間が必要だった。

「……話したって、聞いちゃくれねえんだろ。お前がやったんだろって、怒鳴るばかりでよ」

諦めが拗ねたような声と表情をつくる遠野に、爽子は粘り強くいった。

「強制もしないし、怒鳴りもしないわ。約束する」

「――煙草吸いてえな」

爽子が傍らに立つ藤島を見た。藤島は煙草の箱を取り出し、一本振り出して遠野に勧めた。

「マイルドセブンだが」

「マイセン、吸わねえんだよな」

いいながらも遠野は銜（くわ）え、火をつけて貰うと、深々と美味（うま）そうに煙を吐いた。爽子は立ち上がり、書記役の捜査員が座っていた机の上から軽いアルミ製の灰皿をとって置いてやり、座った。遠野はもう一度吸ってから、灰を灰皿に落とし、いった。

「俺は、晴代を殺（や）っちゃいねえ」

「ならあの夜、どこにいた」

ようやく人間らしい声を取り戻した遠野に、藤島がいった。

「午前中は家で寝てた。それから三時くらいに家を出て、連れと会って、七時くらいから新宿で飲んでた。十時くらいに別れて……それから十一時頃なんか食って、そのまんま寝た」

「寝たのは自宅？」

「ああ、本当なんだ。信じてくれよ、確かに俺は晴代に付きまとってた。けど殺すなんて、冗談じゃねえ！　本当なんだ、俺は――」

喋（しゃべ）っている間に興奮してきたらしく、遠野の声が大きくなった。

「あなたは自炊してるの？」

爽子は平静な口調で尋ねた。

「違うよ、なあ、聞いてくれ、俺は――」

「何を食べたの」

遠野は口を閉じた。質問の意味が判らない様子だった。初めて爽子と視線を合わせた。

「それ、大事なことなのか」

「いいから思い出して。何を食べたの」

「……サンドイッチかなにか、パンだったような気がする」

「自分で作った訳ではないのね」

「ああ」遠野は目を爽子から逸らした。

「買ったお店は？」

「コンビニ、だったと思う」

遠野がコンビニに行った時刻と死亡推定時刻が重なれば犯人は別にいることになる。

「どこのコンビニに行った？　時間は。店員は男か女か」藤島が遠野を睨みながら尋ねた。

爽子は必要なことを尋ね終わると、遠野が吸い終わった煙草をハンカチに包み、立ち上がった。部屋を出ようと遠野に背を向けた時、ふと思いついて訊いた。

「最後に一つだけ教えてくれる？――坂口晴代さんて、どんな子だったの」

爽子は背中で、遠野が自嘲に似た笑いを漏らすのを聞いた。

「……真面目な、子だったな。ていうか、純粋だったのかな」

「そう」爽子はドアを開けた。背後で遠野が呟いた。

「……天使みたいな子だったよ」

爽子と藤島は取調室を出、会議室に戻った。

大貫らは相変わらず雑談していた。

「大貫警部、遠野の供述調書を見せて貰えますか」

「なんだお前は、あ？　他人のあら探ししようってのか」

「そんなつもりはありません。見せていただけますか」

「おい、何様のつもりだ！」

部下の一人が立ち上がった。その男は確か巡査だった。巡査部長に巡査がそんな口を叩けるのも、捜査一課の捜査員ならではだった。

「見せてやれや」

大貫は低い声でいった。煙草をもみ消す。

「吉村さんよ、あんたがどんな空論振り回したって、真実までは変えられねえんだ。ま、明日ガサ入れしてみりゃ全部はっきりするがな」

物的証拠も目撃者もない今の状況で、何が真実だ。そういい返したいのをこらえ、ほらよ、とテーブルに投げ出された紙の束を爽子は手にした。見ると、「供述調書」という題や本籍、住所、職業といったすでに印刷されている書式——不動文字というが、それはなく、また犯行時の状況を記す前に必ず書かれる身上関係の部分も欠落しており、犯行の状況のみが走り書きの乱雑な字で記されている。これは正式な供述調書ではなく、その前の段階、供述仮調書と呼ばれるものでもなかった。

上申書。捜査線上にあがった被疑者を別件で身柄を拘束した場合、〝あくまで自発的に〟被疑者が他の事案を——つまり本部にとっては本来の容疑を供述した場合に取られる。

〈……私は坂口がアルバイト先であるコンビニエンスストアから出てくるのを待っていました。坂口は普段とかわらない様子で十時頃そこを出てきました。何度か私は店の前で坂口を待ち伏せたことがあるので、出てくる時間を知っていたのです。私は乗っていたバイクで後を尾けました。声をかけようかと思いましたが人通りもあり、また、以前にアルバイト帰りに声をかけたところ、もうこんなことは止めて欲しいと泣かれたこともあったことから、声をかけず、坂口さんが乗ったバスを追いました。しかしどうしても自分の気持ちを知って欲しいという気持ちと今夜こそは決着を付けてしまいたいという焦りもあり、降車した時、偶然を装って声をかけたのです。

坂口さんは、最初は歩いて帰るからいい、と断りましたが、強引にバイクに同乗させ、走り出しました。その時には力ずくでも関係を迫るつもりでいたので、とにかく人目のない場所を見つけるつもりでした。しかし途中騒がれたために一旦バイクを停め、走って逃げようとする坂口さんの後を追い、路地で捕まえましたが騒がれたために、日頃所持していたナイフで殺害しました。

犯行当時のことは、気が動転していて、よく覚えていません〉

爽子は目を上げた。ふっと息をついた。

先ほど取調室で聞いたことは、今はさておくにしても、遠野信治は、やはり殺害していない。

坂口晴代が喘息発作を起こしていたのは司法解剖の結果から明らかだが、遠野の供述に当該マル害の様子が、〝普段と変わらない〟と記されているのでは、納得がいかない。どの程度の発作だったのかは不明だが、八坂医師の証言と合わせて考えれば少なくとも〝走って〟逃げることができたとは思えない。

加えて、犯行時の状況を曖昧(あいまい)な記述でひとまとめにしてあるのは、明らかに遠野が犯行現場の状況を知り得なかったからだ。少なくともこのマル被は現場に不注意に遺留品を残さず、また、明らかな意図を持って遺体を配置し、それに警察に挑戦するかのような文字を刻んだ。冷徹さと破綻(はたん)した凶暴さ。そのどちらも遠野信治とは重ならない。

やはり、犯人は別の人間だ。それにしても、と爽子は思った。こんな子供騙しのような調書で、本当に起訴できると大貫は考えたのだろうか。物的証拠はもちろん、秘密の暴露もない。とりあえず自白をとって、勾留期間をぎりぎりまで延ばして捜査しようというのが見え見えだ。だがおそらく、調べても何も出てはこないだろう。

爽子は藤島を視線で促し、廊下に出た。人目のない所まで移動してから、藤島が口を開いた。

「で、結局どうなんですか」

「解剖の？　それとも遠野が犯人かどうか？」

「どっちもだ」藤島もさすがに苛立った声でいった。

「解剖の結果は、私が考えた通りだった。遠野は、アリバイの裏がとれるまで断定は出来ないけど、犯人とは思えない」

藤島の苛立ちにわざと気づかぬ口調でいってから、爽子は説明した。

藤島は黙って聞いていたが、聞き終えると煙草を取り出し、一服吸った。

「誤認逮捕、か」

「コンビニの件はともかく、鑑定書と大貫警部の採った供述は相容れない。どちらかが

――」

間違っている、とはさすがに爽子は口に出さなかった。藤島は急に難しい表情で紫煙を吐き出した。

「裏をとらなきゃ、コンビニ」

爽子は頷(うなず)いた。そして、藤島のやや憂鬱(ゆううつ)げにひそめられた眉の下の眼をみた。コンビニエンスストアの聞き込みに動くことは、本部の捜査方針に対する明白な異議申し立てになるからだ。

憂鬱なのは爽子も同様だった。だが、遠野が当該日、本当にコンビニエンスストアに行ったのなら何か証拠があるはずだ。それを確認してから聞き込みをすればよい。だが証拠がでなければ、そこで初めて佐久間管理官に報告し、聞き込みをするしかない。縄張りを荒らされた大貫がどういう反応を示すか。——考えるのも鬱陶(うっとう)しい。

「天使みたいな子だった、っていってたな。あいつの口から聞けたまともな言葉は、あれだけだった気がする」

負の感情をはらうように、藤島は口調を変えた。

「——天使はね、裏切るのよ」

「え？」

藤島は怪訝(けげん)な表情で訊き返した。

「彼女が天使なら、私は〝ソフィア〟ね……行きましょうか」

爽子は藤島を促した。犯人逮捕の連絡を出先で受けた捜査員が次々と戻り、一つの流れのように会議室に入っていくのが見えた。

爽子と藤島も、その後に続いた。

会議室はやや騒然としていた。口伝えに、犯人を逮捕、自供をとったという報せが捜査員の間に広まっているのだった。反面、白けた表情の者達もいた。蚊帳(かや)の外に置かれた、蔵前署の捜査員をはじめとする一課以外の捜査員だ。

爽子と藤島が最後列に空いた椅子を見つけ腰かけると同時に、佐久間と近藤が早足で会議室に入ってきた。

会議室の喧噪(けんそう)は潮が引くように収まり、全員が起立した。

「早速だが報告願いたい」

捜査員らが着席すると同時に佐久間が口を開いた。

大貫が立ち上がった。爽子と藤島からは見えなかったが、いつもは土気色の顔が僅かに紅潮し、仏頂面の中にそれとない優越感があった。

「報告します。本日十三時頃、遠野信治を現場近くの路上で近所の人間に暴力を加えているところを取り押さえました。被害者は近所に住む四十九歳の男性で、〝夜遅く若い女がうろうろするからだ、どうせまともな女じゃないんだろう〟と口にしたのを遠野が聞きとがめ、口論になったとのことです。次いで所持品の検査をしたところ刃渡り八センチのナイフを所持していましたので、傷害及び銃刀法違反容疑で現行犯逮捕しました。

本署に連行し、取り調べた結果、坂口晴代の殺害を認めましたので緊急逮捕しました。遠野は昨日も現場周辺を徘徊するなど不審な行動が見られ、現場保全の地域課員も目撃しております」

捜査員の間からほお、という声が上がる。

「ご苦労でした。証拠の方は？」

「は、すでに所持していたナイフを科捜研に送っております」

佐久間は大きく頷き、ようやく表情を緩めた。

「全員、ご苦労さまでした。裏付けは明日――」

「佐久間管理官」

爽子は手を上げ、いった。

会議室の空気が緊張した。佐久間も表情を引き締め、爽子を見た。

「なにか、吉村巡査部長」

「はい、司法解剖の結果が出ました」

佐久間は無言で爽子を見た。

「当該マル害は分析通り殺害前、喘息の発作を起こしていたことが判明しました」

「それで」

「先程遠野信治の供述内容を読みましたが、それには発作のことは一言も書かれておりません」

「だから何だというのだ」

「……遠野は、現場にいなかったと思われます」

会議室がざわついた。

「吉村ぁ、何言ってんだこの野郎！」

三係の一人が身体を後ろにねじ向け、怒鳴った。大貫の「言わせてやれや」というくぐもった声が聞こえた。

「吉村君、言葉遣いに気をつけろ。発作があったのは事実だろうが、それだけでは君の主張する流しの犯行とは断定できないぞ。それとも君はなにか、自分の分析に合致しないから、遠野は犯人ではないというのか」

「違います」爽子は言下に答えた。

「遠野の供述では、マル害は〝普段と変わりなく〟と記されています。しかし主治医の話では、当該マル害の症状はかなり重く、発作が起きれば立っていられなくなるほどだったそうです。その点、供述に見られないのは不自然です。また、〝走って逃げる〟のも難しかった筈です」

　爽子は佐久間を見つめた。佐久間は腕を組み、じっと爽子を注目している。他の捜査員も同様だった。

「続けます。さらに供述では〝犯行当時のことはよく覚えていない〟となっていましたが、ではなぜ現場に残されていた署名が〝ジャック・ナイト〟なのでしょうか？　このジャックとは、おそらく一八八〇年代、ロンドンで発生した連続娼婦殺人事件の犯人の俗称を借用したものだと見られますが、遠野がそういった殺人に関する書籍を愛読していたという事実があったのか、あるいは証言があったのでしょうか」

「おいおい、〝切り裂きジャック〟のことくらい、俺達だって知ってるぜ」

　三係の誰かが吐き出した。自分だけ何でも知ってるようにいうな、とでもいう語調だった。

「確かに、〝切り裂きジャック〟は有名な事件で、事件の内容を詳しくは知らなくても、大まかな内容は知っている可能性は高いと思います。しかし、この被疑者はそれだけではなく、現場の状態から、他の類似した特異犯罪や警察の捜査についても、強い興味を持っていると考えられます。これは多くの異常犯罪者にいえることだからです。ですから、そういった書籍を購入していると考えるのは自然です」

「……そんなことは、明日のガサ入れでわかるだろうが」

そう答えたのは、低く怒りを含んだ大貫の声だった。前を向いたままだった。

爽子は唾液を飲み込んだ。怯（ひる）んで一歩でも譲ってやるものかと自分にいいきかせる。

「また、物的証拠もありません。これは――」

「犯行時、奴は酩酊（めいてい）してたんだ。それにあんたのいうことは、全部明日になればわかることばかりだろうが！　おお？」

大貫が身体をねじ向け、怒鳴り返した。

では明日にならなければ判らないことを並べ立て、得意げにそこに座っているあんたはどうなんですか、と言い返したいのを堪（こら）え、爽子はいった。

「私のいいたいことは、以上です」

佐久間は空咳（からせき）した。隣にすわる近藤がメタルフレームの眼鏡をちらりと光らせ、佐久間を窺った。

「吉村君のいうことは判った。課長には伝えておく。――では本日は散会、遠野信治宅の強制捜査は明朝十時に行うものとする。以上」

いつもこれだ、と爽子は思った。捜査幹部の常套句、〝あらゆる可能性を考慮〟して、再度の司法解剖の結果を検討するということだろう。灰色の決断だ。警察にとって灰色は、あらゆる〝色〟の基本になるが、黒か白かをその足で確かめるのは現場の捜査員なのだ。そして一旦〝黒〟に見えたものを別の色彩として捉えるのは容易ではない。

捜査員らは爽子と大貫のやりとりの余韻を残した、気まずい雰囲気のまま席を立った。大貫以下三係の連中は、無言で爽子に敵意の籠もった眼差しを向けると、会議室を出ていった。

爽子と藤島も席を立ち、言葉少なく「それじゃ」と声をかけ合って、会議室を出ると別れた。

一月十七日。

その日は朝から緊張感が会議室にたちこめていた。遠野信治宅の家宅捜索を行うためだ。爽子と藤島も一度挨拶を交わした後、一言も口を開いていない。

八時丁度、会議室に近藤を伴って入った佐久間は、挨拶が終わると捜索の分担を伝えた。

「遠野信治宅の捜索は大貫警部を責任者に、本庁鑑識の協力を仰ぎ、本日午前十時から着手されたい、他の者は待機。以上」

大貫が立ち上がり、悠然と出て行く。その姿には余裕があった。三係の捜査員が後に続いた。他の捜査員はやれやれといった表情で椅子に深く身を預ける者がほとんどだ。

「行きましょう」

爽子はコートを手に立ち上がりながら、藤島にいった。

どこに、とは藤島も訊かなかった。

「佐久間管理官」

廊下に出ると、近藤と肩を並べて歩く佐久間の後ろ姿に声をかけた。佐久間は鞄とコートを下げたまま、振り返った。

「なんだ、吉村君」

「私もガサ入れに同行して構わないでしょうか」

「なにか目的があるのか」

「一つ、不明な点がありますから」

「……遠野の愛読書のことか」

「はい」

爽子は頷いた。まさか、本当の理由はいえない。大貫が大貫自身に不利な証拠から目を逸らすかも知れない、などということは。佐久間は考えてから答えた。

「別に構わんと思うが、現場責任者は大貫係長だ。彼の承諾を取るんだな」

「判りました」

爽子は答え、一礼してきびすを返した。藤島も続いた。

署の建物を出、大貫の姿を捜した。駐車場には三係の連中が六人、覆面パトカーの周りで煙草を吸ったり、辺りを見回したりしている。鑑識のバンも待機していたが、大貫はいない。大貫はまだ署内にいるらしい。

「トイレかな」

藤島がいい、二人は庁舎に戻るとトイレに向かった。

大貫が、ハンカチで手を拭きながらトイレから出てきていた。爽子は警部、と声をかけた。

「なんだ」

大貫は立ち止まった。しかし爽子の方を見ようともせず、ハンカチで手を執拗(しつよう)に拭き続けている。

「捜索に、私も同行してもよろしいでしょうか」

「………」

大貫は無言だった。視線は相変わらず手元に落とされている。

「警部」

突然、大貫はハンカチを落とすと爽子のジャケットの襟元を摑み、爽子が一瞬遅れて身を固くしたときは、背中が汚れた壁に押しつけられていた。

「てめえ、何様のつもりだ、ええ？」

咄嗟(とっさ)に、爽子は言葉も出なかった。煙草臭い不快な口臭が、爽子に吹きつけられた。爽子は摑みあげられて半ばつま先立ちした足が震えそうになるのを堪えた。爽子も警察官である。所轄時代には勤務中暴力に晒(さら)されたこともしばしばだった。しかし、犯罪者から受ける暴力と、同じ警察官から受ける暴力とでは質が違うのだ。

「今度はどんな難癖つけるつもりだ、おお？　心理学だかなんだか知らんが、好き勝手なことほざきやがって……。あんた、自分だけは間違いをしないつもりか、え？」

「――同行を許可して頂けますか」

爽子は腹の底に力を込めて、大貫の眼を見ながら、口を開いた。

「……何様かと聞いてんだ、このメンタ」

「――この手を放して下さい」

爽子の声を怒りが微かに震わせていた。腕力で勝てるとは思わなかったが、胸の奥からせり上がってくる衝動を抑えきれなくなりつつあるのが、はっきりと自覚できた。右手の関節が白くなるほど握りしめる。身体をよじるようにして、拳を上げた。

だが、それが大貫に叩きつけられることはなかった。藤島が爽子の手首を掴んだ。強い力だった。

「許可を頂けますか」

爽子の右手を握ったまま、藤島は大貫の目をただ静かに見つめて、口を開いた。

「……勝手にしろや」

大貫は爽子を突き飛ばすように離し、肩を怒らせ憤然と歩き出そうとした。

爽子は、はっと息を吸い込んだとき、足下に落ちたハンカチに気づいて拾い上げ、大貫の背中にむけて口を開いた。

「大貫警部」

大貫の足が止まった。

「忘れ物です」

大貫が振り返る。爽子は素早くハンカチを畳み、差し出した。大貫はそれをひったくり、歩き去った。

爽子は切れかけた忍耐を、ジャケットを直し、耳の上の髪を指先で梳く間に修復する。大丈夫、と結んだ髪を直しながら自分に確認する。——この髪留めと同じく、私の忍耐も切れていない。上出来。

こうして見た目を整える自分と、無謀にも男に殴りかかる自分。どちらも女としての自分から出た行動ということに爽子は気恥ずかしさを覚え、誰にも見られたくない、という思いで藤島を見たが、藤島は大貫が歩き去った方向に厳しい視線を送っていた。

「行こうか」

藤島は爽子の様子を見定めると短くいい、歩き出した。爽子も摑まれた右手首の痛みを今更感じ、そっとさすりながら、歩き出した。

大貫らの乗る覆面パトカーと鑑識のバンを、爽子と藤島はワークスで追った。

駐車場を出ると覆面パトカーは露骨に引き離すようにアクセルを吹かし、走って行く。途中信号などで停止した際、ルームミラー越しに、苛立たしげに自分たちを見る三係の捜査員の視線とぶつかった。

遠野信治のアパートは墨田川に近い住宅地にあった。窓側は隅田川の方向に向いている。二階建ての、古い建物だった。

路上に停車すると、大貫と部下四人はすぐに降り、二手に分かれた。一方は二階への階段を上って行く。もう一方は階段下のカバーの被せられたバイクに走って行く。ジュラルミンのケースを手にした鑑識課員も二人がバイクに向かい、五人が大貫らに続いて階段を昇って行く。爽子と藤島も追った。

二階には四つの部屋があり、その一番手前のドアの前に小太りの初老の男が、落ち着かない様子で立っている。鍵束を手にしているところを見ると、大家らしい。被処分者の遠野が勾留中のため、大貫が立ち会いを求めたのだろう。

大貫は捜索差押許可状を大家に提示し、ドアを開けさせると中に入った。大貫らが入るのを見てから爽子と藤島もドアに歩み寄り、警察手帳を大家に見せ、木綿の白手袋をつけてから中に入った。

狭い六畳の１ＤＫだった。入り口近くに簡単な流しとトイレがあり、それ以外の場所には脱ぎ捨てた衣類や持ち帰り弁当のカラ、店の名前が印刷されたナイロン袋が散乱している。爽子と藤島は玄関に靴を脱ぎ、部屋に上がった。部屋はわずかだがカビ臭かった。壁のハンガーには迷彩服が何着かかけられ、床にも同じく脱ぎ捨てられた迷彩のズボンがあった。遠野は軍装品に凝っていたようだ。

すでに捜索を始めていた大貫らは、爽子と藤島が入ってきても手もとめず顔も上げなかった。それぞれ机の引き出しを掻き回したりタンスの中の衣類を一枚一枚調べている。

爽子は本棚がないかと見回したが、なかった。足下に視線を落とすと漫画週刊誌が散見できる程度で、新聞さえない。

「吉村さん」

「ええ、レシートを捜しましょう」

藤島と爽子は小声で言葉を交わすと、台所近くのゴミ箱や、コンビニエンスストアのビニール袋に歩み寄った。衣類は大貫ら三係が調べているので、後回しにする。

藤島は顔を顰めながらゴミ箱に手を入れ、中身を確認する。爽子も片膝をつき、床に散乱しているビニール袋を一つ一つ手にとって中を調べた。

ほとんどの袋は空だった。しかし、四つ目のビニール袋を逆さにしたとき、小さな紙片が床に落ちた。レシートだった。

爽子はそれを座ったまま拾い上げた。日付に目を凝らす。〈01／13　23：13〉……坂口晴代の殺害された時間帯が確かに感熱紙に焼き付けられている。

「写真をお願いします！」爽子は鑑識課員に叫んでいた。

部屋の間取りを記録したり、指紋検出のためにダスターでマグネシウム粉を振っている鑑識達の中で、手持ちぶさたそうにしていた証拠写真係の課員が、カメラを手に爽子の背後から手元を覗き込んだ。爽子はレシートを示し、写真を撮らせた。

「勝手なことするな！」

大貫が側まで来てから、怒鳴った。下から見上げると、仁王のように爽子を睨(にら)んでいた。

「これが出てきました」

爽子は立ち上がり、レシートを軽く振って見せた。

「遠野が犯行時刻に、夜食を買ったレシートです」

大貫の表情は動かなかった。

「……知ってらしたんですか？」

「知らん」

爽子は頑迷な大貫の目を見つめながら二度、頷いて見せた。優越感などなかった。ただ、たまらなく嫌らしいものを見つけたときのような気持ちになった。

「確認を取ってきます。面割写真、貸して下さい」

爽子は大貫にレシートを突き出し、鑑取り用の遠野の写真を要求した。大貫は答えず、ひったくるようにしてレシートを爽子から受け取り、それを見続けていた。

「大貫警部」

「何いってる、この野郎！」

大貫の部下が近づいてきて、吼(ほ)えた。

「面割写真をだしてといってるんです、聞こえないの！」

爽子のいい返す声が大きくなっていた。「だったらあんた貸しなさい」

「なにをふざけたことをいいやがる」大貫の部下は気色ばんだ。

「上官の命令がきけないんですか」

「命令だと? へっ、笑わせるな」三係の男はせせら笑った。「そっちの〝飼い場〟の若造には丁寧な口きいてよ、俺らには命令か」

「それは――」藤島が何かいいかけた。

「藤島さんは黙ってて、……命令です」爽子は遮ると、男の顔を正面から見据えた。

「上官に対する非服従は服務規程違反よ。その意味はわかってるんですか」

警察組織では所属に関係なく、階級が上の人間に対して服属義務を負っている。度々爽子を侮辱するその男は巡査だった。男は憎々しげに爽子を見、それから写真を内ポケットから取り出した。それから、大貫の顔を窺った。大貫は無言だった。

舌打ちするその男の手から爽子は写真を奪うようにひったくった。そして、きびすを返し、傍らにいた藤島に声をかけた。

「藤島さん、行きましょう」

「――わかりました」

爽子は藤島を見た。藤島の表情は硬かった。まるで見知らぬ人物の訪問を受けたような表情だった。

爽子と藤島は部屋を出た。そのまま互いに無言のまま階段を降り、レシートに記されたコンビニエンスストアを捜すため、ワークスに乗り込んだ。

「――嫌な女だと思う?」爽子はエンジンをかけ、シートベルトを締めながら尋ねた。

「いえ。――ここはそういうところだから」

小声で答える藤島の声は、感情など窺いようがない声だった。爽子はまた一人になったと思った。

当該のコンビニエンスストアは、遠野の供述通り、アパートからさほど離れてはいなかった。五分ほどで着いた。

車を降り、店内に入る。藤島は一歩引いた位置で黙然とついてくる。細長い店内には、客はあまり見られない。

「いらっしゃいませ」

「ちょっとお尋ねしたいんですが」

爽子はレジ係のアルバイトらしい若い男の店員に手帳を開いてから、遠野の写真を見せた。

「この人に見覚えありませんか」

爽子が写真を見せるなり店員がいった。

「あ、よく来ますよ。この人が何か……？」

「いえ、大したことではないんですけど、十三日の深夜、この人はこちらのお店に来ました？」

「さあ、その日当番じゃなかったからなあ……」

店員は首を傾げた。

「あの何か？」

その時、コンビニのロゴマークが入ったエプロンをした中年の女性が近づいてきて、いった。経営者のようだった。

「この人に見覚えありませんか。十三日の深夜なんですが」

爽子はその女性にも写真を見せた。女性はあっけなく頷いた。

「ええ、覚えてますよ。まったく近頃の若い人は、どうしてあんなになるまで飲むのかしら」

「何時くらいでしょうか」

「そうね、十一時頃だったかしら。なんだか足もとも定かじゃない様子で入ってきて、ほら、そこの日用品の棚に肩をぶつけて歯ブラシなんかを床に落としちゃって……。だから覚えてるんだけど」

女性は日用品の棚を指さして、いった。足もとも定かではない人間があんな証拠一つ残さない現場に居たはずがない。爽子はそう思いながら、上辺は平静に答えた。しかも同時刻ここにいた。遠野は犯人ではあり得ない。

「そうですか。どうも、参考になりました」

「あなた、警察の方？」

「ええ、失礼しました。警視庁の吉村と申します」

爽子は手帳を改めて取り出し、身分証を見せた。

「へえ、若いのに巡査部長なの。二人で聞き込みっていうの、ドラマ通りなのね」

「ええ、規則ですから」爽子は手帳を仕舞いながら答える。

「後ろの人は……上司？」

「いえ――」爽子が答えを躊躇(ためら)うと藤島がいった。

「部下です」

爽子はそんなこと答えなくても良い、というふうに藤島を見た。

「では失礼します」

一礼すると、次の質問が出ないうちに爽子は藤島を促し、店を出た。その後ろをやはり黙ったまま藤島が歩いた。

二人がアパートに戻った後も、捜索は続いていたが、一時間後に打ち切りを大貫が宣言した。

結局捜索では血液の付着した衣類や凶器は発見出来なかった。レシート以外に押収品もなく、立会人の管理人に捜索証明書を手渡した後、全員が蔵前署に引き揚げた。

車を駐車場に停め、大貫ら三係に続いて爽子と藤島が会議室に戻ると、佐久間を始めとする捜査員が一斉に注目した。

「大貫係長」

「残念ですが、物はこれだけです」

大貫はこの期に及んでも淡々といい、証拠品保存用のビニールに入れたレシートを取り出し、佐久間の前に置いた。

「……大貫君、これは——」

佐久間はしげしげとそれに見入ってから、大貫を見上げた。

「残念です」

　大貫は臆面もなく感想を述べた。

「鑑識に回してくれ。指紋を検出して、結果はすぐにここへ知らせて欲しい」

　三係の捜査員がレシートを手に部屋を出た。二人の幹部の様子を注視していた捜査員達から、落胆の溜息が吐かれた。会議室の空気の不快指数が確実に上がったと、爽子は思った。

「やり直しやり直し！　一からやり直しだ！」

　三係の一人が、やけくそ気味で居並ぶ捜査員に向かって怒鳴った。

「あれを発見したのは？」

「吉村です」

　大貫は爽子を口に入った汚物のように呼び捨てにした。

　佐久間は爽子を見たが、何もいわなかった。

「……仕切り直しか。全員、席に戻ってくれ」

　爽子と藤島も席に座った。

「遠野の部屋を捜索したところ、犯行当夜、事案発生とほぼ同じ時間に買物をしていることが判った。報告を頼む」

　三係全員の刺すような視線を感じながら、爽子は立ち上がった。

「報告します。犯行当夜、十一時頃、遠野信治は新宿で飲酒した後当該のコンビニエンスストアに立ち寄り、夜食を購入しています。店員の証言によりますとかなり泥酔しており、戸棚に肩をぶつけたほどで、そのため記憶していたとのことです。以上です」

そのとき、紙片を手にした制服警官が会議室に現れ、佐久間にそれを渡し、出ていった。

佐久間は紙に視線を落とした。

「――ニンヒドリン・アセトン溶液によってレシートから、遠野の指紋が出てきた」

そして、顔を上げて続けた。「残念ながら、遠野が犯行時刻、現場にいなかったことは、このレシートと証言で明らかだ」

供述の内容と違うとはいわず、佐久間は大貫の顔を見た。

「他に、誰か坂口晴代とトラブルを起こしていた者は？」

「今のところは、遠野しかおりません」

「そうか。ならば、捜査方針の変更はやむを得ないか」

「待って下さいよ、係長は今現在はといってるんです。バイクからマル害の指紋が出てくるかも知れない今の情勢では、完全に潰したとはいえない」

三係の主任が立ち上がった。爽子からは見えなかったが、大貫は佐久間を凝視していた。

「三係のいい分はわかるが、もう一度基本に戻り、地取りを重点的に行うのも有効だと思われる」

三係の主任は聞こえよがしな息をつき、音をたてて椅子に座った。

地取りを重点的にやり直すというのは、佐久間が暗に〝流し〟の犯行だと認めたことになる。それを嫌って、三係の主任は発言したのだった。

「頭のいい四係は何でもわかるんだな、ええ？」

爽子の近くで、三係の誰かがいった。爽子はそちらを見なかった。

「……被害者の腹を二度裂いた気分はどうだよ。え？」

別の捜査員もいった。

「おかげで捜査一課は面子(メンツ)まる潰れだ」

爽子は無視し続けた。そして思った。面子が潰れたのは捜一じゃない。見込み捜査をしたあんた達三係だ、と。

「……同じ女のやることか」

爽子は目を見開き、顔を声のする方向に向け、言葉を吐いた三係の顔を睨み付けた。その男は薄ら笑いを露骨に浮かべ、目を逸らした。

爽子は視線を前に戻した。膝の上で両手を、指の関節が白くなるほど握りしめた。目は地取りの組分けを指示する佐久間の方に向いていたがそれよりも、瞬きをするたび、眼球を濡らしてゆく薄いベールが水滴となって溢れ出さないことに、意識を集中しなければならなかった。他人には、頬に零れ出すまでは見えないだろう。この上、涙で汚れた顔を晒す無様さまで甘受することは、爽子には堪えられそうもない。爽子は自分のために、顔を上げ続けた。

藤島がそっと気遣うように見ていることにも、気づかなかった。

幸い今日は土曜日だった。週休二日で在宅している付近住人に徹底した地取り捜査が行われることになった。大半の捜査員がそれに充てられ、所轄の一員である藤島もその中に含まれていた。藤島は指名を受けた時、爽子に「……それじゃあ」と一言残し、同じ蔵前署強行犯係の捜査員と共に立ち去っていった。同時に被害者の持ち去られた時計のナシワリ（品割）捜査も盗犯係の応援を得て増強された。ナシワリはほとんど進捗してはいなかった。現金などが手つかずで現場に残されていたこととその手口から、物盗りの線はあり得ず、従ってそうした場合の常道である質屋にグニ込む（入れる）可能性は限りなく小さく、ファックスで照会した都内の質屋からも情報提供はない。もとより爽子は無駄だと思っていた。

結局バイクから坂口晴代の指紋は検出されず、遠野の銃刀法違反については検察庁への送致を見送ることになった。

その日、犯人の輪郭さえ窺わせる情報はなかった。

夜、爽子は一人で蔵前署の屋上に立っていた。

捜査会議は半時間ほど前に終了し、爽子はついに藤島と一言も交わすことなく、その足で屋上に出ると手摺に組んだ両腕を乗せ、夜空を見上げていた。空には雲と霞のようなスモッグがかかり、星はおろか月さえ見えなかった。無機的な埃っぽい風が、冷たく爽子の身体から体温を奪い、ビルの谷間を抜けて行く。冬の夜風がまず足首と首筋に痛みをもたらした。それでも爽子はその場に佇み続けた。

爽子は一人になりたかった。昼間の三係の捜査員の言葉が、胸に突き刺さっている。それは、理不尽の一言でははねつけられない切っ先で付けられた傷だった。傷口からは絶えず怒りが流れ出していたが、爽子の表情は白磁のように冷たく、脆かった。……いつの頃からだろう、怒りが心の深みを目指して沈み込むようになったのは。まるで感情を他人に知られるのを恐れるように、怒りも哀しみも、爽子の心と感情、そして表情を凍りつかせる。そしていつまでも、形を留めたまま怒りは心の中に蓄積されてゆく。やがてそれはいつしか心の温度より冷たくなり、いつ溶けることもなく、爽子の心を限りなく冷たくしてゆく。

――永久凍土の中の孤独、か。

思ってから、もう一度今度は口に出して呟いてみた。

「永久凍土の孤独……」

慣れている筈の思いだったが、何故か急に差し迫ったような感情に思え、突き放すように馬鹿馬鹿しい、と胸の内で吐き捨てる。少し居直った気持ちになる。――今回のことに関していえば、功を焦って見込み捜査をしたトンマな連中が、自分たち以上にトンマでひ弱な男に無理な取り調べを強い、誤った自白をさせただけのことだ。よくあることではないが、警察を形作っているのが人である限り、なくならないであろう過ちだ。警察も含めた、強い職人気質を持つ集団でよくあることの一方だと爽子は思った。プロだから出来ること、そしてプロだからしてしまうこと。この場合は無論後者で、逮捕された遠野にとってはそれですませられないだろうが。

不幸もあった。精神的に貧弱な男が喧嘩などしなければ逮捕されずにすんだものを。遠野は傷害事件を起こした際、精神的に不安定だった。だから行きがかり上、傷害事件の動機及び経緯を明らかにする、という名目で坂口晴代殺害に触れられ、自供させられたのだ。

遠野が罪を犯した以上、別件には当たらないが、明らかな誤認逮捕といえた。

我々の生きる世界は完全でなく、偶然が必然を生み、必然がまた偶然を生む世界に生きている。流しの犯行だと断定されたという意味では、これは必然かもしれない。なにより、世界が完全ではないからこそ、あんな理不尽な言葉で、人の頬を張り倒すような人間がいても不思議ではない。

爽子はそこまで考えて、片頬を歪めるようにして笑った。昨日、藤島にいった〝ソフィア〟という言葉を思い出したのだ。

ソフィアとは、グノーシス主義——極端な善悪二元論をとり、古代宗教世界では様々な宗教に影響を与え、後にキリスト教にも取り入れられボゴル派やカタリ派を形成したが、創世神を悪魔とする考えから異端とされ、十字軍により歴史上から抹殺された思想だが、そのグノーシス主義において世界を創造したとされる女性の天使の名だ。この世が不完全で不合理なのは、天界から慢心によって堕天したソフィアが、虚空を漂う孤独に耐えかねて、天界の不確かな記憶を寄る辺にこの世界を創造したからだという。

〈私は最初にして最後の者、崇められ蔑まれし者、売春婦にして聖なる者、妻にして処女、石女にして豊穣なるもの〉

ある教典には、ソフィア自身の言葉として、こう記されている。そして人間は、本来の隠された力に目覚め（グノーシス）、創世神を倒し、真の至高神のもとに回帰しなければならないとする。

爽子はおかしかった。なぜあんな言葉を口にしたのだろう。グノーシス主義については、ユングの研究書を読んだことがあるだけなのに。そうだ、遠野のいった天使という言葉だ。そして、遠い昔の記憶が瞼の裏に映像として呼び戻され、爽子は理解した。何故、天使は裏切る、などという冷たい言葉を発したのかも。

爽子の母はクリスチャンだった。その信仰がいつ頃からかは判らないが、多分上京し、爽子の父親が蒸発してからではないかと考えたことがある。爽子も洗礼をうけ、ヒルデガルドというクリスチャン・ネームを戴いた。女性のクリスチャン・ネームは列聖に叙せられた聖女からとられるが、自分にはルイーズの方が合うのではないかと後年考えたことがある。……洗礼はまだ、〝あの事件〟よりずっと前のことだ。

爽子は教会の日曜ごとの礼拝が、決して嫌いではなかった。人々が司祭の説教を聞き、静かに祈りを捧げる。パイプオルガンの柔らかな音色が流れる中、壁に設けられた十字架のキリスト像の背後からステンドグラス越しに陽光が射し込み、ラッパを持った可愛らしい天使達をステンドグラスの模様としてでなく、それ自体生命を持った存在のように浮かび上がらせる。なにより、爽子が教会が好きなのはいつもは陰鬱で寂しげな母が、礼拝している時だけは穏やかな笑みを浮かべているからだった。

けれど、爽子が母親の笑顔を見ていられるのも、教会を出るまでだった。教会からの帰り道、いつもの悲しげな顔を見ていられなくなり、爽子は手を引かれながら母親にわざと明るい口調で話しかけた。お母さん、わたし天使みたいな人になれたらいいな。

母は爽子を見た。その端整で穏やかな顔には、不可解なほど、表情がなかった。幼い爽子は何か言ってはいけないことを言ったのかと、思わず繋いだ手を握りしめた。

――天使はね、裏切るのよ。

そう言った母の顔と、蔵前署の屋上に立つ自分の顔が瞼の中で重なった。ぞっとするほど、母子は似ていた。

「天使は、裏切る……」

呟きは夜風に吹き散らかされた。爽子の胸に藤島に対する後悔の念が唐突に溢れた。自分をその背に庇(かば)ってくれた人間を突き放したという思いが、爽子の胸にあった。

藤島の目の前で、階級を笠に着たもの言いなど、してはならなかった。その藤島に自分は直後に何を尋ねたか？　嫌な女と思うか。思うに決まっている。なんという無神経さ。加えて、どうしてコンビニで聞き込みをした際、ただ一言「相棒です」と口に出来なかったのか。

爽子は組むように命じられてからの藤島との問答を一つ一つ反芻(はんすう)してみる。それら一つ一つが爽子に新たな後悔の気持ちを持たせた。階級社会に生きるものには当然のこと、と割り切ってはいけない何かが、藤島に対して爽子を狼狽させていた。

——天使さえ裏切るのなら、なにを信じてゆけばいいのか。

沈痛な問いに、爽子はしかし、咄嗟に笑い出しそうになった。

誰も信じなければいい。自分という人間は変わってはならないのだ。いつもいつも、どんなときにもどんな問いにも到達する爽子の答えだ。馬鹿馬鹿しいほどに簡単明瞭だ。笑い声の代わりに溜息一つ吐き出して、爽子は凭れていた身体を手摺から離した。

私は最低の人間だ、と爽子は結論付けてから、振り返ろうとした。

背後で、ドアの開く音がした。署内を巡視する当直の地域課の係長かと思ったが、違った。振り返るとそこに、藤島がいた。

「……ここにいたのか」

藤島はいい、爽子の横に立って空を見上げた。

普通ならば、奇妙なシンクロニシティだとでも爽子は考えたかも知れない。だが爽子がこの時藤島に対して咄嗟に抱いた感情は不思議な苛立ちと、心に放り込まれたような怒りだった。

「この寒いのに、天体観測ですか」

「……別に。なにかご用？」

忙しい庶務係がこんな声をだすなと、爽子は自分の声を思った。先程までの後悔の気持ちは不思議と湧いては来なかった。それどころかもう一人の自分が、理不尽な怒りをもっとぶつけてやれと耳元で唆した。

「私の勝手じゃないですか、どこでなにをしようと」

爽子は立ち去ろうとした。これ以上藤島といると、何をいい出すか判らない予感がした。あれだけ藤島に申し訳ないことをしたと思いながら、当の本人が現れれば急に憎らしくなる自分の心に呆れながら、爽子は歩きだそうとした。

「待って下さい」

藤島の声が背後から追いかけた。爽子の足が止まった。

「腹は立たないんですか」

「別に」前を向いたまま答える。

「本当に？」

爽子はまた足を進めた。答えなかった。藤島の見る爽子の背中は全ての対話を拒絶していた。

「――人の話を聞け！」

藤島が怒鳴った。語気に押さえられたように思わず足を止め、爽子は藤島を振り返った。

「……腹が立てば、それを口に出せばいいじゃないですか。なぜ素直に声に出していわないんですか」

爽子は藤島の目を見つめた。

「昼間、吉村さんはあれだけのことを言われた。誰だって怒り狂うくらいのことだ。まして吉村さんは正しかったのにあんなことを言われたんじゃないですか。これで怒らなけりゃ、いつ怒るんですか」

藤島は怒っていた。その怒りは三係の捜査員だけでなく、爽子にも向けられているようだった。

「……藤島さんは私にどうしろっていうの？　自分にすべて話してみろってこと？——お節介が過ぎると思うけど」

お節介を自惚れといいかけたが、さすがに思いとどまった。

「別に、俺でなくとも構わない。ただ、とにかく話をするんだ、誰かに。自分自身の今の正直な気持ちを」

「……それで何が変わるの」

「変わらなくてもいい。それでいいじゃないですか。——なにも変わらないかもしれない、だけど、少なくとも自分でいられる。大切なことだ。一人で胸に溜め込んで、どうなるんですか」

爽子は顔を足下に向けた。自分の口元が自然に綻(ほころ)びかけていると感じたからだった。

「――すみません、つい怒鳴ったりして。……明日から、新しい編成で本部は再スタートする。またよろしくお願いします」

「藤島さんが……？」

爽子が藤島を見ると、藤島は微笑んだ。

「はい、自分で田原課長に申告したんだ」

爽子は何故か心が熱くなるのを感じながら、藤島を見上げた。

「――ありがとう」爽子はいった。喜びが自然に笑顔になって顔に浮かんだ。誰かが自分を認めてくれることが、こんなに嬉しいとは。心理学者アードラーのいうことが少しは判った気がした。

「明日から、また……お願いします」

「こちらこそ」藤島も笑顔になって、いった。

藤島は初めて見た爽子の笑顔を、愛らしいと思った。

「ここは寒いから、中に入りませんか」藤島は促した。

「家に帰ったら」と爽子は藤島と共にドアに向かいながら「思いっきり怒鳴って泣いて、シャワーを浴びて寝ます」

「110番がかからない程度に」

「――藤島さんて、……大人ですね」

「吉村さんより二歳年上なだけですけど」

二人は屋上を降り、藤島の泊まる道場から一つ手前の廊下の角で別れた。

爽子を見送ってから、藤島は道場に入った。そして布団を空いた場所に敷きながら、周囲の空気が微妙に変化しているのに気づいた。

本庁連中はもとより蔵前署の同僚達でさえ、藤島に話しかけようとはせず、それどころか視線さえ合わせようとはしない。本部内で煙たがられる爽子と自ら進んで組もうという藤島を誰もが敬遠しているのだ。藤島は素知らぬ振りをして布団を敷き終わると、着替えをすませ、煙草を吸った。釈然としない気持ちだった。自分も含めて、本部内の人間のだれが吉村爽子という人間の本当の気持ちを知っているというのか。若くして階級を一つとはいえ上げ、捜査一課に所属しているというだけで憎悪や嫉視の対象になるというのなら、あまりに狭量というべきだった。それとも、なんの挫折もなく爽子が今の位置にいると考えるのなら、それは間違いだろうと思った。爽子の目は、挫折や哀しみを知る目だ。

そんなことを考えていると、だんだん藤島はここにいるのが不快になってきた。煙草を缶の縁で押しつぶし、藤島は自販機にでも行こうと立ち上がった。

その時道場のドアがそっと叩かれた。そして静かに開くと、爽子が立っていた。藤島と眼が合うと、わずかに頭を下げた。

「どうしたんですか」

藤島は立ち上がり、寝ころんでいる捜査員を踏まないように気をつけながら、爽子に近付いた。

爽子は藤島の胸に、持っていた大きなコンビニエンスストアの袋を押し付けた。

「これ……みなさんで」

それだけいうと背を向けた。藤島の立場を考えたに違いなかった。藤島は傍らの捜査員に袋を手渡し、裸足のまま廊下に出た。

目敏く差し入れに気づいた捜査員達の、夜食を分配する声を背中で聞きながら、藤島は爽子が消えた廊下の暗がりを、ずっと見ていた。

第二章　誘因

「いやよ……来ないでよ……あたしは関係ないじゃない！」

若い女が、いやいやをするように首を緩慢に振りながら、後ずさる。目は吸い込まれるように前方に向けられていたが、もう確とした像を頭の中で結ぶことはない。見ているのは恐怖それ自体だった。後ずさる足も女の意志とは無関係に、ただ本能で動かされているに過ぎない。

女の足にひんやりとした鉄の棒が触れた。ひっ、と嗚咽のような声が女の口から漏れる。唾ひとつ飲み込むと、急にぜえぜえと音を立てて息を吸い込む。息をする間、他の物音が聞こえなくなったのに助けられ、ようやく目を前方から逸らし、手探りで後ろを探った。鉄の棒……ブランコの周りに設けられた柵だ。

街灯が申し訳程度に光る夜の小さな公園。夜も更けたこの時間、遊具にも砂場にももちろん子供の姿はなく、寒さに追い立てられて、隅にあるベンチを一夜の宿にする者も人目を忍びたいカップルもいない。あるのは、目には見えないが、確実に存在する夜の闇と、自分自身の掠れた息づかいだけだ。

「助けて……お願いだから……ね？」

女は哀願した。自分でも引きつった笑みを浮かべようとしているのに気づき、涙が目尻に溜まった。効果は、なかった。気配が、近づいてくる。女は震える唇を開いた。

「——こっちへ来ないで……！」

恐怖に見開かれた女の視線の先で、黒い影が獲物を狩る夜行獣のようにひっそりと、だが確実に音もなく近付いてくる。女の中で理性と本能の間を恐怖という振り子が激しく行き来する。女は生きていた。危機に直面し、己自身の力だけで考え、行動しなければならないという意味では、女は確かに二十年に満たないわずかな生涯の中で初めて〝生きている〟のだった。それを感じ取ったのか、ふと目の前の影は足を止めた。微かに嗤う気配がした。そして、べたりという不快な粘着するような音。舌なめずりだ。

「あ……あんたのことは誰にも——」

女はそこまで口走ると、強いアドレナリンが急に作用したように身を翻し、走りだそうとした。すぐに鉄製の柵に足を取られて前のめりになる。

その時。

黒い革手袋をはめた手が背後から女の口元を押さえ、そのまま仰け反らすように上体を起こした。次いで、全く無防備になった腹に左手に持った得物が押し当てられる。スタンガンだ。バチッという静電気のような音がし、女は手袋の指の間から、湿った声を吐き出す。

女はそのまま地面に膝をつき、地面に倒れた時にはもう何も感じなかった。軟体動物のように身体が脱力し、動けなくなった。五感は麻痺していた。ただ吐き気と耳鳴りだけが、警鐘のように頭蓋の内側を乱反射している。なぜか、死の恐怖は消えていた。死の恐怖は抽象的だ。苦痛は具体的なものであり、女が欲するのは少しでも早くこの苦痛から解放されることだった。

だから、自分の首にロープが巻かれるのが判っても、女はそれが湿って冷たいとしか思わなかった。

……半時間後。

生きている者のいなくなった公園に、微風が吹いた。植木の下に薄くつもった落ち葉が、水銀灯の照らし出す中から光の届かない闇の向こうに散ってゆく。

女は公園の中央にあるブランコの、鎖に吊られた腰かけ二つの間に、ロープの末端を首に巻かれて浮いていた。爪先は所在なく、地面から一メートルほど離れて虚空を踏んでいる。微かな風が吹くたびに、ロープは萎びた小さな音をたて、そして女の首に食い込んだ輪をさらに締め上げ、胸元の髪の先をさらさらと梳かし、スカートの裾をわずかにはためかせる。その姿は、永遠の罰を受けた羽根のない天使のように見えた。

女の顔は深い陰影の中に沈み、表情は弛緩し始めていたが、見開かれたまま乾き始めた眼球だけは、水銀灯の光で偽りの生気を与えられ、二度と立つことのない地上との距離を、じっと測るように見下ろしていた——。

千代田区霞が関、警視庁。

多くの窓から漏れる明かりで輝き、暗い皇居を背景に屹立するその外観は、瀟洒であると同時に一線に立つ警察官自身と同じような端然とした威圧感を、見る者に与える。それは、庁舎内で働く人々に国家が求めるもの全てを具現していた。……鉄の規律。集団行動。通話コード、漢字の部首、そして口伝で受け継がれた隠語で機密を守り、一般社会から自らを遠ざける。

警察に所属する国家公務員としては警察官よりも多い通信技官の作り上げた通信網で交わされる、日本語であって日本語でない情報。その信じられない複雑さは、そのまま庁舎内で交わされる警察官僚達の囁きだった。

警視庁本館六階、刑事部捜査第一課の大部屋から仕切られた特殊犯捜査の部屋に、爽子はいた。そこには、書類に目を通す二特捜主任、柳原明日香もいた。胆石で入院し、たまった有給休暇をまとめて使う羽目になった係長に代わり、鷹野警視と共に、ある捜査本部に在庁したまま協力しているのだった。

通常、事件が発生すれば本庁からは係ごとに出動するが、特異事案を扱う二特捜四係では事案を班（係の半分）単位、あるいは個人単位で変則的に扱うことが多い。今の爽子がそうだった。

室内は静かだ。柳原以外には誰もいない。もっとも同居する第一特殊一及び二係はハイジャックや誘拐に対応するための訓練に明け暮れ、在庁することは少なく、滅多に顔を見せなかったが。三係は業務上過失致死、通称ギョーカを担当しているが、今頃全員布団かベッドの中だろう、本部が立ったという話はない。

爽子は捲っていた資料から、ふと手を休め視線を上げた。わずかに頭が痛む。寝不足のせいだった。溜息一つ吐いて、もう一度現場検証調書に目を落とす。一度緩んだ緊張は戻らず、部屋の隅の暗がりに視線を泳がせると、もういけなかった。諦めてボールペンを置き、背もたれに身体を預ける。目頭を右手で揉むと、活字体の残像が瞼の裏でちかちかと踊った。

「ちょっと、休憩しない？」

柳原も手を休め、爽子にいった。

「え……あ、はい」

爽子が答えると、ファイルキャビネットの上に置いてあるコーヒーメーカーに柳原は自分で向かい、手際よく二人分の挽いた豆を入れ、ミネラルウォーターを注いだ。本来なら爽子がするべき仕事だったが、柳原は電話もお茶汲みも自分でする主義だった。

心地よい芳香が室内に広がって行く。コーヒー豆はいつも、班員から徴収した金で、柳原が買ってくる。それは素晴らしい味と香りで、どこで売っているのか、柳原しか知らない。他の捜査員が訊いても、内緒、といって微笑み、巧くはぐらかしてしまうのだった。その時の悪戯っぽい表情も、爽子は好きだった。

コーヒーがドリップしている間、柳原はバッグから煙草を取り出した。バージニアライト・メンソールだった。

「煙草、吸われたんですか」

爽子は意外に思って訊いた。

「時々ね……。一人の時なんかは」

柳原はライターで煙草に火をつけ、ふうっと細長く煙を吐いた。

「どう、そっちの捜査の進展は」

「いまは地取りが中心です」

「そう、結局〝流し〟の犯行と本部は断定したのかしら？」

　断定されたのは、つい昨日、十八日のことだった。大幅に増強された地取り班が、ついに坂口晴代と犯人らしき人物が接触している現場を目撃した人物を探し当てたのだった。場所は坂口晴代が降りる自宅近くのバス停だった。目撃したのは自転車に乗った予備校帰りの高校生で、バス停のところで女性がうずくまっており、通りかかった乗用車が停車し、運転者が降りて何か話しかけていたという。拉致されるところは見ていないが、知り合いには感じられなかった、と高校生は証言した。現場には情報提供を呼びかける看板が立っており、何故いままで報せなかったのかという気持ちを捜査員は抑え、なおも詳しい状況を訊こうとしたが、頭の中は翌日の予備校の模試のことで一杯、現場は道路を渡った反対側で距離もあり暗くもあったので、ナンバーはおろか車種や色さえも覚えていないということだった。ただ、夜目にも目立ったことから多分白色系統、車高が低く見えたのでスポーツカーだろうというあやふやな答えしか返ってこなかった。

　裏をとるため、捜査員と鑑識がバス停付近を這いずり回ったが、タイヤ痕は発見出来なかった。代わりに、壊れた髪留めが排水溝から見付かった。残った毛髪を分析した結果、坂口晴代のものと判明したが、犯人の指紋などは出なかった。犯行時刻、バスを利用する人間にも聞き込みが行われたが、結局それらしい人物はいなかった。捜査本部はうずくまっていたという人物は坂口晴代であり、話しかけていた人物が被疑者と断定した。

事件発生から一週間。判明したことは当該被害者が痴情怨恨とは無縁な人物であること、犯行が流しであるということ、それだけだった。

「大貫係長は納得出来ないようで、鑑取りを続けています」

「でしょうね、あの人の性格からいっても。——書類を見る限り誤認逮捕の典型ね。知ってる？　遠野信治が逮捕された時所持してたナイフ、鑑識と科捜研が調べたけどマル害の創傷とは一致してなくて、それどころかルミノールさえネガティブだったって。でもあのタヌキ、他に凶器を所持している可能性大だって佐久間管理官を押し切ったそうよ。ま、佐久間警視にしても、自供の連絡を受けたのが丁度課長室で、そのまま課長に報告したものだから、引くに引けなくなったっていう理由もあるらしいけどね。……それに、最近三係は〝穴掘り〟に事件を流したばかりだから、焦ってたのかもね」

タヌキの性格がよく表れている、といいたげなほとんど楽しそうな口調だったが、柳原の目は笑っていなかった。捜査一課の捜査員にとって、他の係の失敗は常に笑い話の種か揶揄(やゆ)の対象でしかない。

〝穴掘り〟とは、第一強行犯捜査二係のことだった。彼らが特異家出人と呼ばれる、犯罪に巻き込まれた可能性が高い行方不明者を捜査するためについた通称だった。すでに殺害され埋められていることも多く、それを掘り出すこともしばしばであるためだが、柳原が指しているのは、二係のもう一つの任務、捜査本部設置期間中に被疑者逮捕が出来なかったあとの継続捜査のことだった。確かに彼らの〝お得意さん〟になるのは名誉とは程遠い。だからといって見込み捜査が許される筈がない。

誤認逮捕のほとんどは被害者の敷鑑の範囲にいるあやしい、と目される人物を、捜査当局が精神的肉体的な苦痛の下におくことで発生する。そして目撃証言に沿った形で調書が作成され、起訴されてしまう。時には科学的な鑑定結果でさえ歪曲されたのではないか、と思われる事例もある。もちろんこのような事態をなくすため、裁判所、警察ともに研究を行っているが、裁判官の結論が「被告人が法廷では真実を述べないという偏見、警察・検察両方に対しての同僚意識、裁判を迅速に行いたいという片付け主義にある」と自戒をこめているのに対し、警察の考えは自白の供述調書の書き方など、些末な論議に終始している感は否めないが、一九八〇年以降は、所轄の留置管理が刑事課から警務課に移され、無理な取り調べは建前上は出来ないことになっている。留置場が代用監獄と呼ばれることへの反省からだ。そのため、取り調べを行う捜査員と、留置管理を行う係官は互いにまともに仕事をすれば、敵対とまではならないが感情的に行き違いが往々にして起こる。爽子が碑文谷(ひもんや)時代、保安係に異動した時、周囲の目が冷たかったのは、そういう事情もあったのだった。

爽子個人は誤認逮捕だけはしてはならない、と考えていた。先入観を持ってはならないと。それは警察の威信や個人のプライドという次元の話ではなかった。無実の人間が逮捕、取り調べを受けている間に、罪を犯した真犯人が自由に闊歩(かっぽ)しているという恐怖ゆえだった。とくに性犯罪者に対してはそうだ。性犯罪は、累犯率が極めて高い犯罪だ。無実の人間に警察の目が向けられている瞬間にも、真犯人は別の女性に取り返しのつかない傷を与えているかも知れないのだ。

——真犯人を逮捕していれば、守れたかも知れない犠牲者……。

そして、爽子も女性である以上、標的にされないという保証は何もないのだ。警察官である以前に、職務を離れれば標的にされる女性であるという認識が、常に爽子の根底にある。

「相勤(あいきん)の人とはうまくいってるの?」

「ええ、まあ」

「いい男?」

「……さあ、どうでしょう」

爽子は無意識に視線を逸らし、曖昧に答えた。

柳原は微笑み、煙草を手近な灰皿で押し消し、コーヒーメーカーの側にあるトレイから爽子と自分のマグカップを取ると、ポットからコーヒーを注いだ。そして、爽子に手渡すと、隣の机に浅く腰を預けた。

爽子は何故か心を見透かされたような居心地の悪さを感じ、柳原から視線を遠ざけるように、自分の素っ気ないデザインのカップをまじまじと見た。新人の捜査一課員の仕事はお茶汲みから始まる。先輩の好みを観察し、無言の要求に応えなければならない。それが人間観察の第一歩という訳だ。だが爽子はほとんどしたことがない。もっとも、爽子のお茶の好みに気を使う人間もいない。四係には巡査はおらず、五人いる巡査部長の爽子は末席にいるからだ。柳原は一口コーヒーを含んでから、いった。

「素直じゃないのね。三係の連中、あなたが彼――藤島巡査長？　に気があるんじゃないかっていってたけど」

爽子は飲み込みかけていたコーヒーにむせた。

「な……そんな、……私は……」

爽子は柄にもなく慌てていた。必死に取り繕う言葉を捜す。

柳原はふっと笑った。「いいじゃない、好きかどうかはともかく、そういう人が側にいるのは。素敵じゃない」

「はあ……」

爽子は答えながら、考えた。こんな会話を外部の人間が聞いたらどう思うかな、と。殺人事件の捜査中に、他愛のない会話を交わしている。けれどもこれが警察官の日常なのだった。

犯罪とは一般の人間にとっては非日常的な出来事だ。しかし日々犯罪と接する職業である警察官にとっては、それこそが日常なのだ。非日常的なことを日常的なこととして受け入れているからこそ、職務を遂行できる。

「……でもね、相手をよく知るまで心のどこかに一線を引いてなきゃ駄目よ。自分を見失わないこと。——女は感情に走ったら負けよ」

柳原の口調は温かかった。

「——主任も、そうだったんですか」

「私……？」

爽子と柳原の間に、沈黙が落ちた。

夜は不思議な時間だ。昼間は口に出来ないこともいってしまうし、部屋には誰もいないことも手伝って、爽子はつい日頃から抱いている疑問を口にしてしまった。明らかに立ち入った、常識として踏み込んではいけない領分の質問だった。

「すみません、私――」

爽子が失言を詫びようとすると、柳原はコーヒーを一口飲み、いった。

「そうね、そうだったかも知れないわね」

自分自身に問いかけているような口調だった。

「私が公安に所属していた頃のことを聞きたいんでしょう?」

爽子はただ目を伏せた。湯気が額を撫で、宙に消えてゆく。

「…………」

「私がまだ警部補の時のことだった。公安部はある過激派幹部を内偵していた。その人物は左翼系労働団体と極左集団に関わりがあったために一課と二課が同時に追っていて、私はそのころ一課にいたの。もちろん、内偵していることは互いの課は隠していた。そんな時だったわ、彼とある講習で知り合ったのは……」

柳原はまた一口コーヒーを含んだ。

「スマートで、優しい人だった。今から考えるとその優しさが本当にその人のものかは判らないけど、とにかく私はその人に強く惹かれたの。私たちは同じ課同士ということもあってよく外で逢ったわ。もちろん、仕事の話なんかはしなかった。それが、公安のルールだから」

公安の捜査員は一人一人が完全に独立して潜入、尾行、情報提供者工作といった捜査活動を行う。各々がどんな事象（事案）を扱っているかは一握りの幹部のみが把握している。個々の捜査員同士が接触することさえほとんどない。公安のことはほとんど漏れ聞こえてこないが、爽子もその程度のことなら耳にしていた。

「ある朝のことだった、私が登庁すると二課が〝コミ〟をかけてさっきいった人物を検挙して、一課は大騒ぎになっていた」

コミ、とは寝込みを狙って逮捕することをいう。

「その人物が検挙された場所は一課しか把握してない場所で、課内の誰かが内通しているのは明白だったの。徹底した内部調査がされたわ。……その時、私は彼が二課に通じていること、そして妻子がいることを聞かされたの。

結局、私が流した情報が彼を通って二課に伝わったっていう結論になった。——なにもいってはいないのにね」

「そんな……酷いじゃないですか。警部は悪くないのに」

「内通者は別にいたのよ。でもおそらくそれは一課長の直命を受け意図的に二課に情報を流すダブルスパイだったけど、二課に飼い慣らされるうちに引きずり込まれたんでしょうね。当然、そのS――スパイを一課から排除することは出来なかった。そして代わりに選ばれたのが、彼と接触のあった私」

「警部が」

「私は彼を呼び出した。釈明してほしいとは思わなかったけど……おかしなものね、そんなことになってでも彼に未練があった。私のことを本当に想ってくれているなら、そしてそれを一言言葉にしてくれたなら、全部に諦めがつくとさえ思った。お笑いぐさね。――彼は一言いったわ。〝君は公安には向かない〟とだけ。私は上司に暗に辞表を出すよう求められた。……書いたわ、辞表」

柳原はコーヒーを飲み干し、カップを振って見せた。

「でも提出するときになって、急に自分が警察官を辞めたくないと強く思っていることに気がついたの。自分でも驚くぐらいにね。

確かに私にも落ち度はあった。けれど、真実を隠蔽して私にだけ詰め腹を切らせようとする連中の思惑通りには、なりたくなかった。

でも私の居場所なんて、もう公安部にはなかった。本庁にも所轄にも。行き場のない私を助けてくれたのが、鷹野警視なの」

「管理官が、ですか」

爽子は心底意外な面持ちで柳原を見やった。柳原は微笑んだ。

「意外に思える？　あの人はああ見えて、所轄の刑事課長時代は相当な辣腕だったのよ。部下思いの人でもあったから、人望もあった。私は公安時代、新宿の待機寮爆破事件に臨場した際、所轄の刑事課長だった鷹野警視と知り合ったの。過激派の犯行だと明白だったために公安が一切を仕切ろうとしたのを、〝死傷者が出ているのに情報だけ吐きだして手を引けとは何事か〟と詰め寄ってきたわ。私はもっともだと思ったから、定期的に情報を交換する場を設けるように提案したんだけど、それを覚えていてくれたのね。――脱線したけど、私が警部なのに主任なのも、公安と最も仲の悪い刑事部にいるのも、こういう事情があったからよ」

爽子は柳原の長い話が終わっても、言葉もなかった。そして、淡々とこんな話ができる柳原を見ることも出来ず、しばらく自分のスチール机の表面に付いた傷を見ていた。

「退屈な話、しちゃったわね」柳原はいった。「コーヒー、冷めるわよ」

いわれて気づき、爽子は冷えたコーヒーを一口啜った。柳原の話と同じくらい、苦かった。

「辛い……恋だったんですね」

ようやくぽつりといった。

「恋なんかじゃなかった、今ではそう思ってる。あんなのが恋なら、あまりに悲しいわ」

「その人のことは――」

「もう何とも思ってない。不実な男に浅はかな女が騙された、それだけのことよ。――わかった？　最初に私がいった意味」

藤島さんはそんな人じゃありませんと、爽子は思わず口から出かかったのを抑えた。柳原の思いやりを無にする訳にはいかない。口に出すのはおろか、思い出すのさえ拒否反応を起こしそうな事柄を柳原は語ってくれた。受け止めなくてはならない。それに自分は藤島のなにを知っているというのだろう。蔵前署の屋上の一件以来、藤島との仲が変化したということはなかった。相変わらず自分は無愛想だし、藤島も馴れ馴れしい態度をとることはない。爽子の心に、現状でよしとする気持ちと、自分自身に対するもどかしさの両方があるのは事実だったが、だからどうできるということもなかった。

柳原はもう一杯コーヒーをいれ、爽子も黙って冷えたコーヒーを口に含んだ。

「……静かな夜ね」

柳原がカップを口に運びながら呟いた時、壁にある同報スピーカーから緊急ブザーが響き、継いで指令が流れ出した。

「警視庁より各局、各移動、麻布管内調査方。詳細不明なるも、西麻布三丁目の公園で若い女性が遊具で首を吊っているとの通報あり、一一〇番入電中。事件性の有無について報告されたい。近い局どうぞ」

「……こちら麻布三、西麻布二丁目、交差点付近」

「こちら機捜一一五、六本木七丁目付近」

指令本部勤務の人間が〝ブレスト〟と呼ぶヘッドセットに吹き込む指令係の冷静な声に、次々と現場近くで巡察中の所轄パトカー、密行中の第一機捜車両からの応答がある。

「警視庁了解。直ちに麻布三、機捜一一五は〝扱い〟にて現場に緊走（きんそう）、現場の状況把握しつつマル索（検索）実施、麻布署はＤ配備（自署配備）発令、隣接管区も西麻布三丁目を中心に、五キロ圏配備体制準備を急がれたし」

「こちら麻布ＰＳ、Ｄ配備了解」

　次々と現場を中心とする、第一方面各所轄のリモコン台（所轄地域課無線台）から返電が入る。今頃は本署からの指令を受けた交番の勤務員らが、所定の配置に受令器と兼用のデジタル無線機〝エスタボ〟（ＳＷ－２０１）のイヤホンを耳に入れ、急行しているだろう。

　柳原と爽子は何となく、耳を澄まして放送を聞いていた。

今、刑事部のある六階より一階下、四階と五階を吹き抜けにした巨大な通信指令本部の縦十メートル、横二十メートルの情報表示板に映される状況は、まるで人体の免疫反応に似た様相を呈しているだろう。関係各部署に一斉に配備を促す本庁通信指令本部はタンパク分子サイトカイン、現場に臨場して事件性の有無、及び認定をする捜査幹部は補体あるいは抗体で、実際に捜査する捜査員は免疫細胞だ。

「……こちら麻布三、現着しました。通報者を確保。——相勤者の報告によりますと公園中央のブランコの横の支柱に、若い女性が首を吊っています。当該の女性は意識、呼吸ともに認められず。着衣の乱れ、目立った外傷はありませんが事件性は不明。救急及び鑑識の臨場を要請します」

「警視庁了解。麻布三にあっては現場保全につとめ、鑑識の臨場あるまで待機。なお当該事案の詳細が判明するまで無線統制を実施する。入電整理番号は一〇三三、担当は小野田。以上警視庁」

耳を澄ましていた爽子と柳原は、どちらともなくふっと息をついた。

この都会に人間が生きる限り、このスピーカーが鳴らない夜は来ないだろう。そして、自分たちの追う犯人もまた、一千万都民の中に消え、じっと息を殺しているのだろうか、と爽子は思った。

東京。野獣が人の貌をして暮らす街――。

一月二十一日。

ほとんど手掛かりのない状態が続いている。捜査員達にも疲れが見え始めていた。

現在本部は地取りが主役で、鑑取りは脇役、ナシワリに至っては脇の脇だ。だが、そのいずれもめぼしい端緒が見つけられずにいる。どの班も一つ一つ可能性を消しては次の可能性にかけるという精神の自転車操業を繰り返しつつ、見えざる犯人を追っていた。

爽子はその朝いつも通り蔵前署に出勤すると、玄関ホールの免許更新受付の側にある鉢植えの観葉植物の陰に、藤島がいるのを認めた。藤島も爽子に気づくと、頷いた。

「おはよう。……どうしたの？」

「これ、見てくれないか」

藤島は皺の寄った新聞を取り出して、爽子に広げて見せた。

「どこ？」

ここだ、と示された箇所には二日前、港区麻布管内の公園で首を吊っているのを発見された栗原智恵美なる女子大生の事件が簡単に載っている。爽子が柳原と共に同報スピーカーから耳にした事件だ。

「うちの強行四係が担当になったヤマでしょ？　これがどうかした？」

「今度はこっちを見てくれないか」

藤島は皺の寄っていない今朝の新聞を取り出した。何度か捲り、人差し指で示した。長身の藤島が身を屈め、爽子が少し伸び上がって覗き込むと、それは紙面下欄の個人広告の一つだった。その短い文面を爽子は声に出して読んだ。

「〝栗原智恵美さんの冥福をお祈りします　新田純也〟……なに、これは」

爽子は藤島を見上げた。爽子が最初に抱いた感想は、悪趣味な悪戯だなという他愛のないものだった。

「ここ十日足らずの間に、若い女性が二人も殺されてる。普通じゃないと思わないか」

「藤島さん、なにか共通点があれば、向こうの本部から照会があるはずよ。……考えすぎだと思うけどな」

「どうして」

「話したと思うけど、こういった快楽殺人の被疑者は捕まらない限り手口は変えないものなの。坂口晴代は鋭器による犯行で、この女子大生は縊死でしょう？」

異常犯罪者が手口を一定にして変えないのは、単に変える必要がないからだ。窃盗や爆発物郵送といった常習性の高い犯行にも、それは当てはまる。犯行が一度旨く行けば変える必要などなくなるし、異常犯罪者の場合、どんな苦痛を被害者に与えたいかは妄想の中ですでに予習し、判っているからだ。

「――と、最初は俺も思った。でも、気になったから個人的なコネで、麻布の同期にマル害の写真をファックスで送って貰ったんだ。それがこれだ」

藤島は新聞で隠しながら爽子に写真を見せた。きちんと手入れはされているがだらしがないと思えるくらいに長い髪にはメッシュを入れ、日焼けサロンで不健康に焼けた――爽子には爛れているように見える顔の若い女だ。目鼻立ちは整っているが、表情に深みがない。どこを見ているのか判らない視線が印象に残る。新宿や渋谷ではよく見かけるような顔だった。

「麻布のマル害だ。誰かに似てないか」藤島が呟くように尋ねた。

出勤してきた私服姿の署員が行き交うホールの片隅で、新聞に隠れるようにひそひそと会話を交わす爽子と藤島の姿は、まるで試験直後の休み時間、答え合わせをする学生のようだった。

爽子が首を傾げると、藤島はもう一枚写真を取り出した。坂口晴代の写真だ。写真の中の坂口晴代は栗原智恵美の写真とは対照的に撮影者の方を静かに見つめ、髪はきちんと後ろで束ねられた清潔な印象で、柔らかい顔の輪郭が出ている。藤島は用意していたらしい黒のサインペンを取り出し、坂口晴代の写真に肩まである髪を描き込んだ。女性の印象は髪型で大きく変わる。坂口晴代の印象が藤島がペンを走らせるたびに変わって行く。そして乱雑な線がほぼ長い髪を形作ったとき、爽子はふっと息を吸い込んだ。細部ではもちろん似ていない部分もあったが、全体的には二人の被害者は姉妹だといわれれば納得できるくらいに顔かたちは似通っていた。

藤島は頷き、いった。「栗原智恵美にそっくりだ」

「でも、よく気づいたわね」

爽子はつぶらな眼をさらに見開いて、顔を上げた。心に投じられた驚きの小石が、賞賛の波紋をたてる。爽子は素直といってよい無邪気な笑顔で藤島を見た。

「吉村さんが講義してくれたおかげだよ。この手の犯罪者はマル害を選ぶ際に基準があるんだろ？　それを思い出したんだ」

藤島は微笑んだ。

「それに、坂口晴代がマル被と接触した場所に髪留めが落ちてたのも気にかかってたんだ。暴力的に拉致された訳でもないのにそんなものが落ちているのは不自然だろ？　いくつか考えてみたけど、判らなかった。でも、今はわかるような気がする」

「どういうこと？」

「髪留めが落ちたのは拉致されたからじゃなくて、髪留めが落ちたからこそ、……坂口晴代は拉致されたんじゃないかな」

「つまり印象が近くなったから？」

藤島は頷いた。「栗原智恵美と間違えたとは考えにくいが」

爽子は坂口晴代の写真をまじまじと見直した。そして藤島の推定があたっているとしたら、なんと不幸な子だろうかと思った。

「もう一つある。広告主の名前」

「……判らないな、なに？」

「アルファベットに置き換えたらイニシャルはJ・N、こっちの現場に残されてた〝ジャック・ナイト〟と同じだ」

異常犯罪者にとっての殺人とは、普段はかぶっている大人しい仮面を脱ぎ、本当の自分をさらけ出すことによって行う社会とのコミュニケーションなのだ。いわば犯罪を支点として自分と社会とを両端に乗せたシーソーのように感覚しているのではないか。だからまるでシーソーを揺らして反応を愉しむかのように、ほとんどの異常殺人者は社会に対して主に文書で饒舌に語り、好き勝手な名前を名乗り、こだわる。それはまるでいつもの目立たない存在の自分にたいする反動でもあるようだ。〝ジャック・ナイト〟もこの呼び名が自分で気に入っているとすれば、第二の犯行に際して子供じみた言葉遊びを使うことは考えられる範囲内だ。そうだ、そういった意味では異常犯罪者は昆虫や小動物を面白半分にいたぶり、殺してしまう幼児と同じように、自らの欲望に素直だ。

「藤島さん、見直した」

爽子は素直に賞賛したが、でも、と続けた。「二つの犯行を関連づける物的な証拠がないわ」

「そこなんだ」

藤島も真顔になった。「いまこっちの本部は目立った進展はない。だがあちらの本部が何か情報を仕入れていれば、こっちの本部にもなにか進展がみられるかも知れない」

それはそうだ、と爽子も心の中で同意した。しかし、実現可能かどうかは別の問題だとも思った。

他人が自分の〝ヤマ〟に介入してくるのを捜査員は何より嫌う。刑事特有の縄張り意識と職人気質に加え、競争相手が増えると、犯人逮捕に漕ぎ着けても人数が多いほど手柄も目減りするからだが、問題はそれ以前に、佐久間が藤島と自分の意見を汲み入れるかどうかにもあった。〝流し〟の犯行ということを証明するだけで四日という時間を費やした。

いまの推論を話したところで偶然、机上の空論の一言で片付けられるのではないかという恐れが、爽子にはあった。手口があまりに異なっているし、彼らはプロファイリングを信用していない。まずなにより、物的な証拠がないか自分達なりに捜査し確認した上で、捜査指揮官たちの内堀を埋める必要がある。

しかし、他人の縄張りに踏み込むには相当な勇気が必要だ。事は隠密に進めなければならない。

「藤島さんの同期の人って、信用できる人？」

「いいたいことは判ってる。同じ教場で机を並べた仲だ。信頼できる奴だよ」

「判った……。出来るだけ内密に調べてみましょう」

爽子の脳裏に閃（ひらめ）いたのは、坂口晴代の衣類だった。遺体は遺族に返還されたが、衣類は科学警察研究所で分析が続けられている筈だ。何か見つかるとすれば、そこからだろう。検視官の田辺警部からなら、なにか情報が貰えるかも知れない。

爽子と藤島は朝の捜査会議が終わると、他の捜査員が出払ってから、麻布署に向かった。

爽子は麻布署近くの路上にワークスを止め、藤島が戻るのを待っていた。顔見知りの捜査員が現れるかも知れないと思うと気が気ではなかった。両手をステアリングの上に載せ、人差し指で叩く。藤島の友人は地域課からの借り上げ要員らしく、外に呼び出すことが出来なかったのだ。

右のドアミラーを何気なく見ると、後ろから巡回の帰りらしいミニパトが走ってくる。ここは駐車禁止区域だ。そのまま通り過ぎて欲しいと思う爽子の気持ちをまるで感知したようにウインカーを点滅させ、爽子のワークスの後ろで停車した。まだ若い女性警官が助手席から降り、こちらにやってくる。爽子は溜息をついた。

「こんな所で何やってるの、免許証出して」

運転手側のウインドーを叩き、爽子がそれを下げると、若い女性警官は長身を屈めるようにして、命令口調でいった。

爽子は表情を変えずに女性警官を見返した。頰にニキビの残る、まだ幼い顔立ちだったが、口調はもう百年もこの仕事をしているといった感じだった。ルームミラーを見ると、運転席の女性警官がこちらを見ながら無線に何かいっている。車両照会をしているのだろうが、その顔には見覚えがあった。爽子はふっと微笑み、いった。

「こういう時でも、まず〝こんにちは〟くらいはいうものよ」

「何ですって――」

若い女性警官は気色ばんだ。すぐに怒ってみせるのは、女性警官の典型的な反応だった。

何しろ自分より年輩の人間とも渡り合うのだ。大人しい女性では務まらない。

「ちょっと、……あ、やっぱり！」

運転席を降りてきた女性警官が、爽子の顔を見るなり声をあげた。

「久しぶりじゃない！　元気だった？　爽子」

「ご無沙汰、真由子」

警察学校同期の桐島真由子だった。短大を卒業し某民間企業に就職したものの、お茶汲みとコピーに追われる仕事に嫌気がさし、二年で退職、警察官になったという経歴の持ち主で、爽子の数少ない親友だった。

「お知り合いですか」

若い女性警官は急に言葉を柔らかくして、桐島に尋ねた。

「吉村爽子といいます」

「警察学校時代の友達でね、私と違って出世したの。今は〝みつぼし〟で、本庁の人」

みつぼし、とは古い制服の階級章に由来する隠語で巡査部長のことだが、爽子を紹介する桐島の声には屈託がなかった。桐島は女性警官に多い、階級を上げることより仕事そのものに生き甲斐を感じるタイプだ。

「失礼しましたっ」と若い女性警官は背を伸ばし慌てて敬礼した。

「免許証、見せましょうか」

冗談のつもりで爽子がいうと、若い女性警官は困った顔になった。桐島は笑った。

「諏訪さん、冗談よ。もういいから、先に戻っててくれる？」

はいっ、と別人のように素直な声を出し、諏訪と呼ばれた女性警官はミニパトに戻った。

助手席に乗り込む諏訪を見ながら、桐島はいった。

「いい子なのよ。仕事もテキパキしてるしね。高校の時バレー部にいたこともあって度胸もあるし、勘もいい。——ああ、学校出たときは、私もあんなふうだったなって思っちゃう」

「久しぶりに会ったのに、急に老けたようにいうのね」爽子は苦笑した。「真由子だって、変わらないわ」

「ね、麻子結婚するらしいよ」桐島は急に話題を変えた。

「ほんとに？」

結城麻子も同期の一人だった。医者の娘で、どうした訳か女性警官になった変わり種で、見た目はおっとりした感じの女性だった。もちろん、中身は女性警官だが。

「何でもね、新宿で駐禁係してた頃、切符きったのがきっかけなんだって。手続きして一丁上がりって時に、その男の人が何か差し出したんだけど最初は商品券か何かだと思って、そんなもの受け取れませんって突っぱねたけど、強引に手渡していってしまったんですって。後から見てみると住所と電話番号が書いてあったって」

「ほんとにあるのね、そんな話」

「その男の人、切符きる間じいっと麻子の方見てるから、最初は刺されるのかと思ったんですって」

爽子と桐島は笑った。その時、ミニパトから「せんぱーい！」と声がした。今行くから、と答えてから、桐島はぽつりといった。

「……正直、羨ましいなって、思う」

いつも明るく気丈な桐島が、ふと爽子の前では漏らす本音の呟きだった。爽子は変わってないな、と思った。いつも仕事のため、周囲の人間のために細やかな心遣いを忘れない分、爽子と二人だけの時見せる気弱な一面だった。

「――真由子、制服似合ってる。それに、あんないい後輩もいるし」

「そうね……、この制服が似合う間は、頑張るとするか」

桐島はもとの笑顔に戻っていた。

「爽子はいいなあ、私服で」

「あ、ごめんなさい、そんなつもりでいった訳じゃないの。……それに、私服だと仕事とプライベートが曖昧で。……いつも疲れるから」

「善し悪しってことね。――じゃあ、また電話するから」

「真由子、ここで会ったことは……」

「わかってるって。内緒にしとく」

　桐島は笑顔を残し、ミニパトで走り去った。

　爽子はそれを見送ってから、もう何年制服に袖を通していないのだろうと考えた。所轄時代、留置管理をしていた頃は当然制服勤務だったが、保安に異動してからは私服だった。だから、もう三年以上着用していないことになる。

　爽子は制服が嫌いではなかった。だがそれは制服の持つ、一種の格好の良さや威厳には関係なかった。桐島に話した通り、仕事と私生活を明確に区別する分水嶺としての制服を必要としていたのだ。

　だが、警察にとって制服とは、社会と自分たちを隔てるためにある。各種の窓口や報道関係者との接点の無愛想さ、底堅さとは別の壁であり、組織を形作る個々人の憤懣や葛藤を外部に出さない抑止力でもある。女性警察官自身も制服によって没個性化しようとし、世間も制服を着用するかぎり、女性警察官に個性を認めない。女性にはちがいないが、制服を着た何者か、という認識しかない。

爽子には、自分でどれほど努力をしても制服が肌になじまなかった。どんなに偏(かたよ)った食生活でも太ることはない体質は同性からはうらやましがられたが、制服を着こなすことに関してはなんら寄与しなかった。

そして、少女じみたこの童顔。眼ばかり大きく、口元が小さい。これもまた同性からは、若く見えるとうらやましがられたが、碑文谷の保安係にいた頃、張り込みの際、係長から「セーラー服を着て立ってろ」といわれた時は、さすがに腹に据えかねたものだったが。

つまらないことを考えているうちに、藤島が戻ってきた。助手席に乗り込む。

「待たせた。書類のコピー、トイレの中で受け取ったから、だれも見てない筈だ」

そういって、愛用の良く使い込まれたコーチのバッグを膝から上げて見せた。

爽子は頷き、発進させた。

「同期の奴、本庁は陰険だって怒ってた。それで、誰と組んでんだって聞くから本庁だって答えると、呆れられた」

可笑(おか)しそうにいった。

爽子は答えず、しばらく走った。そして、唐突に聞いた。

「ね、藤島さん。……婦警の制服って、好き？」

「はい？」

事件の概要の情報は入手したが、直接現場に出向くことは出来ない。本庁、所轄が地取り捜査を行っている可能性が高かったからだ。

爽子と藤島は資料を持って蔵前署に戻った。最初はどこか喫茶店で検討したかったが、結局二人が一番目立たない場所は、皮肉なことに蔵前署の会議室なのだった。藤島は私物の手帳を開いて話し始めた。

「事件は二日前に発生した。通報者は帰宅途中のサラリーマン。酒を飲んだ帰り小用を足そうとして、マル害を発見した」

「あっちの本部の様子はどうだったの？」

「新聞社や広告代理店には捜査員が向かった。だが現時点では〝新田純也〟なる人物はマル害周辺で確認されていない」

「あの広告のことを本部はどう見てるの」

「悪戯の可能性半分、犯人から半分という意見らしいが、……もし悪戯なら、もっと挑発的な内容で、本部かマスコミに声明文として直接投書する筈だ」

爽子は頷いた。「動機についての見解は？」

「それが本部を迷わせている。所持品は金品、カード類いずれも手をつけられた様子はない。しかも、手の込んだ方法で殺害してる。マル被はわざわざマル害をブランコに吊り下げてるんだ。それに、何度も上げ下げを繰り返して苦痛を与えた痕もあったらしい。――まるで処刑だな」

「今はどの線を重点的に追ってるの」

「怨恨という筋らしい。マル害栗原智恵美は〝けつもち〟を持たない女子大生売春グループの一人でね、その線のトラブルじゃないかって」

けつもち、とは暴力団などの背後組織のことだ。

「マルBはここまではやらないわね」

「ちょっと気になる点がある」

藤島は声を低めた。「被害者の口に、下着が突っ込まれてた」

「被害者の物？」

「ああ。猿ぐつわにするには、ちょっと不自然だと思うんだ。マル害のバッグにはハンカチなんかは残してあったらしいが」

「マル害の口にいれられたのは死後、生前？」

「失禁の跡がないから、生前らしい。――もっとも、吊るした時点で脱がせて、死後口腔に入れたのかも知れないな。生きている時に銜えさせるのは難しいから。……猿ぐつわでなければ、何でこんな真似をしたのか」

「猿ぐつわなんかじゃないわ、間違いなく。……性的殺人のカテゴリーね」

二つの殺人には共通した特徴がある。体内への異物の挿入。これは〝リグレッシブ・ネクロフィリア〟――退行的死姦と呼ばれる性的殺人者に見られる特徴的な行為だ。何故被害者の体内に異物を挿入するのか。これは犯人にとってこの種の行為は性交の代理行為であるからだといわれている。

「しかし……手口は似てないな。刃物の次にロープを使ってる」

「藤島さん、想像してみて。この犯人がここの管内で最初の殺人を犯した時、なにを感じたか」

「坂口晴代を殺した時に？」

「ええ」

「さあ。まあ、後悔じゃないのは確かだな」

藤島が想像もつかない、というふうに首を傾げると、爽子は静かにいった。

「私は、失望感だったと思う」

「失望感？」

「ええ。最初の凶器は刃物で、今度はロープを使ったのは、多分苦痛を与える時間を長引かせるためだと思う。いろいろな事例をみてもそういえるわ。異常犯罪と呼ばれる事件で使用される凶器は、刃物やロープが多いの。死因の多くは出血性ショック、窒息死。つまり死亡するまでの間、被害者が苦痛を感じる時間が長いことが特徴なの。逆に銃器が使用されることは少ない。これは被害者が即死する可能性が高いから」

藤島は付け足し、続けた。

「だから時間をかけて、目撃される危険さえ冒した……」

「でも一つ判らない。何故第一犯行が〝流し〟で、今回は〝怨恨〟なんだろう」

爽子は目を閉じてから、静かにいった。

「不幸な偶然だったんだと思う。昼間ならともかく、夜目で見たら二人のマル害はよく似ていた。それがマル被の殺意の引き金を引いた――」

爽子も藤島もしばらく黙った。

「坂口晴代は、不幸過ぎるよ」

藤島はぽつりといってから、勢いよく立ち上がった。

「ぐずぐずしてはいられないな。出かけようか」

爽子も立ち上がった。

爽子と藤島は警視庁に向かった。

自分のスペースなど持っていないので、爽子は通用口前の空いた場所に、警備の第一機動隊員の許可を得て駐車した。

ワークスから降りると、藤島はドアを閉めた姿勢のまま、本庁の威容を見上げていた。

藤島さん、と爽子は声をかけ、警察庁と警視庁に挟まれた警察合同庁舎に歩いた。そして鑑識課検視係の部屋を目指す。現場鑑識、検視官室があるため、本館の捜査一課の大部屋と共に、ここは新聞の警察番記者の監視ポイントの一つだ。爽子と藤島は目立たないように気をつけながら廊下を歩いた。

部屋の前までくると、爽子はドアを控えめにノックした。中から返事があり、「入ります」と声をかけてから、爽子と藤島は中に入った。部屋は広い大部屋だった。ほとんど在室している者がいないこと、扱う仕事を象徴する殺風景さは、捜査一課と同じだった。

「お宅さんら、なんだい」

近くの机で事務を執っていた検視官の一人が尋ねた。白髪の目立つ、いかにも職人肌を感じさせる日焼けした初老の男だった。

「あの、田辺警部はおられますか」

「ああいるよ」

と男は答え、「たっちゃん、お客さん！　生きてる若い女！」と大声でいった。来客を告げる言葉までこの部屋に似つかわしいなどと思う間もなく、部屋のどこかから「おう」と田辺の声が上がった。そちらを見ると、うずたかく机の上に積まれたバインダーや書類の陰に、田辺はいるらしい。どうも、と爽子は礼をいったが、初老の検視官はもはや興味はなくなったといわんばかりに、書類の続きに取りかかっていた。

田辺は何か書類作成に没頭していた。側に近寄った爽子と藤島には目もくれず、万年筆で書き続けている。そして書類を書き続けながら、空いている左手で近くの応接セットを示した。終わるまで待てという意味らしい。

爽子と藤島は示された古びたソファに腰かけた。藤島は珍しそうに内部を見回している。それから何かに目を止めた。爽子がそちらを見ると、検視官の心得が額にいれて掲げてあった。「口を閉じ、耳をふさぎ、目を開け」。現在の警視庁のスローガンはスピード、センス、ワイド・アイショットだが、カタカナが混じっていないのも、この部屋には似合ってると爽子は思った。

ようやく一段落ついたらしい田辺が凝った肩をほぐすように回しながら、二人の前に座った。

「いや、待たしてすまないね。――今朝、山手線で〝マグロ〟（轢死体）が出たんだ。ひどい有様でね。鑑識が、肉片一つひとつ箸で集めて……。会社の首切りでノイローゼになってそのままふらふらっときたらしいが……、若い奥さんと小さな子供がいて、見ていられなかったよ」

憤懣を吐き出すようにいうと、初めて気づいたように、爽子と藤島の用件を尋ねた。爽子は藤島を紹介してから、いった。

「実はお願いがあるんですが」

「何だ？」

爽子は自分が行っている捜査状況、そして麻布管内の事件と自分たちの事件と関連がある可能性を話した。一通り聞くと、田辺は煙草を取り出した。ピースだった。藤島がライターを差し出すと、火をつけ、深々と吸った。煙を吐き出すといった。

「吉村としては、二つの事案の関連性が立証されれば、捜査は進展すると考えるんだな」

「はい」

「佐久間には話したのか」

田辺と佐久間は階級こそ水を開けられたが、拝命は同期だった。

「――いえ。話していません。……幹部達は、プロファイリングがお気に召さないようですから」

「そっちの本部が一度しくじったのは聞いてるよ。現場で何を見てたんだか」

現場の状態から、それが自然死か他殺か、もっと踏み込んで死因や犯行当時の状況まで判断する検視官と、現場から犯人像を推定する心理捜査官は考え方が似ていなくもない。二つの仕事では共に専門知識と観察力、何より直感あるいは想像力が必要なのだ。昔、あるホテルで職場の金を使い込んで逃亡していた女性が首を吊る事件があり、遺書もあることから大方の捜査員は自殺、と断定したが、臨場した検視官は下着も穿かずに首を吊っていたこと、遺書に死ぬとは一言も書かれていなかったことに疑問を持ち、室内をくまなく検索したところ、ベッドのシーツから女性の失禁した跡を発見した。自殺なら、女性の死体直下にある筈で、明らかな殺人だった。

「わかった。現場鑑識に二つの事件に共通した微物がないか調べて貰おう」

田辺は立ち上がった。

しばらく自分の机の電話で田辺は話していたが、やがて戻ってきた。

「蔵前の試料は科警研で分析中だが、特徴のある獣毛が採取されたらしいな、鑑識資料センターに照会中だそうだ。麻布の方は目下鋭意分析中。知り合いの技官を急かしといたから、何か出れば連絡くれるように段取りはつけといた」

「すいません」

爽子と藤島は頭を下げた。

「だが、そう早く結果は出ないぞ。何しろ気の遠くなる作業だからな」

田辺は爽子と藤島が過度の期待を抱かないよう、釘を刺すようにいった。

現場や死体の衣服から採取された微物の分析は文字通りの忍耐力の勝負だ。最新のコンピューターも役に立たない。一つ一つを丹念に拾い上げ、分類してゆく。埃ならどんな場所の物で、毛髪なら男か女か、年齢は、薬物は使用していないか。繊維片なら材質は何か、用途はなにか。全てを手作業で突き止めて行く。何かが発見できても、照合のための膨大なデータの蓄積も必要だ。

爽子と藤島が顔を見合わせると、田辺はいった。

「まあ、獣毛が出た場合はそれを重点的に鑑定するように頼んであるから、心配するな。――それから、ちょっと面白いことも聞いた」

「面白いこと、ですか」

藤島が訊いた。

「蔵前の事件で、マル害の口に貼ってあったガムテープがあっただろ。あれから二十ミクロンほどの鉄粉が見つかったそうだ。錆びてたが綺麗に丸まっててな、溶接した時に飛び散ったものらしい。それから付着してた埃、これはかなり湿った場所のものだそうだ。コンクリートの粉もついていたらしいが、これはポルトランドっていうごく一般的にみられる素材だそうだ」

犯人は工場に勤める人間だろうかと爽子は思った。麻布の被害者は売春に関わっていた。客の中でそういった職場にいる者が犯人なのだろうか。

「マル被は溶接に関係した仕事に就いている可能性が高いですね」

藤島がいうと、田辺は頷いた。

「まあ可能性は高いな」

田辺がそういった時、お茶が運ばれてきた。運んできたのは、先程の初老の検視官だった。

「悪いな」と田辺が声をかけると「ついでだ」とだけいい、湯飲みを手に自分の席に戻った。茶をすする音が、三人の方まで響いてきた。

「無愛想だろ。だが検視の腕はピカイチだ」

「親父に似てます」

藤島は笑顔でいった。

田辺は一口お茶を飲み、藤島に顔を向けた。

「藤島君、だったか。吉村も無愛想だろ」

はあ、と藤島は爽子の方を窺うように答えた。爽子は素知らぬ顔をしてみせた。

「俺も最初講習で知り合った時は、なんて愛想のない女だと思ったよ。……だが生徒の中では一番優秀だった」

田辺は心理応用捜査講習の際にあった出来事を話した。

それは現実に発生した事案を題材にした犯人像推定試験のことだった。白昼、新興住宅地で妊婦が殺害され、現場の居間には二人分のコーヒーカップが置かれていた。被害者はかなり抵抗していた形跡があったが、貴重品は手つかず。田辺は実況検分調書、現場の写真を資料にしながら説明したが、その後地取りで判明したこと、たとえば夫婦間が巧くいってなかった、近くのラブホテルで若い男と被害者が密会していたことは伏せた。

現場指標から顔見知りであることと動機は怨恨ということは、全員がすぐに理解した。そして受講者側の質問では、創傷の位置、深さなどに質問が集中した。爽子は最後まで口を開かなかったが、田辺が質問を締め切ろうとした時、初めて質問した。

「〝妊婦の胎児の血液型は、何型でしょうか〟……これが吉村の質問だったよ。これは質問されなければいわないつもりだったんだ」

「他の人の質問から判ったんです。何故これだけ深い創傷を与えたのか。主婦にはもちろん、お腹の赤ちゃんにも恨みがある者の犯行だって……。直感が当たっただけです」

爽子は控えめにいった。爽子には〝見えた〟のだった。犯行現場となった室内は相当揉み合ったあとがある。創傷の状態から犯人は男性と考えられるが、妊婦が白昼男性を室内に上げたのは何故か。どうしてコーヒーまで出したのか。接客したとすれば夫ではない。そこで、まるで白昼夢のように爽子の脳裏に犯行当時の情景が映し出されたのだ。……被疑者の男は、被害者が息絶えたあとも、執拗に刃物を振り上げ、刺し続けていた――。

「犯人は主婦の浮気相手だったんだ。普通、監察医は死因の特定しかしないから、胎児の血液判定まではしない。だからあえていわなかったんだが、吉村は見抜いた」

「胎児の父親が犯人だったんですね。動機は別れ話かな……」

藤島が感心したようにいった。

「この事案では目撃者の証言や地取りに成果があったが、もしそれがなければ現場だけが頼りになった筈だ。だから出題したんだよ」

その時、爽子の腰でポケットベルが鳴った。液晶の表示が本部に連絡するようにと告げていた。爽子は田辺の許しを得て、机の上の電話を取り上げた。本部に繋がると、電話番の捜査員からすぐに佐久間が電話口に出た。至急本部にもどるようにと奇妙に抑揚のない声で命じられた。判りました、と爽子は答え、受話器を戻した。

「田辺警部、本部に戻らねばならなくなりました」

「そうか。何かでたら至急報で知らせてやるから」

「お願いします」

爽子と藤島は検視官室を辞した。

「情報ながして貰ったのがばれたかな」

「さあ。……なにか進展があったのかも知れない。それとも、さぼってたのがばれたのかしら？」

わざと明るくいったが、爽子自身、嫌な予感が胸をよぎった。

蔵前署に戻り、電話番の捜査員に佐久間の居場所を聞くと、同じ階の小会議室に行くようにいわれ、爽子と藤島は小会議室に入った。そして、そこにいる顔ぶれを見て、自分たちの予感が正しいことを知った。

応接セットには佐久間管理官と近藤管理官、そしてこの本部に出向している三係と同じ第二強行犯捜査に所属し、現在麻布署の女子大生殺人事件担当の四係長、唐沢警部と同じく主任の吉川警部補がすでに座っていた。

吉川の一見人の良さそうな顔を見て、爽子は内心悪態をつきたい気持ちになった。この男がいるからには、楽しい話ではない。

吉川政治警部補。年齢は四十代初めで、一癖ある捜査員達の集団である捜一内部でも、策士として知られた人物だった。爽子はそのことを身をもって知っていた。

「座ってくれ」

爽子と藤島は無言で、示された椅子に座った。

「吉村巡査部長、君は拝命して何年になる」

「……五年になります」

佐久間の質問の意図が判らないまま、爽子は神妙に答えた。

「藤島巡査長は」

「七年です」

佐久間は二人の顔を見比べ、続けた。

「そうか、では一応警察の指揮系統は理解しているな」

はい、と爽子は答えた。佐久間は爽子の目を睨(にら)みながらいった。「ならば何故、我々上司の許可なく、他の捜査本部から捜査に関する情報を秘密裏に入手した？」

爽子は足下に視線を落とした。リノリウムの床の上に、小さな綿ゴミが落ちているのを認めてから佐久間に目を戻し、口を開いた。喉(のど)が渇ききっていた。

「……それは、当本部の事案と麻布管内の事案に、関連がある可能性があったからです」

「なにを根拠にしているのか知らないが、関連を判断するのは我々の職域だ。違うか」

「関連を示唆(しさ)したのは自分です。申し訳ありません」

心理応用特別捜査官には独自の捜査権限があるはずです——無駄と知っていながら思わずそう口走ろうとした爽子の気配に気づいたのか、爽子より早く藤島が口を開き、頭を下げた。

佐久間は藤島に一瞥(いちべつ)もくれず、爽子を見て続けた。

「そんなことは問題ではない。君たちの行為は捜査にいらざる混乱を与えるばかりか、指揮系統を乱す軽率なものだとは思わないか」

佐久間の刺すような言葉が一段落すると、今度は唐沢が口を開いた。

「連続殺人ともなれば、マスコミ対策も含めて事案の扱いには慎重を期さねばならない。だが、確たる証拠もない段階で複数の本部に所属する捜査員同士が接触すれば、たとえ連続殺人でなくとも、マスコミは連続殺人と書き立てかねない。社会に無用の混乱を与えた挙げ句、逮捕してみれば別々の犯人でした、ではすまされないんだ」

温厚な人柄で知られる唐沢の口調は、諭(さと)すようだった。

「わかったか。わかったらこのことは始末書にまとめて提出しろ。これ以上本部の方針を狂わせるのは許さん。捜査員におかしな先入観を与えて、捜査に穴でも開けたらどうするつもりなんだ、全く。——これでいいですな、近藤警視」

爽子と藤島が抱いた疑問を問い質すこともなく、佐久間は隣の近藤に形ばかりの同意を求めた。近藤は色白の顔をせいぜい顰め面にしてみせた。

「両名とも、本部の指示を仰いで貰わなければ困りますね。これからは気をつけて下さい」

飾りものであることを自覚し、滅多に発言しないキャリアのお言葉を頂戴したとて、爽子と藤島に格別の感慨など湧いてきはしなかった。捜査本部がたってから、近藤の声を初めて聞いたとしか思うところはなかった。ただ、早くこの場を去りたいと思った。

自分達が方針をいつ狂わせたのか、おかしな先入観とは私の犯人像推定のことかと胸の内で呟きつつ、「申し訳ありませんでした」と爽子は無味乾燥にいい、二人は立ち上がろうとした。

席を立とうとした爽子に、それまでずっと黙っていた吉川が唐突にいった。

「ああ、その前に何故同一犯の犯行と考えたのか、教えてくれないか」

爽子は吉川のそらとぼけた顔を見た。そして、この茶番は吉川の描いた絵ではないかと直感した——。

麻布署内で、吉川は偶然藤島を見かけた。藤島は知らなくとも、吉川は藤島の顔を知っていたのかもしれない。それとも、藤島の友人の行動に不審を抱き、問い質したのかも知れない。とにかく、藤島が接触した人物と藤島の話の内容を知ると、上司にたれ込んだのだ。

自分たちの縄張りを侵されるのを恐れただけではないだろう。おそらく、同年代の女性が被害者の蔵前の事件にも関心があったのではないか。そして捜査員の本能か、それともただの当て推量なのか、二つの事件を関連づけていたに違いない。

しかし、吉川にそれを証明する手段はなかった。そこにのこのこ現れたのが爽子たちという訳だ。吉川にしても確証はないから、何か情報を持っているらしい爽子たちにいわせる方が都合がいい。

単数の犯行より複数の犯行の方が無論被害者は増えるが、情報は現場が増えた分多くなる。そして、二つの本部が連合して捜査を行う場合、完全な情報の共有はあり得ない。情報をより多く相手の本部から吸い上げられるのは、当然、犯行の関連性を指摘した側の本部ということになる。蔵前に先を越されるのを吉川は嫌ったのだ。それだけではない。捜査員にとって、事件の類似を指摘するということはかなりの〝得点〟になる。検挙実績と昇進試験が全ての警察社会では、他人が手柄を上げるのもある程度になると看過出来なくなる。吉川は爽子と藤島の行動を〝独走〟という不名誉なレッテルを貼りつけることによって相殺しようとしているのだ。自分で点数が上げられなくとも、他人が減点されれば、帳尻はプラスマイナス、ゼロになるという考えだ。点数欲しさに捜査をしたのではないが、他人に全て泥をかぶらせる吉川のやり方には嫌悪を感じた。爽子は、そして藤島も結果が出れば欲も得もなく、報告するつもりでいたのだ。吉川に先手を打たれた格好だった。

考え過ぎと人はいうだろうか。しかしそう考えても仕方がない理由が、爽子にはあった。吉川の奸計にはまるのは、これが最初ではなかったからだ。

爽子が捜査一課に配属されて間もない頃だった。ある時吉川は廊下で爽子に声をかけ、今自分たちの扱っている事件の犯人像推定をしてくれないかと頼んできた。爽子は鷹野管理官を通して欲しいと最初は断ったが、吉川は人の良い笑顔を見せ、参考程度で、係の内部の者しか目を通さないし、報告書にも爽子の名前を出さないから頼むといった。当時、爽子は吉川の担当する事件が難航していることを知らなかった。そういうことなら、と爽子は了承し渡された捜査資料を調べ、考えられる犯人像推定を行った。事件は三カ月後に何とか解決し、その後爽子は偶然、吉川の作成した報告書を目にした。

唖然とした。報告書には信じられないことに「課内の心理捜査の専門家に意見を求めたところ……」と爽子を暗示する語句が吉川の筆跡で記され、爽子が行った犯人像推定とは似ても似つかない人物が推定されたことになっていた。

　捜査一課内部には心理捜査官は自分しかおらず、しかも犯人逮捕が遅れたのは爽子のせいだといわんばかりの文面だった。爽子は怒りよりは呆れ、信じられない気持ちになった。吉川らが犯人を逮捕した際、犯人の特徴、動機がほぼ予想通りだったことに胸をなで下ろし、心密かに吉川らを祝福した自分の気持ちが土足で踏まれたような不快さと屈辱を味わった。そして、廊下で自分に声をかけたことさえ、周囲にそれとなく自分の印象を植え付けるためではないかと疑った。爽子は吉川も、自分自身の甘さも軽蔑した。

　それから、周囲から吉川警部補のことをいろいろと耳にした。吉川は上司に可愛がられる典型的な指示待ち捜査員で、他人への中傷を臆面もなく事実のように粉飾して、上司に密告する男らしかった。渾名はヒラメ。――目は上にしか付いていない、という意味だ。

　そのヒラメの、上しか見ていない目が、立ち上がった爽子を見上げていた。爽子は立ち去りたいという欲求に辛うじて堪えた。ここで背を見せてはならない。見せれば、何の根拠もなく自分と藤島が動いたことになる。吉川の術策に自らを追い込む行為であり、組織社会では自殺行為といえた。

　警察は――警視庁は、大都市の中に存在する巨大なムラ社会だ。閉鎖的で、数々の因習に縛られた共同体。一度弱い立場にどんな形にせよ追い込まれれば、後々までその立場を甘受しなければならない。功績より失点の方が評価の対象になる。

「どうした、ただの勘で捜査しているのか」

佐久間が、やや嘲笑(ちょうしょう)するようにいった。爽子は冷たい怒りで顔が蒼白になるのを感じながら、席に戻った。そっと深呼吸一つして、二度目の屈辱感を心の最も深い場所にしまいこみ、口を開いた。

「第一に――」

被害者の年齢、容姿が似通っていること。今朝の新聞広告の依頼人のイニシャルが第一犯行現場に残された署名にかけたものだと考えられること。さらに手口が変化したのはこの種の快楽殺人者に見られる残虐性のエスカレートの結果であると考えられ、自分の予想範囲内であることを淡々とわざと時間をかけて説明した。

佐久間を始め、幹部達は黙って聞いていたが、やがて佐久間がいった。

「マル害同士が似ていたのも、例の新聞広告と現場署名のイニシャルが同じなのも、偶然ではないのか?」

「そうかも知れません」爽子は素っ気なく答えた。「それを調べる矢先に呼ばれました。もちろん、結果がでればすぐに報告するつもりでしたが」

爽子はいい、ちらりと吉川を見たが、吉川は口の端に笑みさえのせて、爽子を見ていた。

――このヒラメ！　と爽子は心の中で吐き捨てた。

「……わかった。鑑識の意見も聞こう。しかし吉村、関連性が見出せなかった場合は、判ってるだろうな」

「はい」

佐久間は可能性の問題としては受け入れたらしいが、結果如何ではこの小うるさい小娘を本部から放り出すのは簡単だと、内心小躍りしたい心境なのだということが、爽子にも判った。

「藤島君もだ」

いいながら佐久間は立ち上がり、小会議室の隅にある電話機に向かい、交換台に本庁鑑識に繋げるように命じた。相手が出るとしばらく話していたが、急に顔を上げ、微かに狼狽したかのように一瞬、爽子と藤島を振り返った。爽子はその様子を見ていたが、隣の藤島が爪先で爽子の足をそっとつついた。爽子が藤島を見ると、藤島はひょいと眉をわずかに上げて見せた。一刹那ではあったが、してやったりという会心の表情だった。爽子は急に肩から力が抜けた。

「……鑑識がなにか発見したそうだ」

佐久間が椅子に戻るなりいった。「直接、ここに説明に来る」

携帯電話で呼び出された大貫が、コートを着たまま小会議室に姿を現したのが四十分後、現場鑑識係長と、何故か検視係の田辺が現れたのはその五分後だった。非公式の会議の、これが顔ぶれだった。

全員が窮屈そうに狭い応接セットに座った。藤島は遠慮し、立ったまま、爽子の二度目の説明を聞いていた。

爽子の説明が終わると、「よろしいですか」と口を最初に開いたのは鑑識係長だった。

「吉村巡査部長の説明を裏付ける遺留物が発見されました。蔵前管内マル害、坂口晴代の着衣の袖に、微量ですが特殊な獣毛七本が付着していたのです。そして麻布管内のマル害の着衣からも同様の獣毛が採取されました。これはスカートの裏地からで、おそらくマル害の下着を脱がせた際付着したと思われます。現在最終的な鑑定を行っていますが、獣毛の切断面から同一の衣類から剝離したのはほぼ九分九厘、間違いないところです」

「採取された獣毛の種類は」

ありふれたものであれば、関連を決定付けることは出来ないとでもいいたげな口調で、大貫がぼそりと質した。

「発見された獣毛――正確にいえば獣毛片ですが、南アンデスに生息するラクダ科の大型哺乳類、ビキューナのものです」

鑑識係長は言葉を切り、続けた。

「これはワシントン条約の保護対象動物で、捕獲が認められたのはつい最近のことで、しかも高価なため販売店及び出回っている数は限られています。製造元はイタリアに二社だけです」

「――もっと早く報告して欲しかったですな」

佐久間が唸るようにいった。あまりに無茶ないいぐさだった。繊維、毛髪、獣毛などの採取、鑑定には大変な時間と努力が通常の場合は必要で、今回のように早期に発見されるのが、むしろ僥倖なのだ。もちろん、佐久間にもそれは判っている。しかし、爽子と藤島の手前、いわずにはいられなかったのだろう。

「それは……」

鑑識係長が、助け船を求めるように田辺を見た。

田辺はおもむろに煙草を取り出し、佐久間に一本振り出して勧めた。

「一服、どうだ」

「いらんよ」佐久間が渋い顔でいった。

「おや、止めたのか、警視殿」田辺は嫌みのない口調で尋ねた。

「妻が嫌がる」

そこで佐久間は苦笑し、やっと表情を緩めた。田辺は笑い、一本銜えて火を付けた。何となく、場の雰囲気が和んだ。

「まあ、あれだ、物証が出てこなくとも、異常ということでは二つの事件は共通してる。まともな奴の行状じゃない。〝特設〟あたりから情報の提供があってもよかった筈だがね」

紫煙を吐きながら、田辺は取りなすようにいった。

特設、とは第一強行犯捜査一係にある特設現場資料班のことで、警視庁管内に設置された捜査本部全てからの情報をまとめ、分析し課長に報告する。いわば捜一の耳であり眼だ。

「物証云々の前に、連中に問い合わせるか、専門家に意見を求めるべきだったな。累犯の可能性もあるって分析もあったことだし」

田辺はやんわりと苦言を呈した。

爽子は田辺が呼ばれもしないのにこの場にやって来た理由がようやく判った。当然予想される、なぜ獣毛の鑑定が短時間に行えたのかという佐久間の質問から鑑識係長を弁護し、同時に爽子を多少でも擁護するためだ。

「よく判りました。麻布及び蔵前管内の事案について、物証が同一であると確認され次第、連続殺人事件として両本部連合で捜査を行います。なお、捜査本部は当蔵前署内に設置するものとし、このことは一課長を通じて刑事部長に報告します。……ご苦労でした、散会！」

全員がやれやれと立ち上がった。本庁の課長に報告のため、佐久間と近藤は鞄を手にせかせかと立ち去り、田辺は煙草を灰皿に押し付けた。鑑識係長はしきりに汗を拭いていた。

「来てよかったよ。大変だったな」

廊下を歩きながら、田辺がいった。四人は玄関に向かっていた。

「助かりました。あの、係長も……ありがとうございました」

爽子と藤島が二人に頭を下げると、いやなに、と鑑識係長は頷いた。

「吉村、ありゃ……吉川警部補の仕業か」

田辺が小声で訊くと、爽子はそっと頭を上下させた。田辺も吉川の人となりについては噂を聞いている様子だった。

「ま、いろんな人間がいるわな。だからこそ世の中面白い、そう思うしかないな」

「——そうですね」

四人は玄関を出た。冷たい冬の風が吹いていた。立番の警杖を持った警官が敬礼する。

四人は立ち止まった。

「ここでいい。——吉村、無理はするな。だが喰いついていけ」

爽子は口を開こうとした。しかし、答える言葉が見つからず、結局黙って敬礼した。警官は制服を着用していないときは敬礼をしない、というきまりがあるが、爽子にはそうする以外、感謝の念を伝える術がなかった。藤島も背筋を伸ばし、それに倣った。

待たせてあった公用車に乗る前、ふと田辺は藤島を呼んだ。近づいた藤島に何か耳打ちすると、田辺は公用車に乗り込み、鑑識係長と共に去っていった。田辺がなにをいったのか、爽子には聞こえなかった。

車が走り去って見えなくなると、爽子は隣に立つ藤島に尋ねた。

「ね、田辺警部、なんていったの」

藤島は答えず、車の走り去った方向を見続けながら、呟いた。

「……いい人だね」

藤島はだが、心の中で田辺の言葉を反芻していた。検視官はただ一言藤島にいったのだった。

――吉村を守ってやれ

と。

一月二十一日、夜。

科警研による獣毛の加工面の最終鑑定と刑事部長の正式な判断を待ち、蔵前署と麻布署の両本部は連合捜査本部体制になり、〝戒名〟も〈都内連続女子学生殺人事件連合特別捜査本部〉に改称された。本庁強行犯四係を始め、麻布署強行犯係が蔵前署会議室に姿を見せていた。会議室は一種異様な熱量を帯びた空気に満たされている。どの捜査員も小声で言葉を交わしているが、時々警戒心も露わな視線を、本部の違う余所者(よそもの)に飛ばす。それでいながら、自分たちの知らないことを知っているのではないかという猜疑心(さいぎしん)や微かな期待も、胸の中でとぐろを巻いているのだった。

入り口のドアが開くと、私語が止んだ。幹部席に、佐久間と近藤が歩いて行く。その後ろには本部が連合になって初回の会議になるため、鷹野警視の姿もあった。佐久間の仕切りで、会議は始まった。

まず、先に蔵前側からの捜査状況の報告が行われた。これは、麻布側の不満を和らげるための措置だった。それが終わると、麻布の事件のあらましに移った。

「マル害は都内光輝大学経済学部二年、栗原智恵美十九歳。前歴、犯歴ありません。住所は北新宿五丁目七の十一、メゾン北新宿というマンションです。当該マル害は、学内の売春組織に関わっており、顧客との連絡を行っていたようです。なお、マルBとの接点はいまのところ認められません。現在、犯行当夜のマル害の足取り、顧客と揉(も)めていなかったかなど交遊関係を中心に鑑捜査を行っています」

「犯行現場は西麻布三丁目の公園にある遊具です。当該マル害の頸部には複数の索溝があり、また直下の地面にもマル害が爪先立ちした形跡があるため、マル害は時間をかけて殺害されたものと見られる。死体の直下に失禁した形跡があり、ほとんど争った跡も見られないことから、何らかの方法で抵抗を封じられたと考えられる。死因は頸動脈圧迫による窒息死で顔面蒼白、足部の鬱血(うっけつ)が見られた。犯行時刻は二十二時から二十三時と推定される。――なおマル害の口腔内に本人の下着が詰められたことについては目下のところ理由は不明。所持金十万、及び貴重品で持ち去られている物はなし」

「現場検証において現場より採証された当該マル被の足跡は、ユウヒシューズ製スニーカーでサイズが二十六センチ、足跡痕より推定した体重七十五キロ。歩幅から身長は百七十五センチ、プラスマイナス五と推定されます。また、体重四十八キロのマル害を遊具に吊っていることから見てがっしりした体格と考えられます」

それから、爽子と藤島が注目した新聞広告にも言及した。

「当該の新聞広告は代理店に直接郵送されてきたもので、封書、切手に指紋、分泌物の痕跡はなく、消印も表面に防水スプレーが付着しており読みとれず科捜研にて現在鑑定中、使用された封筒及び便箋もありふれたもので販売経路の特定は困難、内容もワープロ印字されています。なお記されていた都内の住所は実在しません」

これだけ異常な現場で、自分たち特異事案を扱う二特捜四係に何故通報がなかったのか、と爽子は思った。吉川が同一犯の可能性に感づくのも道理、拉致してから殺害する手口、現場に残された足跡から推定される犯人像など、共通する点が多く見られる。にもかかわらず、どうして本庁組から通報がなされなかったのか。答えは多分、セクショナリズムだ。蔵前が挙げる前に自分で挙げたいという打算もあっただろうが、それ以前に、捜査員個々の骨髄にまで浸透した獰猛なまでの執念のせいだろう。そこまで執念を持たねば、刑事にはなれない。いや、なれても捜一に呼ばれることはない。

「殺害当時の状況は判った。捜査状況の方はどうなっている」

佐久間が問うと、唐沢が立ち上がった。

「地取りの方は、当該マル害のよく利用していた渋谷のラブホテル街を中心に行っていますが、場所柄聞き込みの困難さはご存じの通りで、有力な証言は今のところ得られておりません」

唐沢が座ると、吉川が立ち上がった。

「鑑取りでは当該マル害の行っていた売春行為に関し、本庁生活安全部保安課、及び渋谷署に問い合わせましたが資料の該当なしという回答で、現在はマル害周辺の人間に聞き込みを行っています」

事実関係が述べられると、爽子は手元の自分のメモに目を落とした。第一犯行時行った犯人像推定の資料だ。通常の会議なら、爽子に発言の機会が与えられる筈だからだ。

しかし佐久間は、

「第一犯行時、二特捜四係が行った犯人像推定に関しては、各々、手元に配布した資料の通りだ」

と、簡単に触れただけだった。爽子が立ち上がるために足に込めた力はまるで、ささいな、とるにたりない悲しい嘘のように消えていった。

その時、幹部席の鷹野が「いいですかね」と、隣の佐久間に断ってから発言した。

「麻布の現場における現場検証から得られた犯人像と、我々が第一犯行時行った犯人像推定がかなりの確率で一致したことを、各捜査員においては今一度思い起こし、地取り、鑑取り両面において確認事項に加えていただきたい」

鷹野の声は鷹揚(おうよう)で、しかも飄々(ひょうひょう)としていたため、弁護された爽子自身、それに気づくまで時間がかかった。爽子はせめて感謝を視線で伝えようとしたが、当の鷹野は気づかない振りをしているのか、それとも本当に気づかないのか、どこか茫洋(ぼうよう)とした表情だった。

「第一犯行のマル害、坂口晴代と第二犯行の栗原智恵美の鑑の有無は不明だが、年齢の近いことから現在まで捜査線上に現れていない共通の動機が存在する可能性がある。また、第一犯行時マル被が使用した粘着テープから採取された微鉄粒から見て、マル被は工場などで溶接、鉄鋼関連の仕事に従事している可能性が高い」

そこで、と佐久間は言葉を切り、

「第二犯行の地取りにおいては、犯行現場及び渋谷周辺の徹底した聞き込みを願いたい。殺害当夜のマル害の足取りの解明を最優先課題。鑑取りにあっては栗原智恵美の〝さくら〟に関する人間関係、顧客とのトラブルの有無、また先にいった職種に従事している者はいないかを中心に捜査願いたい」

〝さくら〟とは春に咲くことから、売春をさす隠語だ。

「第一犯行にあっては、これまでの方針を継続。ただし、坂口晴代と栗原智恵美の交友関係はなかったか、また第二犯行と同様、当該マル害周辺に鉄鋼関係従事者がいないかを確認事項に追加、以上！」

捜査員がたちあがり、部屋を出て行く中、爽子はなにも変わらなかった、と思った。栗原智恵美は正式に犯人像を推定した訳ではないが、坂口晴代に関しては被害者のリスクの度、現場指標、拉致された際の状況全てが〝流し〟であるとはっきり示している。にもかかわらず二人の被害者に共通の殺害される要因があるかのように発言するのは、一体どういう料簡なのか。昼間の非公式の会議で佐久間はわかった、といったが、一体何が判ったというのか。爽子は深い徒労感とともに、石に向かって話し続けているような、あるいは諺ではないが荒野で説教するような空しさを覚えずにはいられなかった。爽子は今、いわゆる警察内部でいう〝エンコ〟つけられた——指をさされた状態だった。

強行犯四係でラブホテル街担当の捜査員らは夜の街に向かい、それ以外の捜査員はそれぞれのねぐらに去っていった。

急にひっそりと静かになり、空々しい蛍光灯の光に満ちた会議室に爽子と藤島は残り、現場検証調書、死体検案書、鑑・地取り捜査報告書、員面調書など捜査資料一式を前に、向かい合って座っていた。手分けして資料に目を通しながら、爽子は要領よく、必要な部分だけを手元のノートに控えてゆく。

「犯人像は変わらないけど、今回の犯行は麻布の本部が推測している通り怨恨ね。——でも」

爽子は紙に目を落とし、言葉を切って前髪を指先で払った。

「でも、なんだい」

「見せしめの意味も含まれているのかも知れない」

「見せしめって……誰に対して？」

「ちょっと考えてみて。第一犯行では、比較的目撃されるリスクは低かったでしょ？　でも今回は、目撃されるリスクは高い。いつ人通りがあるか判らないという点では同じ条件だけど、公園の方は開けている分、距離が離れていても目撃される可能性があるわ。マル被はおそらく、この公園を意図的に選択したのよ。人目につく場所なら、どこでも良かったのかも知れないけど。死体の口に下着を入れて逃走したのも、性行為の代償の他に、マル害の女性を——というよりむしろ、〝被害者である女性〟を死後も辱めて、人々の視線に晒すことにあるんじゃない？……藤島さん、最初この犯行の印象をなんていったか、覚えてる？」

「ええと、処刑、かな」

「そう、私も同感。殺害するだけでは飽き足らない憎悪が、この一連の事件の起点になってると思う。そして、本当はもっと大勢に対して行われた見せしめの処刑……かも知れない」

「大勢、というと」

爽子はそっと息を吸った。そして、告げた。

「——〝被害者である女性〟よ。女性という〝性〟全体に対して」

藤島は爽子から目を逸らし、窓の方を見やった。夜の街の光が結露で滲んでいた。

「吉村さんは、マル被の動機は女性全体に対する憎悪が根底にあると？」

「ええ。そしてこの犯人は自分が女性に対して罰を与える死刑執行人と妄想しているのかも知れない。自分の何らかの私憤を、公憤に転化しようとしているのかも……、同じ衣類を着用していることから見ても」

「じゃああの新聞広告は？　本物だとして、その目的は？　警察への挑戦かな」

「わざわざ新聞に広告を出したのは警察に挑戦する意図はあるにしても、本当の目的は世間の耳目（じもく）を集めること、そうすることによって公開処刑にする気なんだと思う」

「……でも少し変じゃないか？　文面が大人しすぎるし、栗原智恵美との間にどんな恨みがあったのか書かれていないのは不自然な気がする」

藤島のいい分には一理あった。

異常犯罪者が警察当局やマスコミに送りつける声明文ともとれる文書は、呆（あき）れるほど饒舌（じょうぜつ）だ。ある者は自分の犯行を得意げに語り、ある者は警察を嘲笑（ちょうしょう）し、挑戦する。海外のある連続爆弾魔は、新聞に自分の論文を掲載するように要求したくらいだ。それら妄想とも自己陶酔ともとれる声明文に比べれば、この新聞広告は簡潔で、事務的といえるくらい短い。この格差は、一体何か。人に見せたいという今回の犯行に見られる顕示性と、この短い文面の差違を埋める犯人の心理とは何なのか。

その夜、爽子と藤島の間で、結論は出なかった。


一月二十二日。

朝の捜査会議が終了すると、爽子と藤島は犯行現場に出向くことにした。とにかく、現場をこの眼で確かめるまでは、確たることはいえない。栗原智恵美の殺害現場となった西麻布の公園に、ワークスを乗りつける。小さな、住宅地によく見られる公園だった。入り口の脇には、情報提供を呼びかける立て看板がひっそりと立っている。

いつもなら砂場で子供達が遊び、その傍らで主婦達が他愛もない会話を弾ませているのだろうが、今は訪れる者とてなく、ひっそりとしている。侘びしげに北風に舞う落ち葉が、都市の中の静寂を強調している。

車止めを越え、爽子と藤島は公園に入った。入り口はここしかないようだ。爽子は静かな公園を見渡し、見回していた視線を止めて、呟いた。

「あそこね」

「ああ。あのブランコだよ」

北風に揺れるブランコが、敷地内のほぼ中心に位置し、不穏な旋律で軋む音を立てている。二人は近づいていった。ブランコの前に立ち、見上げる。陽光に、剝げかけたペンキがくすんだ色を反射している。藤島は煙草を取り出した。

爽子がもう一度辺りを見回すと、東の隅に植木が数本、葉の落ちた枝で空を引っ掻くようにして植わっている陰に、滑り台がある。爽子は小走りに、滑り台まで走った。煙草に火を点けていた藤島も、慌(あわ)てて後を追った。

滑り台は二メートルほどの高さで、上部は鉄製の手摺(てすり)が付いている。それを確かめてから周囲に眼をやる。すると、街灯や入り口の位置関係から見て、夜間ここが公園内で最も眼につきにくい場所だということに気づいた。

右手を伸ばし、指先で滑り台に触れながら、爽子はいった。

「どうして、これにしなかったの……?」

「え?」

爽子は藤島を見た。

「やっぱり、私たちの考えた通りね。見て、ここからだと道路からは見えないことはないけど、すくなくとも見えにくいでしょ?　にもかかわらず、わざわざブランコにマル害を吊したのは、マル被にとって目的の一部だった――」

そこまでいってから、爽子の脳裏に何かが閃(ひらめ)いた。

女性そのものを辱めるのが目的なら、何故第一犯行を犯した時点で新聞広告を出さなかったのか。また文面が簡潔なのか。何故第二犯行は目撃されるリスクが高く、犯行を必要以上に誇示しようとするのか。

これは、犯人の女性全体への憎悪を起点としながら、同時にもっと範囲の限られた、特定の、まだ捜査線上に現れていない人物に突きつけられた予告なのではないか。そう考えれば、全ては一つの線に繋がる。あの簡潔な文章は、ある人物に対する死の宣告ではないのか。

そうか、と爽子は思った。犯人は犯行を愉しんではいるが、逮捕されることはもちろん望んではいない。だからせめて、イニシャルを第一犯行の署名と合わせることで、そのことに気づかない自分たち警察官を嘲笑うつもりだったのだろう。また、栗原智恵美と犯人、そしてまだ捜査線上に現れていない人物とはある程度〝鑑〟があり、〝ジャック・ナイト〟などと名乗る必要もなかったのだ。双方に、殺し殺される明確な理由があるのだ。

その理由とは何か。この二件の犯行に共通しているのは、犯人の女性に対する異常な蔑視と敵愾心だ。他の多くの性的殺人者と同じく長い間、多分幼少時代からこの犯人も女性に歪んだ感情と妄想を抱いていたのだろう。それは性的虐待、家庭内不和か……。原因は判らないが、とにかく何らかの性的な事柄のトラブルを引き金に、深層心理から表層に一気に噴出した犯人の隠された獣性の結果が、二つの殺人という形で現実世界に侵入したのだ。

――〝彼ら〟は、と爽子は思った。〝彼ら〟というのは異常犯罪者はほとんど男性だからだが、いつも、現実と妄想の逆転を望んでいる。危うい均整の上に乗った理性が揺らぐ出来事があれば、〝彼ら〟は容易に、あるいは自ら進んで、加虐欲を理性の上部に据える。〝彼ら〟にとって心地よい、それだけの理由で、ためらいはあっても、結局は人を殺す。

けれども、と爽子は思った。この犯人の顕示欲はなんだ。そして顕示欲という言葉が、爽子に日本中を震撼させた神戸の殺人事件を想起させた。少年が殺害された上、頭部を切断され、犯人の通う中学校の校門に置かれていたという猟奇殺人を。

爽子は事件当時、すでに捜査一課に心理応用特別捜査官として配属されていたが、要請を受けた訳ではなく、個人的にマスコミ報道から犯人像推定を行った。

まず、頭部が切断され校門に道路に向けて据えられていたことから、爽子は犯人は自動車の免許を持たない人間だと推測した。頭部だけを人に見せたかったのではない。運べなかったのだと推測したのだ。そして、学校には関係あるが、学校そのものには恨みがない者とも考えた。何故かといえば、学校に恨みがあるのなら、頭部は〝校舎に向けられる筈〟だからだ。海外にも同じような事例はあるが、常に頭部は犯人の意識の対象に向けて置かれている。さらに両眼窩(がんか)にはナイフで切創があった。これは、犯人が被害者が〝生き返る〟あるいは〝自分を死んでからも見つめている〟という妄想を持ったことを物語る。異常な殺人ではしばしば見られる現象だ。女子高生が少年の集団に拉致(らち)され、暴行を繰り返しうけたあと殺害され、コンクリートに詰められ遺棄された事件では、生前女子高生が見たいといっていたテレビ番組のビデオテープが死体と一緒に詰められた。逮捕された少年は、その理由を哀れだと思ったからではなく「呪われたくなくて」と供述した。死体が生き返る、魂が自分に復讐をしに戻ってくるという妄想はある程度つきあいなり、接触した時間が長くないと生じない。爽子は殺害された少年の敷鑑の範囲内に犯人はいると思った。そして、何故学校を選んだのか。別の場所ではいけなかったのか、と思った。

そうして爽子の出した結論は、「被害者の面識者であり、免許を持たず移動はおそらく自転車か徒歩。学校に関係しているが、恨みはなく、ただ自分の知る中で、もっとも人の集まる場所だから遺棄した、行動範囲の狭い者」。

爽子は自分の犯人像推定に慄然(りつぜん)とした。全ての状況が、当該の中学校の在校生の一人であることを示していた。爽子はまさか、と思った。いくら犯罪の低年齢化が進んでいるとはいっても、という思いがあった。しかし、逮捕された結果は、十四歳の少年だった。

逮捕の一報が県警からの電送でもたらされた時、爽子は先入観をもってはならない、と強く思った。誰のだったか、事実を直視し、得られた回答がどんなに突飛なものでもそれが事実、という言葉を思い出していた——。

爽子は今、滑り台を視線の先にしながら、自分は事実を見誤らず見つめているのだろうか、と思った。

藤島が煙草を一本吸い終わり、靴底で踏み消すのを汐（しお）に、二人は蔵前署に戻るため公園を出た。

ワークスに乗り込もうとした時、爽子は近くの電柱に張り紙があるのに気づいた。どういう訳か気になり、すでに助手席に乗り込んだ藤島の怪訝（けげん）な表情に構わず電柱に近寄り、張り紙を見た。それには「お知らせ下さい」と大きく書かれ、室内犬らしい犬のモノクロ写真が添えてあった。隣の電柱にも同様の張り紙があったが、それはカラーで、猫のものだった。この近所ではよくペットが行方不明になるらしい。爽子が引き返し、ワークスに乗り込むと、藤島が尋ねた。

「どうした？」

「別に。ちょっと気になったものだから」

と答えた。口調は何気なかったが、心のどこかでは嫌な感じがした。殺人現場の近くで行方不明になるペット達。連れ去るのは造作もないような小動物ばかり。

――まさか、と爽子は思った。

蔵前署の会議室は電話番の捜査員が一人いるだけだった。その捜査員も何か書き物をしている。

藤島は窓辺に立ち、外を見ていた。爽子は何を思ったのか署に帰るなり警務課に足を運び、事務用品会社とロッカー製造会社のカタログを借り受け、捲っていた。

藤島はちらりと電話番の捜査員を振り返ってから、煙草に火を点けた。その捜査員は素知らぬ顔をしている。藤島は煙草を一息吐き出してから、麻布の情報を提供してくれた同期はどうなったのかと思った。人づてに聞いた話ではむしろ「清々した」と交番勤務に復帰したそうだが、考課に響いていなければいいが、と思った。所轄の警察官同士の情報提供はよくあることで、本庁組のように心配する必要はないのかも知れないが、気にはなっていた。同期の男は勤務成績は優秀だが、別に捜査員には魅力を感じておらず、定年まで交番でいいとよくいっていた。確かに捜査員志望者は減少している。警邏課が地域課に改称され、管轄の住民と警察の橋渡しを期待され重視されるようになってからは、とくに顕著だ。プライベートな時間を大切にし、汚れ仕事を嫌う世間の風潮と警察も無縁ではない。

電話番の男がトイレにでも行くのか、席を立つと、藤島は爽子に声をかけた。

「なにを調べてるんだ」

「ロッカー」

爽子は捲る手を止めず、答えた。

「どうして」藤島は不思議そうに尋ねた。

爽子はようやく手を休め、藤島を見た。

「藤島さんが煙草を消すのを見て気づいたんだけど……マル被が本当に鉄鋼あるいは溶接関係の仕事に就いてるなら、当然鉄粒も足跡を採取した時に発見される筈でしょう？　そんな話は聞いてないから、もしかして靴を職場と日用に分けていたのかも知れないと思って」

鑑識は現場で足跡の型どりのみ行うのではない。型どりされた足跡は周辺の土壌を付けたまま持ち帰られ、とられた土壌は科捜研に分析に回される。

「それで」藤島は先を促した。

「たとえ使い分けていたにせよ靴は同じロッカーに入れられる訳でしょう？　全く付着していないのは不自然だと思わない？」

「どうかな、職場には一度も履いて行かなかった靴を使用したのかも知れない」

「でも職場で履いた靴で自宅に帰れば、玄関を介して付着すると思うけど」

「……しかし、職場で二度履き替えるかも知れないさ。第一、日用と職場用を別の場所に置くタイプのロッカーもあるかも知れないしな」

「だから、それを調べてるの」

　爽子はカタログを人差し指で叩いた。

「そういうタイプもあるかと思って調べたけど、ほとんど見あたらないわ。あってもごく少ない。どういうことなのかな……」

「風で粉が飛ばされた。何かの偶然で見落とされた。マル被が良く洗った靴を使用した。職場でその数少ないタイプのロッカーを使用している。――理由はいくつでも考えられるよ」

「私もそれは考えた。でもね、気になるの」

「気にする根拠は？」

「女の勘」爽子はあっさりいった。そして我ながら可笑（おか）しくなり、苦笑ひとつして藤島を見上げた。

「十分根拠になるでしょ」

　藤島はにっと微笑んだ。「ならないよ」

　確かに自分がひねくれているだけなのかもしれない、と爽子は思った。だが犯行に使用されたスニーカーが新品で、買ってすぐに履き替え、店先からそのまま犯行に使用されでもしない限り、鉄粒が地面に残らないというのは納得できないことではあった。

爽子は真顔に戻り、鑑識、気象台に電話して確認した。鑑識の回答は「土壌の分析にはガスマトログラフィーを使用しており、見落としはない」で、気象台の回答は犯行当夜は北東の微風が吹いていたとのことで、ほとんど無風と考えてもいいようだった。

よほど幸運な犯人なのか、それとも何か別の答えがあるのか、爽子には判らなかった。


一月二十三日。

朝の会議が終わると、いつにも増して焦りを見せながら、捜査員達はそれぞれの役割に従って会議室を出て行く。蔵前で最初の犯行が行われて十日、早期解決の目安である第一期の約半分の日数が過ぎ去ったことになり、今夜、方針会議が開かれるのが佐久間から告げられたためだった。誰もが他の捜査員より先んじるべく、自分の担当の線を追いかけている。

「いいよな、署でのらくらしてられてよ」

「……羨ましいよ、全く」

爽子と藤島の側を通り抜ける捜査員の、聞こえよがしな呟きが耳に刺さった。余計なお世話だ、と爽子は思った。

昼前、動きがあった。昼食を摂ろうかと、爽子と藤島が腰を上げた時だった。制服の警官が会議室に駆け込んできた。

「藤島さん、小島のコンビニで傷害です、臨場お願いします！」

「盗犯は？」

強行犯係は全員捜査本部に編入されており、当分の間は盗犯係が応援することになっているのだ。

「盗犯は窃盗事件が発生してそっちに出てるそうで……それに」

警官はいいにくそうに言葉を切った。

「暇そうな奴に事件を回せと？」

皮肉ではなく、藤島は尋ねた。制服の、まだ若い警官はこくりと頷いた。藤島は判った、といった。

「そういうことらしいから、ちょっと出張ってきます」

「私も一緒に行こうか？」

コートを手にする藤島に、爽子は尋ねた。

「マル被の身柄は？　確保されてる？」

「はい」若い警官は答える。

「じゃあ、一人で十分だ」

藤島は会議室を飛び出して行った。

爽子は一人になると、しばらく思案していたが、やがて立ち上がり椅子とテーブルを動かし始めた。

――一時間と少しして、藤島が会議室に戻ると、爽子がおかしな格好で座っていた。二つのテーブルをくっつけ、その上には現場写真が隙間なく置かれており、爽子は本来椅子の腰を載せる部分に靴を脱いだ足を置き、腰は後ろのテーブルに載せられていた。写真全てを見下ろす格好だった。

「……何してるんだ」

藤島は呆気(あっけ)にとられたようにいった。

「ご苦労様。……考えてるの」

爽子は膝の上で組んだ手に顎(あご)を乗せ、視線を写真に落としたまま答えた。実際には考える、というより想像を巡らせているのだった。プロファイリングはある意味で物語を編み出す過程に似ていなくもない。小説など書いたことがないので判らないが、爽子は題名を思いついてから話の筋立てを考える小説家もいるということを何かで読んだ記憶がある。

それと同じで、プロファイリングの場合、現場で得られた資料で、分析者はもっとも合理的な場面展開、登場人物——、つまり被害者及び加害者の行動、性格、動機を推定するのである。こうして写真を並べて黙考するというやり方は、本場ＦＢＩの分析官もしばしば行うという。二件の犯行現場を突き合わせることで何か見落としはないか、新たな発見はないかと思ったのだった。

「で、どうだったの？　そっちの事案は」

爽子はようやく藤島を見て、いった。

「馬鹿な話だよ。学校サボッてコンビニの駐車場でたむろしていて、ちょっとしたことで喧嘩、挙げ句仲間の足を所持していた刃物で刺した」

藤島はコートを脱ぎながら答えた。

「マル被は高校生？　怪我はひどいの？」

「中学生さ。傷は大したことはない。二、三針縫う程度だな。逃げずにその場で突っ立ってたのを、チャリマリ（自転車に乗った警官）が駆けつけて確保した」

ふん、と爽子は鼻を鳴らしてから、「喧嘩の理由は？」と訊いた。

「覚えていないほど、些細なことらしい。〝ムカついたから、切れた〟とだけいってる」

「他には？」

「昨日の晩、テレビでバイオレンス映画を見て、それから人を殴りたかったともいってたな。……なんにせよ、俺にはよく判らないよ」

藤島は言葉を切り、首を振った。そして、爽子に尋ねた。

「……性的なトラブル以外に、マル被が犯行を実行した理由はないのかな。本部で追ってるマル被の方だが」

「以外にって？」

「やっぱり、マル被はホラー映画やアニメの影響で犯行を犯したとか」

「影響は……あったかも知れないけど、本質的には別問題だと思う。マル被は殺したいから殺したのよ。それ以外に理由はないわ。異常犯罪者にとってきっかけは何だっていいのよ。ホラー映画やアニメーション、犯罪ノンフィクションでなくても構わない。同じものを見ても、犯罪を犯さない人の方が多いんだから。彼らは……たとえば純文学やクラシック音楽を聴いてさえ、殺人を妄想するかも知れない」

「普通の感覚とは違うってことか」

「藤島さんがさっき扱った事案を例に上げましょうか。少年は〝ムカついたから、切れた〟っていったんでしょ？　本当に理性の抑制が利かなくなったのかしら？　それとも、映画の影響？　私は、違うと思う。少年には、潜在的に人を傷つけたいという欲求があったのかもしれない。そして、それが理由が出来たことによって噴出した。……つまり理性が〝切れた〟というより欲望と〝繋がった〟というべきね」

「じゃあ〝腰道具〟さげて街に立ってる警官は、みんなアブないね」

藤島がわずかにおどけた口調でいう。腰道具、とは拳銃の隠語だ。爽子は生真面目な口調で応じた。

「警官は職務として着装しているだけでしょう。選択肢はない。でも、その少年が刃物を入手したのは自由意思よ。そのとき、人を刺したらどうなるんだろうとは、きっと考えたと思う」

はあ、と藤島が息をついた。

「……社会全体がおかしくなってるせいかな」

「というより、おかしな個人が増えて社会をおかしくしてるのね」

社会が乱れるには、何らかの破綻、混乱といった引き金が必要だ。しかし日本という国は、社会がおかしくなる前に、個々の人間がおかしくなってしまった。

「猟奇犯罪がおきると、俺はいつも社会全体の悪が凝縮しているような気がする」

「――それだけかな……」

異常犯罪が発覚し、犯人が逮捕されるとマスコミはいつも様々な〝評論家〟と呼ばれる人々をカメラの前に据える。そしてそれらの人々は家庭に、教育とその現場に、社会に、政治に、あるいはおびただしいフィクションを吐き出し続けるメディアに、原因を割り当てる。それらはいつも、現実を忘れた、あるいは抑揚のないコンピューターの合成音のように、爽子の耳には聞こえた。なぜなら、大多数の人が根源にある、当たり前の事実を忘れているからだ。

それは、異常犯罪者は〝殺したいから、人を殺す〟という当然の事実である。〝評論家〟達の信じるヒューマニズムやドグマは、現実感や他者への共感を決定的に失い、自らの織りなす死と暴力と支配欲に彩られた彼らの精神世界には、何の影響も及ぼさない。彼らは妄想を育む段階でそれを忘却する。そうでなければ、人の尊厳を踏みにじるような犯行は行えない。また、逆にそういった現実世界では許されないことだと承知しているから、心の中でまず〝予行〟されるともいえる。そういったことを爽子はいった。

「しかし……どうしてそんな人間が生まれるのか……いや育つのかな？」

「アードラーという心理学者は、授乳期に母乳を与えるということを通じて赤ちゃんの時から、社会には我慢しなければならない場合があること、なんでも自分の思い通りにはならないことを教える必要があるっていってるわ。泣き声を上げるたびに母乳を与えていては、要求すればなんでも叶えられると潜在的に思うようになるからって。そういう母子間の基礎的な関係がなかったせいかも知れない。それ以外にも家庭内や夫婦の問題、肉体的性的な虐待も……」

「普通の人間が、育つ環境で変わるってことかな」

「――そうともいい切れないと思う。たとえば、アメリカの場合、異常殺人者には片親が多いっていうデータがあるの。けれど、片親の場合でも、性的に虐待された子供でも、大多数の人間はトラウマを抱えながらでも立派に成長して、全員が殺人者になる訳じゃないわ。同じ条件で育っても、殺人者になる人間と、そうでない人間はいるもの。なにより彼らの犯行は別に生活に困ったからする類の犯罪じゃない。生きるためなら道を踏み外す人間は多いけど、彼らは生活に困っているわけじゃなくて、自分の楽しみのために殺人をするんだから。現に日本の異常犯罪者は中流以上の家庭に育った男が多いし。――私のいいたいこと、わかる？」

「何となくわかるが……、生来の殺人者がいないというのは楽観論に聞こえるが、異常犯罪を犯しやすい性格なり資質があるというのは悲観論だね。俺は人間は変わるものだと思ってるんだ。良いこともするし悪いこともする。その場その場に応じた行動をとるのが人間っていう動物だと思う。人間、その立場になればどうなるか。――たとえ異常な犯罪を犯す者でも、異端視するのは許されるのかどうか」

爽子は自分の考えを口にする藤島の真剣な顔を見た。優しい顔をしている、と思った。それから藤島の育った家庭を想像した。きっと平凡だが厳しさと優しさの両面がある温かい家庭で育ったのだろう。現在では忘れられようとしている、自然に互いの温もりを伝え合う家庭だ。まるで着なれたコットンシャツのように肌に心地よい空気のある家庭。しかし、爽子は藤島に自分の結論を告げようと思った。

「〝自分も立場が違えば〟とは、みんな口ではいうわ。でもね、そうやって一見異常犯罪者を理解しようと手を差し伸べてるように見えても、本当は根本的な理解を放棄してるだけじゃないかって、私は思うの。……非日常的な事件や人物を、無理矢理に日常の中に埋め込んで安心しようとしているだけだと思う。無益な行為だわ。彼らは普通じゃないのよ」

藤島はゆっくりと顔を爽子に向けた。そしていった。喉（のど）から絞るように出された声だった。

「……警察官の仕事は、差別することじゃない」

藤島には爽子の考えは、犯罪者を劣等人種と決めつけ、彼らを先祖返りし遺伝的な社会の脅威と断定した、犯罪学者ロンブローゾの意見のように聞こえたようだ。爽子はロンブローゾの説に与（くみ）するつもりはない。ロンブローゾの考えは、あまりに極端な考えだ。

「私も……差別なんてするつもり、ない。でも、この事案の被疑者も含めて、世界中の異常犯罪者が生い立ちや生育環境を含めて様々な精神的問題を抱えているのは確かだわ。彼らの持つ異常性が先天的なものか後天的なものか答えは出ていないし、出ないかも知れない。私は個人の人格だけ問題にしている訳じゃないの。たとえば……経済事犯と同じだと思う。サンズイ（汚職）は個人の次元と、企業や組織、権力といった構造という二つの次元の欲望……、病理が合わさって、犯罪として発現する……」

「二つの要素、構造があって、どちらが悪いとは明確にはいえないということか」

「でも、サンズイと異常犯罪を対比した場合、殺人へと越境するのは個人の欲望そのものなのよ。……サンズイにはまだ金銭という社会とのつながり、というより万人に理解できる動機がある。でも異常者は一方的に他人の命を奪い、その快楽に溺れるのよ。普通の人が理解できない、いえ、理解してはいけない快楽に」

「社会や組織、権力がどんなにかわっても、大多数の人間は最良と最悪の間に留まっている。——黒でもなく白でもない、灰色の安住……安全地帯か」

「私達は……、彼らもまた同じ人間であるという一点で、受け入れざるを得ない。そして、普通ではないからこそ、理解せざるを得ないのよ」

「じゃあ理解したとしてどうなる？　国民全員に心理テストを受けさせて、犯罪を犯しそうな資質を持つ者を監視する？　俺はそんな仕事は御免こうむりたいな」

「人一人を完全に理解するのは、根本的に無理なことだけど……でも、彼らの犯罪を防ぐ方法は、私達警察官にはただ一つしかないと思う」

「どうやって？」

爽子は正面から藤島の眼を見た。自分は藤島のように優しい顔をしているだろうかと思いながら。

「警察が異常犯罪者に勝ち続けること」

藤島は拍子抜けした顔になった。

「……あっさりした答えだな」

「彼らだって馬鹿じゃないもの。自分たちの犯罪が割に合わないと考えたら、犯罪ではなく別の方法で欲望を満たすわ。けれど一旦犯罪を犯した場合には全力でこれを逮捕する。検挙は最大の防犯、という言葉は彼らには一番効果があると思う」

「そうだな、捕まえ続けるしかないんだ、結局」

藤島は自分にいい聞かせるように呟いた。

爽子は視線を現場写真に戻しながら、いわなくてよかった、と思った。それは何故異常犯罪者が現れ、世界的に増加しているのかという爽子自身の考えだった。聞けば、藤島は激怒したかも知れない。爽子の考えは先程藤島に話した以上に悲観的で、ある種の進化論ともいえた。藤島には到底受け入れられないだろう。けれども、藤島がそれが受け入れられない人間であることが、爽子が藤島と共に行動する理由なのかも知れなかった。

夜の捜査会議が始まる時刻になると、捜査員が一組、また一組と姿を見せ始めた。その顔のどれもが、一日歩き回った成果を如実に示していた。疲れ切った男達の顔ばかりが目立つ。

席がほぼ埋まったところで、佐久間、近藤の両管理官が幹部席に座り、捜査員らに官費で購入された缶コーヒーが配られた。手渡しに行き渡って行く缶コーヒーがテーブルに置かれるたび、妙に耳障りで不穏な音が会議室に響く。まるで長丁場を告げる合図のようだ、と爽子は思った。

定例の報告が行われ、各班目立った進展なしという結論に達すると、予定通り方針会議に切り替わった。

佐久間が立ち上がる。

「蔵前管内で発生した第一犯行から十日が経過し、残念ながら有力なマル被を絞り込めていない。そこで、現場においての各班の感触を聞かせて欲しい。もとより捜査に予断があってはならないが、現時点で推論し得る意見なら構わない。では蔵前の鑑取り班から頼む」

幹部席にもっとも近い最前列に座っていた大貫が、のそりと立ち上がった。

「残念ながら、坂口晴代と栗原智恵美に交友関係があったという証言は得られておりません。学校も違いますし生活範囲にも全く接点は見られません。現場の感触からいえば二人は無関係の公算が強いと思われます」

「周囲に知られないように交遊していた可能性はないか？　たとえばだが坂口晴代が売春組織の一員だった可能性は」

坂口晴代の部屋を見なかったからそんな言葉が出てくるのだろうな、と爽子は思った。

「当該マル害は毎日ほぼ一定の日課で生活しており、また預金残高、所持品についても学生相応のものしかありません。加えて、売春に付き物のポケットベルや携帯電話も所持しておらず、それはＮＴＴその他の通信サービス会社にも確認済みです」

「判った。地取り班頼む」

大貫が着席すると、田原が立ち上がった。

「地取り班は現場周辺、八百世帯に戸別訪問を行いましたが、マル被に繋がる有力な情報、残念ながらまだ得られておりません」

田原が身を縮めるように席に座ると、佐久間は安物のテーブルの表面をこつこつと叩いた。

「山奥の事件じゃない。必ず目撃者はいるはずだ。付近住民の協力を得ながら、何とかお願いします。では……、麻布の鑑取り班から」

係長の唐沢でなく、吉川が立ち上がった。

「はい。蔵前の鑑取りと同じく、栗原智恵美と坂口晴代の接点はいまのところ見えておりません。当該マル害のアドレス帳、携帯電話のメモリにも、坂口晴代との接点は窺えませんし、周囲の証言も同様です。売春組織については本庁、所轄ともに資料の該当なく、苦慮しております。以上です」

「地取りの方は？」

麻布の刑事課長が立ち上がった。

「現場周辺では悲鳴、物音等を聞いたという証言はまだありません。当該のマル害がよく利用していた渋谷のラブホテル街の聞き込みは、犯行当夜、防犯ビデオに写っている客に順次行っていますが、有力な情報、まだありません」

ラブホテルでは、防犯カメラを使用して客の車のナンバーを控えている。これは客室内でトラブルが発生し、ホテル側が犯罪に巻き込まれるのを防ぐ措置だ。そして、そういったホテルを利用する者が、常に恋愛関係にある者同士とは限らない。金銭の授受を通して性的な関係を持つ者――つまり売春婦を伴って利用する者も多い。売春防止法では、男の側に罰則規定はなく、さらに現行犯逮捕が原則とされている。ナンバーが判明し、聞き込みを行う際にはこのことを告げたうえで協力を求める。もちろん相手が未成年であれば処罰の対象になる。大多数の男は、捜査員が周囲に対して知られないように気を使えば、素直に協力する場合がほとんどだ。しかし、どうしても拒否する者も当然おり、そうした人物に対しては自宅や勤め先に捜査員が何度も足を運ぶ、といったかなり露骨な圧力をかけるため、手間取る場合がある。

「両マル害の周辺に、溶接業に関係した人物はいないか。蔵前は？」

「おりません」大貫が座ったまま答える。

「麻布は？」

「今のところおりません。ですが栗原智恵美の〝客〟の中に、そういった仕事に従事している者がいる可能性はあります」

吉川の答えは、売春組織の詳細が判明していない現時点では、要するになにも判らないといっているのに等しかった。

佐久間はまたこつこつとテーブルを叩いて、宙を見据えた。定例会議と、何ら変わらない報告に苛立っているのがわかる表情だった。佐久間はそのままの視線で「二特捜の意見は」と口を開いた。

なにも判らないのなら、自分の〝推論〟を聞く方がまし、ということかなどと一瞬爽子は考えながら、そっと深呼吸すると、とくに注目する者もいないなか立ち上がった。

「昨日、第二犯行現場の公園に足を運びました。その時、気がついたのですが……当該マル害にほとんど抵抗した跡がなく、先日の状況説明でも被害者は〝何らかの方法で抵抗を封じられて〟遊具に吊されたとありました。

では何故、抵抗できないマル害を、もっと目立たない滑り台に吊さなかったのでしょうか。咄嗟に絞殺することを決意したのであれば、なにも目撃される危険を冒してまで吊る必要はなく、地面にそのまま放置すれば良かった筈です。犯人には、ブランコに吊る理由があったのだと思います」

「なんだ、それは」

「——公開処刑にすることです」

佐久間は爽子を見つめた。

「この一連の事件には、マル被の女性に対する異常な攻撃性と、性への倒錯した心理が窺えます。しかし、第一犯行と第二犯行が決定的に異なるのは、マル被の顕示欲が表れた新聞広告です。これは、何者かに対する恫喝、予告行動です。第一犯行を犯した時点で広告を出さなかったのはその必要がなかったからです。

第二犯行後になって現場に残した署名を使わず広告を偽名で出したのは、マル被と栗原智恵美、さらに恫喝しようとしている人物とは敷鑑があり、そしておそらく二人のマル害と同世代の女性であると考えられます。栗原智恵美の敷鑑の範囲に、マル被と関係する人物がいると思われます」

「じゃあ、蔵前の事件とどう繋がるんだ」

佐久間ではなく、強行三係の捜査員が尋ねた。

「第一犯行は犯人にとっても突発した事態だった筈です。おそらく犯行に及ぶ以前、栗原智恵美と性に関するトラブルを起こし、そのストレスを抱えていた矢先、偶然栗原智恵美に似ていた坂口晴代を殺害したのではないでしょうか」

「マル被は〝コメヘン〟かよ」

質問したのとは別の捜査員が、どこからか冷やかすような声を投げた。コメヘン、とは精神障害者を示す通信コードだ。

「ボーダーライン反社会的人格者には、よく見られることです」

爽子が切り返すと、会議室はわずかにざわめいた。

「おい、あいつは正気でいってるのか？」

「かなわねえな、心理屋にはよ」

陰口に似た言葉が耳に入った。

「吉村君」

佐久間が口を開くと、捜査員らは静まった。その声は冷やかすでもなく、静かだった。

「君のいう通り、この事件に何らかの恫喝が込められているとしたら、まだ被害者は増えると考えているのか」

爽子は一瞬の躊躇（ちゅうちょ）を見せ、いった。

「……はい。マル被の心理は、常軌を逸して疾走を続けています。逮捕しない限りは……おそらく」


一月二十四日。

爽子は、一度まさか、と思ったことを再度調べることにした。朝の捜査会議が終わると、藤島と一緒に蔵前署を他の捜査員とともに出る。廊下を歩く間、一つの流れのようになって歩く捜査員らの無遠慮な視線に晒されたが、爽子は放っておいた。

爽子と藤島の乗ったワークスが着いたのは、第二犯行現場である西麻布三丁目の公園だった。

性的な異常殺人者には、幼少時に『恐怖の三原則』なるものが見られるといわれている。それは夜尿、動物虐待、放火である。精神分析医によれば、夜尿は感情の乱れと衝動を抑えることが出来ないことを示し、動物を虐待することはいうまでもなくサディズム、放火は性的攻撃的衝動を表すという。爽子はこの近辺で発生しているペットの失踪事件が自然発生したものか人為的なものか、後者であればそれが自分たちの事件に関係あるのかどうか知りたかった。

犯人に土地鑑があるのは間違いない。どんな方法を使ったかは不明だが、何らかのトラブルが過去にあった女性を車に連れ込み、夜人気のないことを承知した上でこの公園を選んだ。それほど悠長に走り回ったとは思えない。恐らく接触してから最短距離でここまで移動した筈だ。そして動物虐待、法律的には器物破損に当たるが、これは自分の身の回りで行うことが多い犯罪でもある。

「……つまり、以前ここに住んでいたか、現在も住んでいる可能性がある訳だ」

藤島が歩きながら答えた。

「ええ」

爽子はまずペットの行方を捜すポスターに記された飼い主の住所を書き留めた。全部で八枚。次に管轄の交番に行き、届けが出されているかどうかを尋ね、地図を貸して貰い、ついでにこの辺りに長く住んでいる住人を聞き出し、これも手帳に控えた。過去にペット失踪事件があり、盗難届けが出ていたとしても、警察の記録で辿れるのは五年が限度だ。事件資料は別にして、その他の書類はおよそ五年が経過すると処分されるからだ。足で探さねばならない。

「私の分析では、このマル被は二十代初めから後半だから、少年時代に虐待をしたとしたら、もう十年以上前の話になるでしょ？」

「なるほどね」

ペットの飼い主を訪ねた。最初はペルシャ猫の飼い主だった。

「こんにちは」

呼び鈴を押し、小さな玄関から主婦らしき中年の女性が出てくると、爽子はいった。わずかに迷惑そうな表情をするのが見て取れた。地取りの捜査員が入れ替わり立ち替わり訪れたためだろう。

「警察の方？」

「ええ、警視庁の者です。ちょっとよろしいですか？」

「あそこの公園のことは、何も知らないっていったんだけど」

「そのことではないんです。こちらのペットのことなんですが」

藤島がいうと、主婦はぱっと表情を明るくし、それから見つかったことを報せに来たのではないとわかると、もとの表情に戻ってしまった。

「いなくなったのは、いつ頃のことです?」

「三カ月くらい前よ。家族の一員のように大事にしてたのに……」

「そうですか、お辛いでしょうね、それは」

「刑事さん、動物飼ったことがおあり?」

「いえ。でも警察には警察犬がいます。そこには女性の係員もいるんですけど、彼女たちを見てると、おっしゃる意味が判ります。そこを去るとき、婦警は化粧ができる喜びより、相棒の警察犬と別れるのが辛いといいますから。――犬は嗅覚の動物ですから、規則で化粧は出来ないんです」

「あの子はどこに行ったのかしら……」

溜息をつく主婦に丁重に礼を述べ、何か判れば報せるといい置き、二人は次の訪問先に向かう。

約二時間、二人は歩き回った。判ったことは、ペットの失踪は三カ月から四カ月前に集中していること、散歩をする習慣だった犬は公園を範囲に含めていたことだった。

昼時になり、二人は近くのコンビニに立ち寄り、軽い食事代わりになるものを買った。藤島は喉が渇いているのか、温かい缶コーヒーを二本買った。

犯行現場の公園に、ポリ袋を下げて入る。藤島はまっすぐベンチには向かわず、ブランコの下まで行くと、プルトップを引いた缶コーヒーを置いた。被害者に対する供えらしかった。

手を合わせる藤島の隣で、爽子も十字を切った。

「生前どんなことをしてたにせよ、もうなにも食べることはできないんだよな」

合わせていた手を下ろし、藤島はぽつりといった。

「――二人の人間の出会いも歓びも、犯人が奪った。哀しみも……」

爽子も死者への祈りのように、呟いた。爽子は魂の実在をユングのように信じたくなった。どんなに身体が損なわれ、辱められようとも、魂は傷つくことなく天上に発っていったと信じたかった。

爽子と藤島はベンチに座り、何故か味のしないパンを咀嚼した。爽子は自分の替わりに被害者が味わっている、という想像にふと襲われた。不思議と不気味だとは思わなかった。

「何だか、自分で食べてる気がしない。……おかしいかな、こんなことというの」

爽子が呟く。

「——高校の同級生で、自衛隊に入った奴がいてね。硫黄島で遺骨がたくさん発見されて火葬にふされた夜、そいつは警備に立っていたそうだ。すると夜空から無数の火の玉が、炎の中に集まって行くのを見たそうだ。恐怖より、兵士達のことを考えると悲しくて涙が止まらなかったといってた」

藤島も同じらしく、そんなことを口にした。

捜査員の中には、変わり果てた姿になった被害者の髪を自分の櫛でといたり、話しかけて犯人逮捕への執念を燃やす者もいる。爽子と藤島は、たとえ錯覚と思われようと、被害者と感覚を共有したと信じることで、犯人への気持ちを奮い立たせようとしていた。

二人は食事をすませると、もう一度手を合わせてから、公園を後にした。

爽子と藤島は、今度はこの辺りで長く生活している住人に当たることにした。ほとんどが一人暮らしの老人だった。二時間半ほど聞き込み、あったかもしれないが、覚えていないという返答に慣れかけた時、六軒目の呼び鈴を押していた。

交番で教えて貰った住民の名は矢崎晋太郎氏、七十二歳、妻に先立たれた老人ということだ。家は古い木造平屋建てだった。

「こんにちは——、矢崎さん、おられますか？」

すぐに出てくる気配がないので、表札をもう一度確認してから、爽子は玄関の引き戸を開け、声をかけた。

はーい、と返事があり、廊下をぱたぱたと走る足音が近づいてくる。現れたのは割烹着に似たエプロンをした、三十代半ばの女性だった。

「あの、どちら様でしょうか?」

爽子は警察手帳を開いて見せ、「警視庁の吉村といいます」と名乗った。

「晋太郎さんは在宅してらっしゃいます? ご家族の方ですか?」

「いえ、私はホームヘルパーなんですけど」

女性は財布を取り出し、身分証を見せた。区の保健課から派遣された職員だ。

「失礼しました。あの、ここに長い間住んでおられると聞きましたので、少しお話が伺えたらと思ったんですが」

「ええ、それは……構わないと思うんですけど」

「何か?」わずかだが躊躇する女性に、爽子は尋ねた。

「その――晋太郎さん、ちょっと記憶の方が最近……。それに何だか言葉まで故郷の方言が出てきちゃって、私でも判らないことがあって。ですからあまりお役に立てないかも知れませんけれど」

藤島がどうする、というふうに爽子を見た。

「構いません。お話をお聞かせ下さるように、お伝え願えませんか」

「判りました、ちょっと待ってて下さいね」

ヘルパーの女性は奥に戻り、数分して戻ってきた。そして、庭に回るようにと告げた。

爽子と藤島が庭に回ると、縁側に老人が一人、新聞紙の上に置いた盆栽を前に座っていた。剪定鋏（せんていばさみ）は手にしていたが膝の上に置かれたままだ。

爽子と藤島が近づいても、皺（しわ）に隠れた表情はぼんやりしたまま動かなかった。薄い頭髪が産毛（うぶげ）のように光っている。

「こんにちは。矢崎晋太郎さんですね。警視庁の吉村と申します。お話聞かせていただいてもよろしいですか？」

「おお、おお。町子か、よく来た。隣のは、亭主か……？」

「晋太郎さん！　警察の方！」

隣に座ったヘルパーが老人の耳元でいい、こんな調子だから、という感じで爽子を見た。

いいですか、と断ってから爽子は老人の隣に腰かけた。壮年の頃は立派な体格だったのだろうが、今は小柄な爽子と肩を並べるくらいに老人は小さく見え、老人特有の体臭がした。

「矢崎さん、最近この辺りでペットが行方不明になっているのはご存じと思います。過去に、同じようなことはなかったですか？」

町子じゃねんか、と老人は呟き、初めて爽子の顔をまじまじと見た。それから急に気持ちがいくらか清明になったらしく、藤島を見た。誰じゃったっけ、と今更のようにいった。

爽子は矢崎老人の話し方に聞き覚えがあった。――いつもは共通語を使っているが、どうした拍子にか母の口からこぼれる、母の故郷の言葉。そして、あの高校生最後の年に訪れた祖母の使った言葉。忘れようがない。爽子は老人からヘルパーに視線を移し、尋ねた。

「あの、矢崎さんは岡山県のご出身なんですか」

「ええ、そうですけど。刑事さんも？」

「……生まれは違いますけど」爽子は改めて矢崎に向かい、ふっと一息吸い込んでから、いった。

「矢崎さん、この辺でペットがようおらんようになるんじゃけど、今までにもそんなことはあったんかな？」

矢崎老人は首を小刻みに揺らしながら、爽子を見た。

「……さあ、なあ。昔のことはよう覚えとらんなあ」

「よう、思い出してくれん？　おらんようになっただけじゃのうて、殺されたりしたことはなかったん？」

二人の会話を、藤島とヘルパーが呆気にとられたように見ている。

「〝きょうてえ〟といわれるのう」

老人は、はっは、と笑った。爽子の隣で藤島が「競艇？」と首を傾げた。爽子は小声で「怖い、とか恐ろしいって意味」と教えた。

しばらく、間延びした時間が流れた。老人の皺に埋もれているかに見えた目がにわかに開かれ、どこか遠い過去を記憶から掘り起こす表情になった。そして、口を開いた。

「――一度だけ、ある。随分と昔じゃけどが」

「どこで、いつ？」

「この庭じゃ」

過去の記憶が、いくらか老人の脳に新鮮な血液を送り込んだかのような、はっきりした口調だった。

それはこの家に引っ越して間もない頃だった、と矢崎はいった。現在より十数年前のことだ。当時、自分は庭師で、その日は仕事がなく、午前中は家で寝ていたが、昼下がり、切らした煙草を買いに外出した。その帰り道、小学生の一団に出会った。子供達は一人の子を取り囲み、「茨城、茨城」と囃したて、こづいたり、蹴ったりしていた。訛があるのをからかっているらしい。真ん中の少年がじっと耐えるように無表情に歩くのが見ていられなくなり、また自分が同じような経験をしたことから、「お前ら、なんしょんなら、そんなことしたらおえんじゃろうが」と一喝した。囃していた子供はわっと散ったが、苛められていた子は妙にどろんとした表情で矢崎を一瞥しただけだった。まるで長い間手入れもされず放置されていた池のように濁り、不透明な歳不相応な眼だと記憶している。

それからしばらく経った休みの日、この縁側で寝ころび、煙草を吸っていると、道路に面した板塀を乗り越えて、先日の少年がまるで鞠のように飛び込んできた。

「あんなきょうてえ子は初めてみた……」

矢崎は少年が手にしているモノを見て、思わず寝そべっていた身体を跳ね上げた。

その少年の手には、首を折られて白眼を覗かせる猫の死骸が狩人の獲物のように無造作に握られていたのだった。少年は歯を見せて笑った。いいようのない光を湛えた目と、その歯だけは、今でもはっきりと覚えている。不意に少年は腕を伸ばし、猫の死体を矢崎に突き出した。受け取れ、礼だ、一番自分の大切なモノを持ってきてやったとでもいうように。矢崎が動けずにいると、少年はさっと猫の死骸を足下に投げ捨て、身を翻した。姿が見えなくなる間、少年は「おっさん、＊＊川を知っているか！」と意味不明な哄笑を投げた。矢崎は身動きも出来ず、少年の消えた方向を見続けた――。

「その川の名前は？」

「覚えとらん」

「その少年は？　この近所の？」

「さあ、儂らには子供がおらんかったから、どこにどういう子がいるのかも知らん。苛めとった子もどこの子かは知らん。じゃけど、近所なのかも知れんとは思った。儂がここに住んどることを見かけてから、やって来たんじゃねんかと」

「その猫は？」

矢崎老人は剪定鋏を持ち上げ、庭を示した。かすかに震えていた。「あそこに埋めてやった」

爽子は枝が伸びすぎた樹木が並ぶ庭を見たが、猫を埋めてやったという痕跡は、当然見付からなかった。

お茶でも、という老人の言葉を心苦しく思いながらも丁重に断り、爽子と藤島は矢崎家を辞した。

爽子と藤島は公園に停車していたワークスに戻ると、港区役所に行き、身分を明かして係の職員に記録を調べるように依頼したが、時期も場所も曖昧(あいまい)で、成果と呼べるものは見つからなかった。次いで当該学区の小学校の卒業名簿も調べたが、該当者らしい少年は見つからなかった。結局、判ったことは、かつて奇妙な少年がいたらしいということだけだった。

「どうなんだろう、ひょっとしたら無関係かも知れないな」

夕闇の迫る中、そろそろ帰宅する車で混み始めた道路を蔵前署に戻る車中で、藤島がシートに身を埋めて、いった。

「そうね」

爽子は前の車のテールランプを見ながら、答えた。

だが、この連続殺人者に、西麻布の現場近辺に土地鑑があるのは確かだ。そして、最近のペット失踪事件も関連していると仮定してみる。加虐欲を満たすだけなら、あの公園で〝処置〟しても構わない筈だ。それをしなかったのは、藤島に話したように、以前より殺人衝動がある犯人はいつかあの近辺で事件を起こすと無意識に〝予行〟しており、目立つことを恐れたのだ。あの公園近辺で動物虐待が連続すれば、どうしても注目され警察が警邏の重点区域にする可能性もある。さらに一歩進めて、もし矢崎老人の出会った少年が犯人なら、動物虐待が起これば自分を思い出すのでは、と考えたのではなかろうか。

しかし、そうまでしてあの公園でなければならない拘りを持つ理由は何か。別の、被害者と接触してからもっと近い場所ではいけなかったのか。

そうか、と爽子は思った。……犯人の土地鑑は限られたものではないのか。そう、神戸の事件の校門のように。そう考えれば、記録に当たりがないこともわかる。現場付近には、あまり長い期間生活の場を置かなかったのではないか——。

爽子はひとり納得しかけて、苦く口元を歪めた。けれど、いくら辻褄があったところで、所詮は推測に過ぎない。まして、少年の所在も確認できていない現時点では、報告するだけ無駄なのは目に見えている。裏付けのない証言には、事実上の価値はないに等しい。

「——親御さん、岡山出身？」

藤島がふと尋ねた。

「ええ、母がね」

両親が、とはいわず、爽子は前を向いたまま答えた。

藤島は、吉村爽子というジグソーパズルの一片を、手にしたように思った。そして初めて聞いた岡山弁が、とても耳に柔らかかったと。

蔵前の本部に戻ると、爽子の拾ってきた聞き込みどころの騒ぎではなかった。上司の前だ、と吉川に発破をかけられた強行四係の捜査員が、栗原智恵美らしき人物を乗せ、犯行当夜渋谷のラブホテルの前から走り去った車両を見たという人物の証言を得たのだ。

「犯行当夜、ホテルに宿泊あるいは休憩した者を当たったところ、当該マル害と見られる女性を同夜二十一時頃、ホテル『ルール・ブルー』の前で同乗させた普通車が目撃されていました」

室内の空気が昂ぶった。しかし、シマを荒らされた麻布の捜査員たちの一角は、そこだけ冷風が吹いているようだった。

「それによりますと、当該車両は白のトヨタ車で旧式のクレスタかチェイサー、マークⅡだということです。目撃者は四十二歳のサラリーマンですが、運転者についてはそういった場所でもあるし、よく見なかったとのことです」

「間違いないのだな?」

佐久間の声が飛ぶと、捜査員は自信ありげに頷いた。

「ナンバーは?」

「それについては不明です。これは、当該車両が前照灯だけでなく車幅灯も点灯せず発車したためですが、逆にこのため、目撃者の記憶にも残ったそうです」

「第一犯行とは別の車両を使用した上すべての灯りを消し、ホテルにも入らなかったというのは、かなり計画性を感じるが――」

佐久間がいうと、すかさず鑑取り班の吉川が口を開いた。

「やはりマル被とマル害の関係は、客と娼婦という関係ではないかと思われます。そうでないとホテルに呼び出す理由がない。……おい、〝さくら〟の関係リストの捜査、どうなってんだ」

自分が鑑取りにいながら、吉川は平然と部下の強行四係の捜査員に質した。

「残念ながら、発見はまだ……」

問われた捜査員が小声で答えた。

複数の人間が組織だって売春を行う場合、女性の名簿、何時どこで会ったかの控えは付き物だ。客が同じ女性を指名してくることもあるし、なにより個人で売春を行うのと違い、客の多寡が報酬に大きく影響するからだ。〝働き〟に応じて金銭を与えることによって不公平感をなくし、女性達が組織から離れるのを防ぐのだ。最近ではノートなどの紙だけではなく、コンピューターなどに電子的に記憶させる例もある。紙は燃やさない限り隠滅できないが、電子的な記録なら容易に消せるからだ。

爽子は後ろで聞きながら、巧いものだと思った。班全体の失点を個人に押しつける吉川らしい言動だ。佐久間に訊かれる前に、予防線を引いた訳だ。たいした心理学者だ。資料はあんたが自分で捜せばいいのに。

「とにかく、車両特定班を新編し、当該車両の特定に全力を挙げてほしい。犯行の計画性から自家用車だけでなく、レンタカー、盗難車も捜査範囲に含めること。なお、栗原智恵美が関係していたという〝さくら〟関連資料は第一級の捜査資料だ。処分される前になんとしても入手して貰いたい。今夜は以上、全員ご苦労さん。散会」

爽子は、はあと溜息をついた。幹部達は簡単に言うが、車両の特定〝車当たり〟は当然、直当(じかあ)たり捜査、つまり捜査員が直接持ち主の所まで出向く捜査になる。ひき逃げ捜査ではこれに整備工場が加わるが、ファックスを一斉に流せば事足りるレンタカー会社は別にしても、その他は多くの捜査員を投入し、足と忍耐に頼らざるを得ない。

都内だけでも、当該車両と同じ型式の車は一体何台あるのか。一千台か、二千台か。検索範囲は第一方面だけでなく、別の方面管区にも手配がかかるので、恐らく数千台は下らないだろう。しかも当該車両と目される車種は、三つに分かれてはいるが同じシャーシを使用し、轢き逃げ事件でも最も時間を必要とする車両だ。よりによって、と爽子は思った。

二つの遺体から採証された獣毛片の断面が同一である以上、同一犯による累犯であることは間違いないが、それにしてもなんと用意周到で狡猾(こうかつ)な犯人なのか。一歩前進しても、犯人はいつも二歩、三歩先を歩いている。

その差を爽子はなんとしても縮めたかった。この犯人にはまだ、つけ狙おうとしている女性がいるのだ。野放しにしている訳にはいかない。警察官として、刑事として。そして、なにより被害者と同じ女性として。自分は幸いにして犯人を逮捕し、法の裁きを受けさせることが出来る立場にあるのだ。

どんな犯罪にも盗人にも三分の理、ではないが加害者に同情してしまうケースは存在する。また、捜査員が取り調べに臨み、被疑者の犯行に至った動機を理解し、あるいは受容してやることは基本的な心構えといえる。そうすることによって、被疑者の心を開かせるのだ。——しかし、爽子にとって性犯罪だけはそれが出来ない。理由は、爽子が女性だからだ。男が女をレイプしても、女が男をレイプすることはまずない。性犯罪だけに限っていえば、女は被害者にならざるを得ない。一方的な欲望の対象だ。また、殺人など他の凶悪犯罪に比べ、男性捜査員は女性にとっての事態の大きさを理解しているとはいい難い。「処女じゃなかったんだから」「初めてじゃないんだから」……羞恥心と屈辱で正気を失わんばかりの被害者が、すがるような気持ちで警察に相談に来ても、そういって片付けてしまう警官もいる。いわゆる〝セカンド・レイプ〟、心ない言葉を口にすることで、警察官もまた加害者になる。そんな話がマスコミに取り上げられるたびに、爽子は大きな声でいいたくなる。そんなことをいう警官ばかりではない、私もあなた達の辛さはこの身に感じることが出来ると——。

鑑捜査に介入出来ないもどかしさが、爽子の胸を締め上げた。

第三章　パンドラの箱

一月二十五日。

蔵前の犯行から数えて、二度目の日曜日。

爽子と藤島は午前中は第二現場付近で動物虐待、放火などが過去に発生しなかったか聞き込みを続け、午後一杯を使って区役所の記録を再度あたり、範囲を広げて近隣学区の学校にも足を運んだ。

成果はなし。冬空の下を歩き回った足がむくみ、古い書類を捲り続けた指が痛むだけだった。

夜の捜査会議が始まる。ぞろぞろと捜査員らが引き揚げてくるが、どれ一つとして精彩のある顔はない。着ている背広と同様、くたびれている。

佐久間と近藤が会議室に入ってくると報告が始まったが、どの捜査員の口から聞こえる言葉も、大差ないものばかりだ。繰り返される言葉は、「成果なし」「成果ありません」

……。爽子と藤島は報告しなかった。

捜査員――刑事というものは、この人物が違っても、もしかしたら次の人物がマル被かも知れないと信じることによって活力を得る。しかし、この事件は追うべきスジによって、扱う対象が極端に大きいか、小さいかのどちらかである。二人の被害者ともに敷鑑捜査は現在のところ不発。地取り捜査も同様。現場から採証された足跡、犯行時使用された車両については、都内の靴屋を捜査員が一軒一軒潰し、車両も個人所有者、当該日にレンタカーを借り出した人物、盗難車両に同様の直当たり捜査が続いている。その数、約数千件。被疑者が現れるか、それら全ての捜査が終了するまで、絨毯爆撃式に続行しなければならない。肉体的にはもちろん、精神力を持続させるというだけでも、大変な労力を捜査員に強いる。

佐久間が散会、と告げた時、一日足を棒にした担当捜査員には福音のように耳に響いたに違いない。

警部補以上の幹部達は残って会議を行い、それ以外の捜査員は重い足をひきずるようにして会議室を出た。気合いをかけるためか、二つの遺影に頭を垂れる捜査員もいた。

「お茶していこうか」

珍しく爽子が誘うと、「ああ」と藤島も顎のうっすら伸びた髭を撫でながら答えた。疲れた足では外に行く気にもならず、二人は誰もいない自販機コーナーで一息つくことになった。

「お疲れさま」爽子は藤島にコーヒーの入った紙コップを手渡した。

「お疲れさん」藤島も答えてから受け取った。

爽子は財布から自分の分の硬貨を取り出し、自販機に入れる。

「どこも成果が上がってないようだな」

硬貨を入れるために背を見せていた爽子に、藤島がいった。他の捜査員の疲れが伝染したかのような声だ。爽子はコーヒーのボタンを押した。

ことん、と紙コップが取り出し口に落ちる音が小さく響いた。自販機の〝販売中〟という表示ランプが〝抽出中〟に変わる。

「そうね。でも……逃がさないわ」

爽子は飲料水メーカーのマークが入ったカップを見つめながら答えた。

「マル被の悪運はいつまで続くのかな」

「私達の努力次第ね。悪運なんて、いつまでも続きはしない」

爽子はランプが〝販売中〟に戻ると取り出し、一口含んだ。

「……藤島さんらしくないな、そういうの」

「こういう時もある。――人間だからね」

二人は黙ってコーヒーを啜った。

誰もいない静かな廊下に、会議室から漏れた電話機の呼び出し音が響いた。六回ほど鳴ってから、消えた。爽子と藤島はふと目を上げたが、それだけだった。

二人が飲み干した紙コップをゴミ箱に捨てた瞬間、会議室のドアが音を立てて開かれた。顔を覗かせたのは田原警部だ。藤島の姿を認めると、怒号を発した。

「そこにいるのは藤島か？　本部全員を招集しろ！　急げ、朗報だぞ！」

目がすわっているのが、離れている二人にも判った。

「課長――」

「ぐずぐずするな！　〝さくら〟のリストが出たんだ！　早くしろ！」

「どこからですか！」

爽子が尋ねると、

「神奈川県警！　不審者に〝職務質問〟したら、そいつがマル害のヒモだったんだ。本庁捜査共助課からの一報だ！　急げ急げ！」

藤島は疾風のように駆け出していた。

それからの十数分間で、まさに獲物を嗅ぎつけた猟犬さながら、捜査員らが血相を変えて会議室に参集した。ある者は寝間着のジャージを着たまま、あるいはネクタイをむしったままの姿だ。しかしこの非常時、服装をとやかくいう者はいない。つい半時間まえとはうって変わった、まるで帯電したような空気に室内が満たされている。

佐久間は立ち上がり、居並ぶ捜査員らを見回してから、口を開いた。

本日十九時頃、ベイブリッジ付近を所轄のパトカーが巡回中、不審な若いカップルに目を留めた。

運転席の男の様子が落ち着かないのだ。パトカーが近づくと、心持ち視線を避けているようにも感じられる。髪は金色に染め、ひっきりなしに煙草を口に運ぶ右手には、やはり金色の肉厚な腕時計が光っている。車はシーマだ。派手な格好に年不相応な車。警察官の習性を刺激するには十分だった。

巡回を中止し、二人の乗務員がパトカーを降りて歩み寄り、片方の警官が質問し、もう片方が懐中電灯で車内を照らそうとした。その瞬間、シーマは急発進し、車を動けなくするために上半身を半ば車内に入れていた質問役の警官を、男は突き飛ばした。二人の警官はすぐにパトカーに戻り追跡を開始する一方、応援を要請した。しかし程なく交差点で立ち往生したシーマを路肩に停止させ、身柄を確保した。金髪男と連れの女は、その場で公務執行妨害の現行犯で逮捕され、車両の調査が場所を所轄署に移し、任意で行われた。

その結果、助手席の下から〝ハッパ〟（マリファナ）数グラム、覚醒剤と〝ポンプ〟（注射器）が発見された。

そして、トランクより何らかの売春行為に関わると見られるリストが見つかった。

取り調べの際、男は何故神奈川に来ているのかと質問されたところ、最初は「遊びに来ていただけ」と答えていたが、追及され「十九日、都内で殺された栗原智恵美と付き合っており、身辺に捜査が及ぶと所持していた薬物のことが露見するのではないかと考え、逃亡した」と自供した。

おかしい、と爽子は聞きながら思った。薬物の不法所持だけが問題なら、水道に流すなりして始末すればいいではないか。この男にはまだ余罪があるのではないか。

「出てきたのは、それだけですか？」

同じ考えを持ったらしく、大貫が質問した。

「――いや、どうもそれだけではないようだ。追って判明次第連絡する。今夜のところは以上だ」

捜査員らは不得要領な顔を見合った。

「……顧客の中から、何か出たのかな。警察が遠慮するような」

「社会的地位のある人物が関係してるって？」

藤島がいうと、爽子は反問した。

「ああ。上に圧力がかかったか、かけられる人間」

「どうかな。……確保された当該人には、まだ余罪があるのかも知れない」

女性を買うのに、本名を名乗る男はまずいない。だとすれば顧客関係のリストから何か出てきた可能性は低い。

神奈川県警には唐沢警部と強行四係の巡査部長が派遣されることになった。

「よし、では散会。全員ご苦労だった！」

捜査会議終了時の散会のときとは打って変わった張りのある声で、佐久間は全員に告げた。

一月二十六日。

その日の朝、会議はなかった。佐久間、近藤両警視は麻布の鑑捜査担当の吉川を伴い、本庁に登庁していた。本部では鑑取りの大貫が本部指揮官代理として、黒板の前で紫煙を吐きながら仏頂面を晒(さら)している。

爽子と藤島は大貫を避けるように会議室を出た。大貫の吐き出す煙は、他の人の煙より身体に悪そうだ。

廊下で窓際に立ち、外を眺める。空には霞がかかっていた。

「吉村巡査部長」

と〝公廨〟（受付フロア）の警務課の女性警官が爽子に声をかけた。

「なんですか？」

「あの、ご遺族の方がお見えになってまして……」

「どちらの？」

「はい、坂口さんだそうです」

爽子は藤島を見た。それから女性警官に視線を戻し、判りました、ありがとうと答えた。

二人は会議室に戻ると、大貫に声をかけた。

「大貫警部、坂口さんのご両親がお見えになったそうです」

「そうか。今行くわ」

煙草を消し、のそりと立ち上がる。大貫の顔も、さすがに厳粛になった。上着の襟を正しながらドアの所で待っていた警務の女性警官に近寄り、言葉を交わす。大貫は振り返った。

「おい、吉村。親御さん、あんたにも会いたいそうだ」

「私も……ですか」

爽子は問い返したが、大貫は無表情に顎をしゃくるようにして頷いただけで、歩き出した。

そういえば喘息用の吸引器をまだ返却していない。爽子がいうと、藤島も作成したままになっていた返還付請書を取りに刑事課に戻った。

爽子は刑事課のドアの前で藤島を待ちながら、被害者の両親は、一体なにを自分に話したいと望んでいるのかを考えた。一刻も早い犯人逮捕の願いだろうか。被害者の肉親としては当然だ。その思いが強ければ強いほど、どんな人間が捜査に携わっているのか気になるのは親心だろう。でもそれは、幹部である大貫と話をする方が若い自分と話すよりも説得力を持つような気がする。もしかすると、と爽子は思った。監察医務院で二度目の解剖後、遺体が返還された際、その解剖を望んだのが自分だと知り、怒りをぶつけに来たのかも知れない。爽子は息を吐いた。どんなことをいわれても仕方がない。どんなに必要だったとはいっても。わかって貰えるとは思えないし、遺族の立場からすれば当然だ。——ただ言い訳だけはすまい、と思った。両親の心に痛みを与えたのなら、今後の捜査で償う他はない。

藤島が刑事課から出てきた。肩を並べて廊下を行きながら、爽子は呟いた。

「――ご両親は、私を憎んでいるかも知れない」

「そういうふうに考えない方がいい。憎むべきは、マル被の方だ」

藤島は静かだが、しっかりした声で答えた。

一階の応接室に着いた。ノックして、部屋に入る。

十畳ほどの応接室には、ソファに坂口晴代の両親の消沈した姿と、それに対面する形で大貫が座っていた。

「……ようやく葬儀が終わって家族も落ち着きましたから、こうして挨拶に伺った次第です」

爽子と藤島が座ると、父親がいった。アパートで聞いた声より、さらに沈んだ声は、聞き取り難かった。

「そうですか、お辛いでしょうな。お察しします」

大貫が答えた。爽子は大貫の顔をちらりと見た。その顔は普段みせる仏頂面、中間管理職の役人、というものではなかった。無表情は変わらないが、表層には吹き出さない、犯人への怒りが感じられた。被害者の肉親を前にした、刑事とよばれる一群の人間達の顔だった。

「任意提出して下さった品の返還を希望されますか?」

「……ええ、差し支えなければ」

お返し出来ない物もありますが、と大貫が答えたときにドアが開き、女性警官が爽子の持ち帰った吸引器をテーブルに置くと、出ていった。必要な書類に、大貫が差し出したボールペンで父親が震える手で署名する。爽子はそれを何か厳粛な儀式を見守るように見つめている自分を感じた。

またドアが開かれ、今度は女性警官でなく借り上げの巡査が顔を覗かせ、「大貫係長」とだけ呼んだ。大貫は立ち上がり、短い挨拶をのこして出ていった。

爽子と藤島、両親の間に沈黙が落ちた。気まずくも空々しくもないが、ただ空虚な時間だ、と爽子は思った。ドアの向こうから、ざわざわと話し声が微かに響いてくる。

「あの……先日は大変失礼しました。それで……」

「家内があなたに、どうしても伝えたいことがあると申したものですから」

小柄な母親はゆっくり顔を上げ、爽子を見た。髪は心労を物語るように所々ほつれている。けれど、顔の輪郭は優しく、被害者の母親であることを実感させた。

「あなた以外に、女性の刑事さんはおられるのですか」

爽子が名乗ると、母親は尋ねた。

「いいえ、私だけです」

「主人からあなたのことを聞いて、ただ嬉しかったの。……警察って、男の方の世界でしょ、……その方達に晴代は悲しい姿を見せなければならない。そう思うとやり切れなくて……」

　爽子は言葉を探すこともなく無言だった。

「でも――でも、同じ女性のあなたなら、きっと晴代の気持ちがわかってくれる、あの娘の気持ちを汲んでくれると思ったから……。解剖が二度行われると聞いて、どうしてって思ったわ……あの子をこれ以上傷つけるのは止めてって……」

　語尾は掠れていた。膝に置かれていた手が目頭に当てられる。その手にはぐっしょりと濡れたハンカチが握られていた。

　爽子は胸に、心臓が直接鷲掴みにされたような痛みを感じた。そして叫びたくなった。あなたの娘さんが二度目の解剖にふされたのは自分の進言であることを、あなた達の気持ちを察しながら廊下で結果を待ち続けたのは目の前にいる、この私自身であることを。

　許して下さい……。爽子は声に出す勇気をついに持てないまま、心の中で詫びた。

「――御免なさいね、生きている間、あの子には何もして上げられなかった気がして、つい刑事さんの前で……。死んでしまってからじゃ、なんにもならないのにね……」

　となりの父親の肩が震えた。むせぶように泣いている。

爽子は無意識に腰をソファから浮かせ、小さなテーブル越しに手を伸ばしていた。爽子の両手が、震える父親の左手、母親の右手に置かれた。その手は冷たい。

「――痛みを、分けて下さい。私にも」

爽子はいった。そして心の中で続けた。あなた達の娘に生まれて、きっと被害者は幸せだったのだ、と。最後は悲しかったけれど、きっと沢山の喜びを持って天に召された。しかし、爽子は口に出しては告げなかった。言葉に出せば、言葉以上の意味を持てなくなってしまうと思ったからだった。

「お辛いでしょうけれど……、そんなふうにご自分を責めないで下さい。晴代さんに代わって、お願いします」

爽子は静かに言い添え、腰を伸ばして立ち上がった。藤島も続いて席を立つ。

坂口晴代の両親を玄関から見送ると、爽子と藤島は会議室に戻るべく歩いた。

階段の踊り場で藤島が口を開いた。

「今思ってること、正直にいっていいか」

「いって。なんでも許すから」

爽子は前を向いたまま答えた。本心だった。

「俺は……今まで君は心理屋だと思ってた。失礼なのはわかってる」

爽子は藤島の横顔を見上げた。

「でも今は、違う。吉村さんは――」

「なに？」

「――刑事だね」

爽子は視線を前に戻し、微苦笑を浮かべただけだった。

こんなことを他の捜査員にいえば激怒するだろう。捜査一課は問題も多く内包してはいるが、やはり刑事警察の頂点に君臨する部署であり、そこに所属する捜査員は、ノンキャリア最高の捜査員たる課長に認められたという自負があるからだ。けれど、藤島のいう〝刑事〟の意味は違う。刑事は実際に被害者の無惨な姿を目の当たりにし、遺族の絶叫に近い哀しみに接し、犯人を追いつめ、どんなに犯行が残虐なものであっても犯人もまた人間と認めてやり、自供させなければならない。ひたすら、何かを背に背負い続けるような仕事だ。そして刑事捜査員は、それらの精神的肉体的な苦痛から逃れることが出来ないと知っている。逃げれば、そこで潰れるだけだ。殺人事件の捜査活動とは、それら重圧を受けながらも最善を尽くせる人間達だけに与えられる職務なのだ。だから、どんなに頭脳が優秀でも、苦しみ、傷ついた経験のない人間は信頼することはできないのだ。そして爽子は傷つき、本当の意味でこの事件を自分のものとした。

藤島とて何もかも理解している訳ではない。この世に〝正義〟がないのなら、ただ法の裁きを犯人に科するだけだと考えている。

階段を登り、廊下を歩きながら、二人の〝刑事〟は思いを巡らせていた。


会議室に戻ると丁度正午だった。会議室に捜査員らが戻って来ている。隅のテーブルにはポリエチレンの弁当箱が山積みされていた。昼食を交えながら報告会が開かれるのだ。

爽子と藤島が末席に着くと同時に、佐久間、近藤両管理官と同行した吉川が入ってきた。

爽子は吉川の顔を何気なく見た。やや色をなくし、無表情な顔が霜柱でも立ちそうなくらいに強張っている感じなのが、目を引いたのだ。

管理官二人が幹部席に着き、吉川も空いた席につくと全員に弁当とお茶が配られ、唐沢による報告が始められた。

「神奈川県警に身柄を確保されたのは栗原智恵美と交際していた前里良樹、無職十九歳、住所は目黒区青葉台五丁目四の十三『メゾン目黒』315号。同乗していたのは江崎小百合、十八歳。M号（家出人手配）照会の結果、神奈川県内の保護者から家出人捜索願が受理されております。

前里が使用していた普通乗用車を県警が調査したところ、売春に関与していたと見られる女子大生のリスト及び顧客リスト、少量のマリファナと注射器その他が発見され、前里も自分の所持品と認めました。容疑事実は麻薬取締法違反、公妨の現逮です。

当該のリストには女子大生と見られる女性五十五名、顧客のリストには二二六名記載されており、栗原智恵美の名前は見られますが、坂口晴代の名は見られず、前里も知らないといっております。女性の氏名は半分以上偽名で記されており、県警の協力を得て前里から本名を聴取します」

唐沢の報告は正確だった。昨夜、佐久間の口から語られた事柄と重複するところもあるが、全員が耳を澄まして聞いていた。弁当の蓋をとる者はおろか、割箸を手に取る者もいない。

「前里の自供によりますと、当該人は栗原智恵美が殺害されたことをテレビで知り、捜査が身辺に及べば薬物不法所持及び、売春関係資料その他の所持が露見するのを恐れ、行方をくらましたということです。なお江崎小百合とは逮捕当日、横浜市内で知り合い、過去面識はなく偽装のつもりで拾ったと述べております。江崎も同様の供述をしておりますが、現在県警で裏付け捜査中です」

ほっと息をついて座ろうとする唐沢に、大貫が苛立たしげに質した。

「先程からその他、その他といっとられるが、大麻と関係資料以外なにが出てきたんですか。はっきりいってくれ」

「それは……」

唐沢は言葉を濁し、佐久間を見た。

佐久間はそれを受け、ご苦労でしたといって唐沢を座らせてから、「まあ、それは飯を喰いながらだ」といった。

捜査員が釈然としないまま弁当の蓋を取り、箸を割ったのを見計らって、佐久間はいった。

「全員、この場限りのこととして聞いて貰いたい。——発見されたのは写真のネガだ。写っていたのはある政界に近い筋の子息と、娼婦らしい女性だ。現場は都内のラブホテルの前とだけいっておく」

全員、口にものを詰めたまま佐久間の顔を見た。爽子は最初に飲み物を飲む習慣なので、間抜けな表情にならずにすんだ。となりの藤島を見ると、口元にエビフライの尻尾がはみ出したまま、佐久間を凝視している。なるほど、と爽子は思った。こうして食事を促してから口を開くのはメモを取らせないためだったのか。人質籠城事件の際、犯人の手から凶器を離すために特殊班（ＳＩＴ）が使う策と同じだ。要するにメモはとるな、口外するな、つまり箝口令だ。

「前里は用心棒兼移動係といった役割らしいが、どうやらもっと楽に金儲けをする手段を栗原智恵美と考えたらしい。恐喝だ——」

しわぶき一つ漏らす者もなく、佐久間の話を傾聴している。

「しかしそれは、動機の点からみれば第一級の被疑者といえるじゃないですか」

また大貫が発言した。

「いや、犯行当夜のアリバイは証明済みだ。当該人物には私が直接会い、証人には私自身が確認した」

その言葉に爽子も居並ぶ捜査員も納得した。

警視である管理官が直接聴取した証人とは、政治関係者、官庁の比較的高い地位にある者、もしくは警察関係者か。

誰でもいいと爽子は思った。あの異常な現場と単純な脅迫とはおよそ合致しないし、無関係な坂口晴代を殺害する理由も新聞広告を出す理由もない。これは連続殺人であり、流しで坂口晴代が殺害されたことを見ても、嘱託殺人である可能性はない。脅迫の対象になっていた人物は〝シロ〟だ。

「当該の人物によると、一緒に写っている女性は〝ユリカ〟と呼ばれていた。前里の自供では当該の女性はマル害と同じ光輝大学法学部一年、三枝由里香十九歳。ただし前里によると恐喝には関与していなかったと供述している。主に計画したのは栗原智恵美だと主張しているが、真偽は不明だ。

なお、この恐喝に関し、〝被害者〟は告訴はしないとのことだ」

捜査員らの口から、失笑が漏れた。

「リストに記載された者に対する聞き込み担当だが――」

やや緩(ゆる)んだ空気が再び引き締まる。何日か前佐久間自身が明言した通り、リストは犯人に繋がる有力な道筋だ。誰もが担当したいに決まっている。

「リスト担当者は……」

佐久間が予(あらかじ)め決定していた捜査員の名を読み上げる。それは本庁強行三及び四、所轄蔵前、麻布の強行の捜査員に公平に割り振られていた。

――また、蚊帳の外か。

爽子が溜め息をつきかけた時、

「……吉村、藤島組。以上十名で行う。なお指揮官は本庁主任が担当する」

選ばれなかった捜査員の「はあー」という声が聞こえる。

爽子と藤島も思いがけない指名に、嬉しさより困惑する顔を見合わせる。

本来なら、鑑捜査担当の吉川が指揮を取るのが普通だ。しかし吉川は指揮どころか捜査員の中にも含まれていない。爽子は会議が始まる前の吉川の顔を思い出した。そして悟った。

吉川は〝干された〟のだ。理由は前里良樹の存在を把握していなかったことであろう。間違いない、と思った。栗原智恵美と前里の関係は、交遊、交際というより恐喝の共犯関係であり、売春行為中以外、なるべく顔を合わせないようにしていたのではないか。もちろん互いの自宅にも近寄らなかった筈だ。売春組織解明も進まず、だからこれまで、敷鑑を洗っても浮かばなかったのだ。

だがそれはいい訳にならないと幹部に断じられたのではないか。それはそうだろう。捜査は子供の遊びではない。

けれど、と爽子は腑に落ちないことがあった。――それにしてもあれだけ煙たがられていた自分たち、正確にいうと自分をリスト班に編入するというのは気前がよすぎる。心理捜査という本来の自分の任務とも離れている。爽子の猜疑心の深さが、無意識に事の裏側を探らせていた。加えて、班の指揮をとる主任とは誰なのだろう。吉川が干されていることから見て強行四はあり得ず、とすれば三係か。

爽子は知らなかったが、本部内の勢力地図が、微妙に変化しているのだった。

そそくさと食事をすませ、集合したリスト班は佐久間から売春の関係資料を受け取った。そこにも警部補以上の階級の者はいなかった。

そのまま資料を手に、隣の小会議室に場所を移した。

とりあえず最先任の強行四係の巡査部長を上座に、リスト班の捜査員らはコの字型のテーブルについた。手渡された資料がコピーされ、全員に手渡されると全員がもどかしげに捲(めく)る。それは前里本人が記したノートをそのままコピーした物だ。乱雑な字で書かれ、お世辞にも読みやすいとはいい難い。売春した学生の名簿はまだ届いていない。

その時、入り口のドアが控えめにノックされたあと、開かれた。全員の視線が集まる。そこにいる人物を見て、爽子は目を見開いた。

黒のスーツに身を包んだ柳原明日香警部が立っている。

「主任……!」

爽子は立ち上がり、柳原を迎えた。

「――じゃあ、あの、本庁主任って」

柳原は微笑んだ。静かな笑顔だが、本庁組の表情が一様に硬くなった。

「そう、私。課長の命令で、応援に加わることになったの」

「担当の事案は……？」

「被疑者を確保、現在裏付け段階。私の手は離れたわ」

柳原は爽子から視線を捜査員らに移した。そしてひとりひとりの顔を見ながら、

「二特捜四係主任、柳原明日香警部です。よろしく」

と名乗り、頭を下げずに敬礼した。

本庁の捜査員は黙礼しただけだが、蔵前、麻布の捜査員はそれぞれ名乗った。

「藤島直人巡査長です。よろしくお願いします」

最後に藤島が名乗ると柳原はいった。

「吉村巡査部長から話は聞いています。お世話になってるようね？」

「いえ、そんなことは。自分の方こそ、いろいろ勉強になります」

柳原は頷いた。そして上座に座る四係の捜査員の後ろに立ち、

「そこ、座っていいかしら？」

と尋ねた。巡査部長が狼狽(ろうばい)したように立ち上がり、席を譲る。柳原は当然というふうにそこに座った。明らかに強行四係を牽制(けんせい)していた。

柳原にも資料が手渡されると、会議が始まった。

顧客リストには案の定、参考になる記述は少ない。客の氏名は姓だけか、あるいはいか

にも偽名臭い名前が多い。

他には性的な嗜好、相手の女、逢った日時と場所が記されている。

「当該マル害と最後に接触した人物は？」

柳原の問いに、爽子はコピー用紙を捲り、指を走らせた。複写する際に紙が浮いていたのか、紙面には黒い影が目立つ。縦に並んだ名前の中に、丸をつけられた〝まりあ〟という名前があり、脇に「栗原智恵美」と書き込まれている。日時を確認し、指を横に滑らせる。

「……〝日田〟、と書かれています」

「——それが〝新田〟の書き間違いでしかもマル被だとしたら、最初から殺害が目的だったようね」

「何故です？」

と、四係の捜査員。

「この犯行は怨恨の可能性が高いわ。当然、当該マル害とマル被に最低一度は接触があったと考えるのが自然です。ということはマル害はマル被が最初に名乗った本名かガセ名を知っていた。だからマル被は警戒されないように別の名前を告げたんだわ。そこまで警戒し、この名を使ったということは、初めから殺害、第一犯行の署名にかけた上で新聞広告を出すことも計画ずみだった。……マル害と接触した男性の数は？」

　爽子はリストから拾い出し、数えた。

「五十八人です」

「新田姓は？」

「……見つかりません」

　柳原は頷き、小会議室の電話から神奈川県警に連絡を取り、前里良樹本人に確認を求めた。

　結果は前里は当該人物が携帯電話による接触を図ってきた際、〝にった〟と名乗ったことを認めた。だがその場では思いつかず、〝日田〟と書いたということだった。柳原は礼をいい、売春に関係した女子大生の本名のリストを早急に電送してくれるように頼んだ。後三十分程で送れるという回答で、柳原はそれまで待機するよう、その場にいる捜査員らに伝えた。


「驚いた？」

「驚きました」

　爽子と柳原は女子トイレにいた。

「まさか私が来るとは思ってなかった？」

「ええ」爽子は正直に答えた。

「今朝の会議で決まったことなの」

柳原はその時の様子を話した。

今朝本庁捜一課長室で行われた会議には、平賀課長を始め、佐久間、近藤、鷹野管理官と吉川、柳原主任、さらに参謀役の理事官、桐野警視を交えて行われた。まず槍玉に上がったのは、何故犯行から一週間経過していたにもかかわらず、前里良樹の存在を把握していなかったのか、ということだった。

「一課長、おかんむりでね……」

それには理由があった。警視庁管内の各所轄署でもそうだが、隣接する管区同士は、慢性的に仲が悪いという現実がある。なかでも警視庁と神奈川県警の不仲は有名な話である。たとえば、神奈川県警本部庁舎が警視庁より二階分だけ高い二十階建てなのは、警視庁に対抗するためといわれ、また、通常警視庁の覆面パトカーは赤色灯を一つ装着するのに対し、神奈川のそれが二つ装着するのは管轄境界線で犯人の奪い合いになった場合、警視庁を威嚇するためだ、というまことしやかな噂が、警視庁警察官の間にはある。

ことともあろうに、その神奈川に重要参考人を〝提供〟して貰ったとは何事か、と捜一課長は刑事部長あたりの不興を買ったらしい。

矢面に立ったのは吉川だが、所轄、本庁ともに資料がなかったことなど無駄ないい訳は一切しなかった。潔い、というよりこれ以上傷口が広がらないようにする保身を優先させた態度だと柳原は感じ取った。

吉川が叱責されている間、上司である佐久間も居心地悪気に座っていた。部下の失態は自分に帰することであり、言葉は吉川に向けられているものの、怒りのベクトルは自分に向けられていると理解していた。近藤の方は、と柳原が窺う（うかが）と部下の失態などほとんど出世に影響しないキャリア特有の無関心さと、むしろ好奇心さえ感じられる顔をしていた。

柳原は心底佐久間に同情した。

「麻布のマル害が〝さくら〟の関係者と判明した時点で資料の入手、敷鑑の洗い出しに何故全力を傾注しなかった？」

「申し訳ありません」

吉川が頭を下げる。柳原が数え始めて六度目だ。ヒラメではなくてキツツキだな、と思った。

「このことばかりではない。蔵前の犯行から二週間、君らは何をしてるんだ。時間がかかりすぎている」

怒りをようやく納めると、平賀は、はっと息を吐き出した。

「課長、マル被はおそらく異常者です。このような捜査には、非常な困難が付き物です」

直接の捜査指揮官ではない鷹野が口を開いた。すべてを客観視しているような、どこか飄然(ひょうぜん)とした声だ。

柳原は内心くすっと笑みを漏らした。鷹野が言外に臭わせた意味に気づいたのだ。佐久間も目を上げ、鷹野を強い視線で見つめた。

鷹野の真意は、佐久間ら二強行を庇(かば)ったのではない。異常者が相手なら、専門に任せておけといいたいのだ。

「だが、そのために二特捜を加えたんだぞ」

「報告書はお渡ししていますが」

爽子の報告の内容と本部の方針がどれだけ乖離(かいり)しているか、見比べて欲しいという意味だ。

しばらく平賀は熟考していたが、

「本部はもう手一杯だな。応援を廻す必要ありと認める。ついてはここにいる柳原警部に出向を命ずるが、異論はないな……吉村には保安の経験があったな?」

「はい、所轄時代ですが」

「よろしい、吉村をリスト班に加えろ。指揮は柳原警部が執れ。以上だ、散会」

——話を全て聞き終えると爽子は驚いた。捜査一課に所属してまだほとんど実績のない自分が課長に指名されたことに。

「あなた、というより二特捜はポイントを稼いでるわ。その私達をリスト班に加えるということは、多分課長、気合いをかけるつもりね」

たった一つの餌は小さく、それを咬み合ってでも奪い合え、というところか。投げ込まれた餌は犯人、咬みつく牙はそれぞれの〝スジ〟だ。本庁六階の檻にいる猟犬達は、餌が小さければ小さいほど、競争相手が多ければ多いほど飢えるものだ。

「吉村さん、出来るわね？」

壁に嵌め込まれた鏡の中の柳原が、爽子の目を見つめた。

「——はい」

その目を見つめ返しながら、爽子は答えた。

柳原は不意に、にっこりと笑った。

「……あなたは一人じゃないわ。藤島巡査長も良さそうな人だし、芯がありそうね。それに」

と柳原は僅かに茶目っ気のある表情を覗かせた。「いい男だし」

「──はあ」

「その返事ばかりね」柳原がやや呆れたようにいった。「私、年下好きなの。食べちゃおうかな」

明らかな冗談だったが、爽子の顔にさっと朱がさした。

「──絶対駄目……です」

柳原は声を小さく立てて笑った。いつも薄い笑みを浮かべているが、笑い声を立てない柳原には珍しい。

笑いが納まると、驚いて柳原を見ていた爽子に向き直る。

「あなた、そういう顔も可愛いわよ」

「そ、そうですか?」

爽子は無意識に頬に右手を当て、鏡の中の自分の顔をまじまじと見た。

「いつもそういう顔でいなさい。──お先に」

柳原はいうと、自分の顔を不思議そうに見ている爽子より一足先に、トイレを出た。

会議室に戻ると、警務課の婦警が薄いファイルを手に入ってきた。

「柳原警部はおられます?」

「私です」

「これ、本庁から受電しました」

礼をいって柳原はファックス用紙を受け取り、受領書にサインする。前里良樹の供述を基に作成された、売春を行っていた学生達の本名のリストだ。

柳原は受け取ってから、微かに眉根を寄せた。表紙には〝マル秘〟の印が押されていたからだ。警視庁内部での資料の取り扱いは〝取り扱い注意〟〝秘〟〝マル秘〟、そして警視正以上の階級者でも第三者の立ち会いか決められた場所でしか閲覧出来ない〝極秘〟〝カク秘〟の五段階に分かれているが、この指定は異例なものだ。何故なら通常本庁、所轄で売春捜査を担当する少年、生活安全、保安の各部課、係の収集した情報は人権問題、プライバシー保護の観点から、おおむね〝取り扱い注意〟扱いになることが多いからだ。しかし、今回、このリストにつけられた機密区分は異常に高い。

本庁にいる誰かがここに送られてくる前にリストに目を通し、マル秘の印を押したのか。単に政界絡みの人物が顧客の中にいたからとも考えられるが、顧客リストの方にはほとんど注意が払われた形跡はない。

「どうか、しました？」

トイレから戻った爽子が、柳原の背後から覗き込むようにして、尋ねた。

「いいえ、何でもない。前歴照会は、まだのようね」

柳原は本庁生活安全部少年二課を通してリストを警視庁照会センターに電送し、全員の前歴を照会してもらった。この照会はS1照会と呼ばれるものだが、「少年」の犯罪では少年課の担当者しか照会できないようになっているため、そこを経由する必要があったのだ。紙が音を立ててファックスへ次々に吸い込まれる間も、柳原明日香は考え続けていた。

この資料がここに電送されるまでに目を通した可能性がある人物といえば……。まず刑事部長、捜査共助課長、もちろん一課長、理事官、管理官だ。刑事部参事官も含まれるかも知れない。機密の区分を決定するのは、その区分の機密を閲覧出来る資格以上の階級者でなければならない。とすれば、少なくとも警視長クラスで、これは本庁主要部長クラスだ。

それだけで刑事部長を疑うのは短絡的すぎるが、問題はどうしてこんな売春関係の資料が上層部の目に止まったのかだ。

身体を売る、いわゆる〝バイ〟あるいは〝ウリ〟をする女性が犯罪に巻き込まれる事案は警視庁管内、わけてもアジア最大の歓楽街、歌舞伎町を抱える新宿署や若者の街、渋谷を管轄する渋谷署では、それほど珍しいことではない。そういった事件は件数も多く、新聞の扱いも未成年者の場合はべた記事程度の扱いだ。本件の被害者、栗原智恵美が売春に関わっていたことは人権問題もあり、極力マスコミには伏せられている。

では、何故このリストの機密区分を決定した人物は目を留めたのか。考えられる答えの一つは、何者かの手によって情報の持ち出しが行われ、注意が喚起されたのだ。

その人物がいち早く情報を得る立場にいたのは間違いない。とすれば刑事部長、参事官は除外される。対応があまりに早い。そして、形ばかりの本部長を務める一課長もだ。叩き上げの終着駅近く、これ以上の出世はあり得ず、上層部に対する義理もない。それに上層部を占めるキャリア達にとって、刑事畑のトップエリートも所詮ノンキャリアの〝ドロ刑〟に過ぎず、同じ国家公務員とはいえ、最初から警部補として出発する自分たちとは永遠に交わることのない水と油だと思っている。同様の理由から、桐野理事官、佐久間管理官を外してもよさそうだ。

答えは自ずから見えてきたようだ。――近藤秀久管理官だ。

おそらく佐久間のいう〝政界に近い筋〟の子息の事情聴取に佐久間と共に赴いたこの若いキャリアが、上層部に情報を提供したのだ。どうりで対応が早かったわけだ。

柳原は配属されて半年になるが、ほとんど印象にない三十前の青年警察官僚の顔を思い浮かべた。人畜無害、それなりに部下に気を使うが、さっぱり人間味が感じられず、周りの捜査員とは違い傷一つない綺麗な鞄を持ち、同じようによく磨かれた靴を履いている、キャリアの見本のような男。実際、柳原は近藤の警察庁の入庁年次くらいしか知らない。

彼らキャリアは自分たちを警察官というより、キャリア集団それ自体を内務官僚と見ている節がある。所轄、本庁でどれだけ恵まれた地位に就いていても、彼らにとってそれは暖める暇のない椅子に過ぎない。

だが、暖める暇のない席でも、それなりに利用価値があると考えた者がいる。

——政界絡みの人物とこのリストを、上層部が何かの取引き材料になると考えているとしたら……。

現実に警察官僚達は六〇年代から七〇年代にかけての安保闘争時、検挙したデモ隊の中に大蔵官僚の子息を見つけると、それを役所に伏せることを条件に父親の官僚を動かし、当時の膨大な機動隊の装備費や手当の予算通過を、容易にした経緯があった。

政治に対しても同様のことがいえた。政界への野心を見せる警察官僚は少なくないし、防諜関係、政治団体の活動情報を自治警察の枠を越えて収集し、分析する公安部門は、その職務の性質上政治の暗い部分に触れる機会も当然多く、かつ警視総監、警察庁及び管区警察局幹部といった要職は、公安出身者が多いという現実がある。その結果は、選挙に関する情報の提供といったなれ合いに似た関係が出来上がることになる。

それらと同じような視点でこのリストを見ている人間が上層部にいるのだろうか。それとも、公安を追われた自分の考えすぎなのか。

だが反面で構うことはない、とも思った。捜査対象はあくまで〝売った〟女性の方だ。上層部の意志がどうであれ、不用意に政治絡みの線に手を出さない限り、圧力などを加えられる危険はなさそうだ。

目の前のファックスが音を立て始めた。警視庁照会センター――〝一二三〟からの回答が吐き出され始めたのだ。

「全員、席に」

柳原が紙の端をテーブルで揃えながら短く命じると、煙草を吸ったり雑談していた捜査員達はそれぞれ椅子に座った。

「今電送した関係者リストに〝一二三〟から回答がありました。結果は全員〝00〟」

全員前歴、補導歴なしということだ。売春の手口が巧妙だということを窺わせる。

柳原は五組に分かれた捜査員に、当該リストの記載順に聞き込み対象を公平に割り当てた。リストに載った女子大生は全部で五十五人。一組につき十人程度の計算だ。爽子と藤島にだけ便宜を図ることはしない。班の士気を維持出来なくなるからだ。

「なお、このリストの本部外への持ち出しは禁止します。聞き込みにあたっては控えをそれぞれ作成し使用、重要案件は本部の私宛に一報のこと。――以上」

柳原の言葉を待ちかねたように、担当の女性の氏名住所を手帳に書き写し、捜査員らはそれぞれの所属の意地を賭けて一斉に席を立った。爽子と藤島も柳原に一礼すると、部屋を出ていった。

爽子は歩きながら自分の心が高鳴っているのに気づいていた。被害者を痛ましいとは思いながら、それを自覚せざるを得なかった。

自分の任された範囲に、きっと被疑者に繋がるものが見つかる。――そう信じることによって捜査員が得る使命感とも高揚感とも違う、何かもっと異質なもの。

多分……爽子は思った。――それは、藤島が共にいることで変わる何かなのだろう、と。

署の駐車場に止めていたワークスに爽子と藤島は乗り込んだ。

助手席についた藤島は、必要な事柄を項目別にまとめた手帳を開き、運転席の爽子に尋ねた。

「どこから行こうか」

「まず、栗原智恵美の殺害された当日か、もしくは前日に売春を行った女性を優先」

爽子はエンジンをかけながら答えた。

「そうだな、なにか目撃している可能性は高くなるな」

最初に聞き込む対象は相馬良子、光輝大学一年、十九歳に決め、爽子はワークスを発進させた。住所は文京区本郷のアパートだ。栗原智恵美が殺害される前日、客を取っている。

文京区で住宅が比較的多い一角に、相馬良子のアパートはある。爽子と藤島は交番に立ち寄ったり、通行人に道を訊き(き)ながらアパートを見つけ出し、ワークスを路上に停めた。いかにも学生が好みそうな小綺麗なアパートだった。

二人は階段を登り、相馬良子と記されたドアを見つけ、ブザーを押した。昼間から学生が在宅しているだろうかと思ったが、相馬良子はいた。恐る恐る、という様子でドアが細めに開かれる。顔を少しだけ覗かせ、「……はい」と疲れたような声が返ってきた。

「こんにちは。相馬良子さんね？」

爽子は警察手帳を取り出し、身分証のあるページを提示した。

「ちょっとお話が聞きたいんだけど、中に入れてくれないかな？」

「――どんな話ですか」

「ある事件のことなんだけど、すぐ済むわ」

ドアの隙間から、束の間逡巡(しゅんじゅん)する気配があった。

「いいかな？」

「……散らかってますけど」

一旦閉じられ、チェーンロックが外される音がし、ドアが大きく開いた。髪の長い伏し目がちな少女が、白っぽいセーターにジーンズという格好で立っていた。「ありがとう」といって土間に一歩踏み入れた爽子が最初に気づいたのは、不健康な日陰の臭いだった。もう何日も窓を開けていないのかも知れないと思いながら、爽子は靴を脱いで上がった。後ろの藤島もドアを締めながら靴を脱ぎ、続いた。

　部屋は六畳一間のワンルームで、玄関脇に簡単なキッチンがある。ソファの類はなく、正方形の小さなテーブルの周りに爽子と藤島は座った。相馬良子も、視線を避けるようにして二人の正面に腰を下ろす。

「私は吉村爽子、警視庁に勤務しています。こちらは藤島直人」

「――相馬です」

　こうやって改めて見ると、相馬良子は端整だが十人並の顔立ちの女子大生だった。とくに印象に残る美貌の持ち主、という訳ではない。相馬良子はけして爽子とも藤島とも視線を合わせずにいて、それが湿った不健康な部屋の空気と共に、女の怯えを爽子に伝えていた。

　この娘は売春に関係したことを後悔している。そして栗原智恵美の次は自分が狙われるかも知れないと怯えているのだ。

　こういった未成年者の売春捜査の場合、事情聴取には二通りの反応を示す人間と、二通りのやり方がある。

一つ目の人間は全く罪悪感がない者。この場合少し追及すれば、開き直って罪を認める。もう一つは出来心や周囲に引き込まれて売春した者。これは下手に追及すれば心を閉ざし、頑として認めない。人間としては至極まっとうな反応だが、捜査員の側としては扱い難い。相馬良子は後者だ。しかも、この聴取は任意だ。爽子は搦め手から話を聞き出すことに決めた。

「それで、何が聞きたいんですか」

相変わらず目を逸らして喋る相馬良子の質問には答えず、爽子は言った。

「ちょっと顔色が優れないようね。大丈夫？」

「風邪、ひいちゃって……それで、なんですか？」

「心配事でもあるのかな？」

「別に、そんなのないけど……、ある事件って、なんですか？」

「お友達の栗原智恵美さんのこと。知ってるでしょう？」

「この間、殺されちゃったんでしょ」

「ええ。お付き合いは、あった？」

「――知らないな。同じ大学だし、どっかで会ったかもしれないけど」

良子の嘘に答えず、爽子は続けた。

「栗原さんの持ってた手帳にあなたの住所と電話番号があったから、今日こうして伺ったんだけど」

爽子は少しずつ相馬良子を追いつめた。リストに名前があっただけでは、売防法の構成要件を満たさない。当人の口から売春していた事実を認めさせなければならない。これは、栗原智恵美が売春行為中に殺害されたからだ。仲間の証言とただの知り合いの証言とでは、天と地ほどの相違があるし、もし何か耳にしたことがあるとすれば、売春行為中の可能性が高い。

隣の藤島は手帳を出したがメモはとらず、じっと相馬良子を見ている。書き取ることによって相手を警戒させたり、萎縮させないようにしているのだ。

「本当に知らない？」

「知らない」

「でも、手帳に名前と住所があったのはどうしてかな？」

「あたしに訊かれたって……どっか別の友達から聞いたのかもしんない」

「そう。でも不思議ね、もしそうなら普通は電話番号くらいは教えても、住所までは教えないわ。栗原さんから手紙を受け取ったことは？」

「……ある訳ないでしょ、知らない人なんだから」

良子は投げ出すように言った。

「ね、知り合いだとまずい理由でもあるの？」

「ないよ、そんなの」

「彼女に悪い噂があったから？」

「……うん」

初めて頷いた。

「そうね、彼女、誰かを脅してお金、受け取ってたみたいだから。……実はね、あなたも受け取ってた一人じゃないかって――」

そこまで爽子がいったときだった。相馬良子は顔を上げた。血の気が引いている。見開いた目で、爽子を見た。

「あ、あたし、そんなことしてない！　脅してなんかない！　あたしはただ――」

「ただ、なに」

真正面から鋭く見つめる爽子の目と視線が合った瞬間、相馬良子の目は固定された。諦めの表情が浮かんだ。

「……お金貰って、男の人とホテルに行っただけ。それだけよ、脅してなんかない！」

「判ったわ。ありがとう、よく話してくれたわね」

　相馬良子はもとのように自分の膝の上に目を落とし、呟いた。

「……捕まるの、あたし」

「その件でここに来たんじゃないから。でも、もう辞めておくことね。——売春してて、楽しかった？」

「別に……。楽しいってことも、なかった。お金は、貰ったけど」

「そうでしょうね。お金で買える物のために、あなたの未来をまで売ることはないわ」

　良子は、爽子を見た。「未来？」

「そう、未来」爽子は頷いた。「栗原さんは売春を行っている時に殺害された。お金を貰えば誰にでもついて行くってことは、とても危険なことなの。相手はあなた達の身体だけが目的じゃなかったらどうする？　写真やビデオに撮られて脅されることも、最悪、命を奪われることだってあり得るの。未来が消される……今回のように」

「……ヴィトンのバッグ、欲しかった」

　良子は呟いた。

「今買わなくても、これから先いつでも買えるわ。若いうちは、今しかないって思ってしまうものよね。でも、普通に生活して、その場その場で、大切なことを見つけて生きられれば自然に、それが手に入る年齢になってると思うの。若ければ誰でもいいっていう男より、あなただけが必要だって人を探してほしい。それにはまず、未来がないとね」

「そんなの、いつのことか判らないよ。未来なんて」

「明日からが、もう未来よ。明日のあなたは、今日のあなたじゃない。身近にある未来……新しくなる自分を、どうか大切にしてね」

相馬良子は、寂しそうに笑った。

「――新しい自分ね……判った」

爽子は本題に戻り、栗原智恵美殺害前後に、何か思い当たることはないか、客とのトラブルを抱えていた様子はなかったか尋ねた。そして、自分自身、何か危険を感じることはなかったか。

「……べつに、なかったような気がする」

「よく思い出して。大切なことだから」

「ほんとに、なにも――」

それきり、相馬良子は口をつぐんだ。

爽子はちらりと腕時計を覗いた。訪れてから四十分。これ以上、相馬良子の口から聞き出せることはなさそうだ。

「またお邪魔することになるかも知れないけど、それまでによく思い出しといてくれる？」

爽子と藤島は立ち上がった。玄関口で黙って見送る相馬良子に、「何かあったら」と爽子は手帳に捜査本部直通の電話番号を書きつけ、一枚破って手渡した。

爽子と藤島は、相馬良子の部屋を辞した。

四人目の参考人と聴取のために入っていた喫茶店を出ると、すでに日は暮れていた。

平日の午後、在宅している女子大生はほとんどおらず、一人から居場所や出入りのある店、携帯電話の番号を聞き出し、次の参考人に会うという方法を取ったため、人数の割に時間がかかっていた。

手応え、と呼べるものはまだない。あっさりと売春を認める者はいたが、手がかりになるような証言は得られていない。揚がりの時間は迫っていたが、手帳に書き取った名前はあと一つを残すだけになっていた。

「次は……酒井奈緒子か。なにか出てくればいいが」

ワークスの助手席の藤島が、呟いた。

酒井奈緒子はほぼ毎日、渋谷のショットバーに顔を出すと聞いていたので、爽子と藤島はそこに向かっているのだった。

夜間の渋滞を避けて、パルコ前の宇田川派出所に理由を告げてワークスを置かせて貰い、交番の警官にショットバーの詳しい場所を尋ねると徒歩で店に向かう。

平日の冬の夕暮れだというのに、渋谷は混んでいた。若者の姿が目立つ。勤め帰りのサラリーマンの姿はまばらだ。

人混みを藤島とともに歩きながら、爽子の目には道行く人々の連なりが、どこか現実とずれているように感じた。言葉ではいい表せない、その場を包み込む漠とした雰囲気。逢魔ヶ時とはよくいったものだ。もしかすると本当に魔に出会うためにここに来る人間もいるかも知れない。そして、魔は人の胸の内にいる。それを確認するために、ここに集まるのか。そんなことを考えてしまうくらい、爽子の意識と目の前の薄暮の光景には違和感があった。

自分と藤島の側を行き過ぎて行く人たちは、どこに行くのだろう。誰も彼もが、恋人か友人と楽しげに歩いて行く。一人で歩いている人間も、みな誰かを待たせているような急ぎ足だ。

けれど、爽子にはそれらの人たち全部が、目的もないまま急いでいるように感じられるのだった。――彼らにとって、行き着いた場所が、目的地なのだ。

一日の疲れと、小柄な人間が人混みを急ぐときに感じる気後れから、爽子はふっと息をついた。

東京。福音の消えた街。全てのものがあまりに大きく、曖昧で、時に無意味な街。地上に降りた天使のように欲深い人間達の街。

爽子はセンター街ゲートの下を歩きながら考え続けた。

この街では、他人への優しさは自分の弱さを認めて貰うための仮面、暴力は他者への圧倒的な無関心が紡ぎ出す肉体の発露なのかも知れない。与えられた民主主義が利用されて出来上がった汚れた自由。自由には個の確立が不可欠なのに、それがないままに自由を信じる自分たちのいかがわしさは何なのだろう。

人々が自分自身しか見なくなったとき、この国の神は消えた。偽りの救世主だけが、声高にこの世を冒瀆する。聖書の預言通りに。

多分、この街の人間に必要なのはグノーシスすること——いるかどうか判らない至高神に代わる何者かを認知することなのだ。それは悪意と同じ源、心の中にある力を信じることではないかという気が、爽子にはするのだった。

自分の心の正当な欲望に素直に反応する、ということだ。決して、欲望のままに行動しろということではない。人は本来他人を助けたい、親切にしたいという思いは、どこかに持っている筈だ。心理学でいう利他的行動。そして、社会の中で決められた安寧なコースを逸脱することになっても、それが反社会的な行為でなく、自分自身に必要だと考えるなら、行うべきではないのか。学歴や社会的地位が得られなくとも、その人間は、その人間にしかない価値を持つことが出来る。社会の物差しでは測れないが、それがあまりにも杜撰なものであることを、自分たちは数多く目の当たりにした。世界一優秀と自賛していた官僚達は賢明とはいい難く、銀行員は真面目な人間ばかりではなかった。大企業さえ倒産し、警察はカルト教団の毒ガステロに後れをとり、安全な国でもなくなった。

評論家と称する人々は、日本は末期状態だと悲観した。けれど、日本は普通の国になっただけのことだ。テロや犯罪の増加に怯え、大地さえ平静ではなかった。しかし、そこから得た教訓も多いに違いないのだ。

阪神・淡路大震災という未曾有の災害が発生したとき、全国から警察、消防、自衛隊が応援に出動し、そして、全国のそれまで被災地を一度も訪れたことさえなかった人々もまた、それぞれの場所から〝出動〟した。本当の絶望とは、義務のある人々しか救援に赴かなかった場合にだけ感じればいいのだ――。

教えられた店の前に着いた。ちらりと藤島を見上げる。

「ここね」

藤島が頷いた。そして、先に立ってドアを押していた。爽子も狭い入り口のドアを通り抜けながら、果たして自分は神を信じているのだろうかと自問し、答えを出さずに胸の奥にしまい込む。

狭い縦長の店内は混んでいた。右手にカウンターがあり、左手の壁際から奥にかけてボックス席が並んでいる。空気は雑多な煙草の煙が籠もっている。客はほとんど二十代で、外国人の姿も多かった。

——どの子が酒井奈緒子だろうか。

バーテンに呼び出して貰おうかとも思ったが思い止まる。酒井奈緒子の立場になれば、仲間を殺されて警戒していることは十分予想できる。無視したり警官だと気づけば逃亡する可能性もあった。

爽子が藤島を見ると、藤島も頷き、煙草をさり気なく取り出すとカウンターの籠の上からブックマッチを一つとり、それで火を点けながら店を出る。マッチにはバーの電話番号が印刷されている。

喧噪の中、爽子はぽつんと立ち尽くし、藤島が外部から電話を入れるのを待った。陽気で華やいだ場所には、いつも落ち着かない気持ちにさせられる。時折、店に出入りする男が一人の爽子に目を留め、顔を覗き込んで行く。爽子は視線を床に落とした。

「いらっしゃいませ。ご注文は？」

爽子が顔を上げると、バーテンがこちらを見ていた。

「……人を、待ってますから」

爽子はぎこちなく口元に笑みを浮かべ、答えた。勤務中にアルコールを飲む訳にはいかない。もとより強い方でもなく、まして好きでもない。

「お客さん、ソフトドリンク？」

バーテンはなおも尋ねた。最初、爽子はいっている意味が判らなかった。やがて気づくと、ふっと気の抜けた笑みを返し、免許証を入れたケースを取り出して見せた。年齢を訊いているのだ。

「失礼しました、ごゆっくり」

とバーテンはカウンターの中で背中を見せた。

店の奥で電話が鳴ると、爽子は再び顔を上げた。

店員の一人がとり、二言三言応答すると、「お客様で、酒井奈緒子様はいらっしゃいますか」と大声でいった。

奥の、丁度角にあるボックスのカップルの女性だけが立ち上がり、男に声をかけてカウンターに近づく。爽子もそっとその場から動き出した。

女は長い髪を掻き上げ、渡されたコードレスホンを耳に当てる。が、すぐに怪訝な表情をして店員に返した。そしてボックスに帰ろうとする酒井奈緒子に、爽子は声をかけた。

「失礼だけど、酒井奈緒子さん？」

「そうだけど、……あんた、誰。電話もあんたなの？」

着飾った女は、無遠慮に爽子を爪先から頭まで眺めた。

「警視庁の吉村といいます。少しお時間戴けない？　すぐすむんだけど」

警察と聞いて急に酒井奈緒子は後じさり、いった。

「……やだよ、警察なんか関係ないよ」

それから、さっと身を翻(ひるがえ)した。小走りに席に戻る。爽子も後を追い、席の前に立った。

「電話のことは、ごめんなさい。お話、本当にすぐにすむんだけど」

「鬱陶(うっとう)しいなあ、あっち行ってよ」

その時、店内に藤島が戻ってきた。爽子の姿を見つけると、歩み寄る。

「最低」藤島を上目遣いに睨(にら)み、酒井奈緒子は吐き捨てた。

「お時間はとらせません。話だけ聞かせてくれればいいんだ」

「なんか知らねえけどよ、あっち行けつってんだよ」

連れの男も口を開いた。どこか嘲笑(ちょうしょう)する響きがある。服装は紺の背広の上下だが、肩に届きそうな長髪にたえず手をやっている。

見るからに柔そうな男の言葉などには耳も貸さず、爽子は酒井奈緒子にいった。

「栗原智恵美さん、ご存じね」

「知らないよ、あっち行ってってば」

酒井奈緒子は、蠅でも払う仕草をした。爽子は怒りを抑えながら、思考を巡らせた。一旦連れ出すのは諦め、店の外で待ち受けようかと思った時、藤島がいった。

「それ、酒だろう？　君はまだ未成年者じゃないか」

藤島がテーブルの上の飲料を指摘した。その声は小さかったが、それでも二、三人の客が振り返り、好奇の目を酒井奈緒子に向ける。

「ああもう、最低……！」

酒井奈緒子と連れの男は不快さを露わにして立ち上がり、レジに向かった。爽子と藤島の側を通り抜ける時、酒井奈緒子は故意に爽子の肩に自分の肩をぶつけた。公妨の現逮、と爽子は罪状を一つカウントしてから、レジに札を投げ出すようにしてドアの外に消えた二人を追った。

通りに出ると、人波の中、肩を組んで立ち去る酒井奈緒子と男の正面に爽子は立ちふさがった。藤島が後ろを塞ぐ。

「どけよ、おい。何の権利があって人の楽しみ邪魔すんだよ」

「聞きたいことがあるの。すぐすむわ」

「話すことなんかないっ」酒井奈緒子が叫び、きびすを返す。と、そこには藤島が立っている。

「素直に話してくれるならそれでいいんだ。話してくれないんなら、職質に切り替える。君はさっき飲酒した。立派な法律違反だ」

藤島はわずかに顎を上げて二人の背後に注意を促した。爽子がちらりと振り返ると、警棒を手にした二人の〃ガチャ〃——制服警官が通りを巡回してくるのが映った。

「調べられて話すのと、自由意志で話すのと、どっちがいい」

「汚ねえぞ、てめえ！」

「いい加減にしろ！」

藤島は厳しい声を発した。大きい声ではないが、道行く人が振り返る。

「未成年者に酒を飲ませたあんたも同罪だ、これ以上ふざけた口利いたら、本当に〃ハコ〃連れてくぞ！」

男と酒井奈緒子は鼻白んだ。藤島は口調を和らげ、「話が聞きたいだけなんだ」と静かにいった。

「——判ったよ、早くしてくれよ」

二人は顔を見合わせた後、観念したように男が答えた。

「巡査部長、何かありましたか？」

その時、わずかばかりの人垣をかき分けて、交番の勤務員が到着した。ワークスを停めさせて貰っている宇田川派出所の勤務員だ。

「いいえ、何でもありません」

爽子は首を振った。交通の邪魔だから、と警官が人垣に解散を命じる。

爽子と藤島は二人を連れて、ショットバーから離れた喫茶店に場所を移した。藤島は男を伴い窓際の席に行き、爽子と酒井奈緒子は奥まった席で向き合った。

「なんだよ、聞きたいことって。はやくしてよ」

酒井奈緒子は苛立たしげに身体を揺すりながらいった。

「栗原智恵美さんのことだけど――」

結局、酒井奈緒子は何も知らなかった。売春は認めたものの、証言になりそうな事柄は何一つ知らなかった。一時間ほどで、喫茶店を出た。店先で別れる時、爽子はありがとう、と声をかけた。本心からの礼だったが、酒井奈緒子と連れの男は無視して歩き去った。

やれやれと爽子が藤島を見ると、藤島も肩を竦め、二人は歩きだそうとした。

突然「おい」と小声で呼びかける者がいた。そっと振り返ると、喫茶店のドアから出てきた男性が煙草に火をつけている。新聞を小脇に抱え、コートを着込んだ小柄な男性だ。顔はよく見えなかったが、ライターの炎がほんの一瞬、輪郭を浮かび上がらせた。

「……こっちを見るな。黙ってついてこい」

男はそれだけ告げると先に立って歩き出した。爽子と藤島も続く。どうやら、喫茶店に入る以前から監視されていたようだ。すると当然自分達が警察官ということを知っているはずだ。それでもなおついてこいというのは、この男も警官か。

四メートルほどの間隔を置き爽子と藤島は男を追った。

表通りを歩いていると都会の闇は人の心にしかないのかも、と錯覚を起こすが、当然、そこから外れると闇が口を開けている。男が爽子と藤島を連れて入ったのはそんな狭い路地の一つだった。ゴミの溢れたポリバケツが道を塞いで転がっている。微かに悪臭がする。

男は立ち止まると、初めて爽子と藤島の方に顔を向け、口を開いた。

「おたくさんら、なんだ。所轄の少年係か」

「そちらは?」爽子が聞き返した。

「俺か。俺は〝薬対〟の桑田巡査部長だ」

いいながら男は警察手帳を見せ、身分証をわずかな灯りにかざした。

本庁生活安全部、薬物対策課の捜査員らしい。

薬物対策課は、一つの所轄管内に五十人はいるといわれる覚醒剤、向精神薬、大麻、麻薬の常習者を摘発する課で、薬物対策本部もこの課内に設置されている。他の部署、たとえば所轄及び本庁保安でも薬物事犯は扱うが、薬物対策課はその名の通り薬物だけを扱うセクションである。

「本庁捜一、吉村巡査部長です」

「そっちは」

「蔵前、藤島巡査長です」

桑田は煙草を取り出し、火を点けた。ハイライトだ。深々と吸い、長く吐き出す。そして、いった。

「あの娘、──酒井奈緒子に何の用だ？」

「コロシの聞き込みです」

「なんか出たのか」

爽子は黙って桑田の顔を見た。それが桑田の癇に触ったらしく険しい表情になった。

「捜一得意の絨毯爆撃で、うちの大事なマル対潰して貰っちゃ困るんだよ」

低いが、胸ぐらを摑まれたような威力があった。

爽子と藤島はおもわず闇の中で、互いの目を見合った。それから爽子は桑田に目を戻し、いった。

「……酒井奈緒子は、それじゃ薬物を？」

「ああ、睡眠薬（イーピン）、それもトリアゾラムだ」

「――ハルシオン、ですね」

爽子がいうと、桑田はじっと爽子を見た。

「あんた、保安の経験あるのか？」

「はい」

一般にハルシオン、と商標で呼ばれるベンゾジアゼピン系睡眠薬は、薬事法によって処方箋のない所持、服用は禁止されている。

「どこまで摑んでる、そっちは」

改めて聞き直されると、爽子も口を開かざるを得なかった。

「酒井奈緒子が〝さくら〟に関与していたことは」

「そうか……。あの女は客の医者にすすめられて手を出した。今じゃ学内のレツ（連れ。友人）にも少量ずつだが流してる。薬の使用量なんざ、病院内でいくらでもごまかしが利くからな。

一度渡したら、男の方も嫌とはいえん。その流してる医者ってのがこれ以外にもとかく噂のある男でな。——慎重に、内偵している。……この意味、わかるな」

「酒井奈緒子には手を出すな、と？」

藤島が尋ねた。

「そうだ」短く答え、桑田は短くなった煙草を足下に捨て、丹念に踏んだ。接触はお開き、ということらしかった。

爽子はどうしても腑に落ちないことを口にした。

「……最後に一つだけ、教えて下さい。聞き込みに入る前、私達も〝一二三〟に個人照会しましたが、マエはありませんでした」

桑田の答えは明快だった。

「当然だ。あの女にマエはない。だからこそ我々も対象者(マル対)に選んだんだ。一度挙げられて警察を知った連中はそれとなく用心する。警察を知らない世間知らずの嬢ちゃん相手の方が尻尾を摑みやすいからな。——そういう判断だ」

爽子は納得した。おそらく〝薬対〟の内偵は、同じ生活安全部内の売春担当の保安一課にも知られないよう、なされているに違いない。もちろん、保安一課が売春防止法で酒井奈緒子を逮捕し、根本の医者との接点を失うのを防ぐためだ。また、酒井奈緒子に不用意に手を伸ばせば、背後にいる医者を警戒させ、最悪、〝飛ばれる〟——逃亡される危険がある。もし保安の内偵対象になれば、横槍を入れてでも〝守る〟だろう。

「判ったな」桑田が念を押した。

「――判りました」

なにが、どう判ったのか自分でも判らないまま、爽子は頷いていた。

桑田は無言で、その場に最初からいなかったかのように、立ち去った。


結局、爽子と藤島は手ぶらのまま捜査本部に戻った。

他の捜査員も戻り始め、会議室には一日の終わりの疲れ切った空気が籠もってきだした。

爽子は会議室を見渡し、柳原を探した。

「柳原警部」

すでに席に着き、遠視用の眼鏡をかけて書類に目を通していた柳原は、爽子の声に顔を上げ、眼鏡を外してテーブルに置いた。

「お帰り。成果はあった？」

「五名、聞き取り行いましたが……成果ありません」

「そう――お疲れさま」

短く労って再び書類に視線を落とそうとした柳原に、爽子はいった。

「あの、警部――」

「どうしたの？」

　爽子が酒井奈緒子が薬物対策課の内偵を受けていることを報告した。柳原は聞き終えるとわずかに視線を宙に漂わせてから、

「酒井奈緒子から、これ以上なにか出てきそう？」

「いえ」

「藤島さんの意見は？」

「同じです」

「そう。ならこれ以上接触するのはまずいわね。いいわ、管理官には私から報告します。ご苦労様」

　爽子と藤島が一礼して席に座るのと同時に、佐久間と近藤も姿を見せ、夜の捜査会議が始まった。

　地取り、鑑取りは不発続きだった。

　大貫は持病の胃弱に祟るのか、ますます不機嫌な渋面をつくり、失地回復を狙う吉川も、苛立ちを隠せない表情だった。爽子らリスト班にも成果はなかった。

　欲求不満と疲労だけを残し、散会した。

爽子と藤島も他の捜査員に続いて会議室を後にしようとした時、幹部席から佐久間が二人を呼んだ。

「吉村君、藤島君、ちょっと」

佐久間は手招きし、声を低めた。

「〝薬対〟の捜査員と接触したそうだな。その時の状況を教えてくれ」

爽子は柳原にした説明を繰り返した。

佐久間は無言で聞いていたが、聞き終えると口を開いた。

「状況は判った。課長を通じて刑事部長に報告し、生活安全部に話は通す。だが、君らがこれ以上酒井奈緒子に接触するのは禁止する。以上だ」

爽子と藤島は一礼し、会議室を出た。

「寒かったな」

廊下に出るとすぐ、藤島は背伸びをした。肩を回し、凝りをほぐす。

「ええ」爽子も右手で肩を叩きながら、答えた。

「そうだ、近くに――」

藤島が誘いの言葉を口にしようとした時、廊下のスピーカーが鳴った。自然に会話は中断され、耳を澄ます。

「本庁吉村巡査部長、お電話がかかっております。外線六番をお取り下さい」

爽子は会議室を振り返った。もう幹部会議が開かれている筈だ。藤島に手近な電話の場所を尋ねる。

藤島は刑事部屋に案内した。捜査員はほとんどいない。どこの署のデカ部屋も、それほど変わらないな、と爽子は思った。雑然としたように見えて、机の配置、物品の位置は係、あるいは捜査員の力関係さえ映し出す。いわば無秩序の中の秩序。壁に掛かるのは管内地図、警察あるいは検察関係の電話番号一覧、勤務表、そして書き込みだらけのカレンダー。机の上に山積みにされているのは書きかけの調書、復命書、そして一件書類と呼ばれる捜査資料一式、茶渋の染みついたままの湯呑み。吸い殻の溢れた灰皿。案内された藤島の席も似たり寄ったりだった。藤島は机の上に乗っていた書類をのけ、電話機を〝発掘〟した。

「もしもし、お電話かわりました。吉村です」

わずかな沈黙があった。

「――あの、刑事さん？　あたし……、相馬ですけど」

ぼそぼそと聞き取りにくい声が受話器から漏れ、告げた。

「相馬良子さん？　どうしたの、何か思い出してくれたのかな？」

「そのこと、なんですけど」

「なにかな？」

「栗原さんが殺されちゃう一週間くらい前かな、あたし栗原さんの彼氏っていうか、ボディガードみたいな人に……ホテルまで送って貰ったんです。その時、車の中で聞いたんですけど」

「もしかしてその男の名前、前里良樹っていうんじゃない？」

「知ってるんですか？」

爽子は、ええ、とだけ答え、神奈川県警に逮捕されたとはいわなかった。

「一週間ほど前っていったら、十三日前後ね。それから？」

爽子は受話器を肩と首に挟み、手帳とペンを取り出した。

「〝立たないのに、しつこい奴がいた〟って言ってました。あんまりしつこいんで相手の子が文句いったら、顔を叩かれたり乱暴されたって。その時ホテル近くで争ってるのを止めたのが、栗原さんだって」

「ちょっと待って、乱暴されたのは栗原さんじゃないの？」

手帳に走らせていたボールペンを止めて、聞き直す。

「違うの、乱暴されたのは別の人」

「名前、わかる？」

「……あたしが言ったって、誰にも言わない？　秘密にしてくれる？」

相馬良子の声には逡巡と、怯えが感じられた。爽子は安心させるように、いった。

「大丈夫。秘密は守るから。だから、ね？」

「うん……。判った」

もう一度沈黙が落ち、爽子は受話器の空電音を聞きながら、待った。

「……三枝由里香っていう人」

「三枝、由里香――」

爽子が確認する暇を与えず、相馬良子からの電話は、唐突に切れた。

三枝由里香。恐喝のネタになった写真に写っていたという子だ。

何が相馬良子を怯えさせているのかもわからないまま、爽子は汚れた壁の一点を見つめながら、受話器を元に戻したのだった。


爽子と藤島は自動販売機コーナーで、幹部会議中の柳原を待っていた。

大した報告もなかったので、それほど時間はとられないと思っていたが、案の定、一時間ほどで会議室のドアが開き、佐久間を始めとする幹部達が出てきた。柳原は最後にファイルを手に現れた。

爽子が声をかけると、二人の方にやって来た。

「ご苦労様です、警部」

柳原は溜息混じりに笑顔をつくった。

「吉村さん。——どうしたの？」

「あの、ちょっと……お話ししたいことが——」

柳原は爽子と藤島の持つ紙コップを見た。

「コーヒー、美味しそうね」柳原は藤島の方にちょっと首を傾げるように顔を向け、微笑(ほほえ)んだ。「奢(おご)って、くれない？ 小銭切らしてるの」

不意に爽子は、柳原の微笑みに胸を突かれた気持ちになり、藤島がコインを取り出すより先に、自販機にコインを投入していた。

「小銭なら持ってたのに」

「いいの」爽子は不思議そうに見る藤島に、頑(かたく)なに答えた。

二人の様子を見ていた柳原はくすっと笑った。ちょっとした悪戯(いたずら)心からだったが、爽子が予想通りの反応を示したことが可愛らしくもあり、同時にふと、柳原の心を痛ませた。

「で、話っていうのは？」

爽子は相馬良子からの情報提供の内容を話した。

「三枝由里香……あの写真の子ね。それが客とトラブルを？」

「はい。相馬良子によると、そうなんです」

柳原は手にしていたファイルを捲った。

「今日、三枝由里香の自宅には強行四と麻布の捜査員が行ってるわ。……本人は不在。お手伝いの女性が応対しているけど、難しい相手なの」

「難しい、というと」藤島が訊いた。

「父親は弁護士よ」

「弁護士、ですか」さすがに爽子も驚いた表情になる。

「それだけじゃなくて――」柳原は続けた。「大企業の顧問も務めている」

「大企業ですか……」

「総合商社、富岳商事よ」

資本金一千二百億円、従業員数は関連企業、子会社も含めると四万人を超える旧財閥系企業だ。警察も含めて省庁への納入、防衛関連も多く、官界、政界との幅広い人脈を有している、といわれている。警察退職者、とりわけ地方本部長クラスの高級警察官僚の有力な天下り先としても知られていた。

弁護士の父親に、警察退職者を多数擁する大企業。

迂闊（うかつ）に手を出せば、火傷（やけど）ではすまないかも知れない。

「それに、父親の康三郎は単に顧問弁護士というだけじゃないの。東京本社の社長一族に連なる副社長と、血縁関係まであるの。不用意な捜査を行えば、どんな形になって跳ね返るか……想像もつかない」

三人は黙りこんだ。藤島は抽出の終わっていたことに気づき、自販機から紙コップを取り出し、手渡しながら言った。

「しかしそんなこと、よく調べましたね」

柳原は受けとったコーヒーを一口含み、微笑んだ。

「あなた達が聞き込みに回ってる間、ぼんやりしていた訳じゃないわ」

柳原は誤魔化したが、本当のところは作為と、偶然を装ったある以前の同僚——公安一課員との接触から得た情報だった。それはまるで、女学生が満員電車で見知らぬ人から手紙を受け取るような戸惑いと逡巡を、柳原に思い起こさせたのだった。

爽子や藤島、捜査員が出払った後も、柳原はリストの機密区分が気になっていた。聞き込んだ捜査員の反応や復命書に目を通してから判断すべきとも思ったが、とにかく一通りのことは班長として把握しなければならない。

改めて手にした本名リストで、当然目を引かれるのは、件の写真に盗撮されていた三枝由里香、十九歳だ。近藤が三枝由里香に関わってから途端に上層部のなにがしかの意志が感じられるようになった以上、この学生を調べるのが近道のように思われた。大学の名簿を調べ、住所を確認する。世田谷区成城六丁目……。高級住宅地だ。そんな場所に未成年で、しかも学生が一人暮らしとは考えにくい。柳原は警務からタウンページを借り、三枝という姓と当該の住所を探した。見つけると、それには三枝康三郎、と細字で書かれてあった。自宅の電話番号の下には、事務所、と括弧付きで書かれ、別の電話番号も記載されている。

高級住宅地に住み、事務所を構えている職業。柳原は今度は職業別のハローページを手にした。探し始めて一時間、弁護士のページにその名を見つけた時、柳原はさして意外でもなかった。

――司法関係者か。ということは署内で辿れる情報はここまで、と結論した。柳原は個人的なルートを使うことにした。緩みきった蛇口のような幹部と、そこから漏れた情報の流れる先がどこにあるか判らないかぎり、用心しなければならない。うっかり捻った蛇口は錆だらけの有害な水しか出さないことも、また上層部の意志を受けてだだもれの蛇口に変じる者がいてもおかしくはないからだ。もちろんそれを考慮し、庶務から司法関係者の名簿を借り出すような迂闊(うかつ)な真似もしてはいなかったが。

柳原は私物の携帯電話から、相手の携帯電話の番号を押した。

相手の本庁捜査二課第一知能犯捜査、情報係に所属する男はすぐに電話に出た。

知能犯、経済事犯を扱う捜査二課の情報係は、金融ブローカーや議員秘書といった独自の情報源を持つため、企業関係の情報には強い。

柳原は弁護士の父親というより、もっと大きな存在を嗅ぎ取っていた。個人で警察上層部に圧力をかけることは出来ない。また、何らかの見返りを約束するにしても個人でできることなどたかが知れている。三枝康三郎なる人物の後ろ盾こそ、警戒すべき相手だ。このような場合、注意すべきはバッジ——国会議員とその後ろに見え隠れする大企業だ。

「ご無沙汰しています。捜一の柳原ですが」

「柳原……あなたでしたか。お久しぶりですね、お元気ですか」

と長生(ながお)光弥警部補は静かな声で答えた。捜一のどことなく殺気だった目を持つ捜査員と違い、捜二の捜査員は扱っている対象のためか体格のいい、やり手のビジネスマンに見える者が多いが、長生のメタルフレームの似合う細面の静かな顔立ちは、誠実な教師といった感じだ。それもとびきり優しい、小学校低学年の担任。

柳原とは、大学の先輩、後輩という関係だった。だが、もう少し複雑な気持ちのずれが介在している相手ではあった。

「そちらの資料に該当する名前があるかどうか、調べて欲しい人物がいるんですが」

「ええと、それはつまり」

「――ごく内密にお願いしたいんですけど」

　捜査二課長はネタ元に取り込まれず客観的な捜査を重視するという方針から、代々キャリアの指定席だ。現状では相応の危険のある依頼といえた。

「……判りました。当該人の姓名をどうぞ」

　柳原が三枝康三郎の名を告げると、長生がメモに控える気配があった。

「どれくらいで判ります？」

「多分それほど時間はかからないと思います。もうすぐ昼休みですから」

「お願い」

　柳原は一旦電話を切り、テーブルに置いた。腕時計を覗くと、いわれた通り昼前だ。柳原は待った。二十分ほどで、回答が来た。

「警部、二課データベースの、企業関係の顧問弁護士リストに該当ありました。三枝康三郎、弁護士。城南大法学部卒。……年司法試験合格。――業務は相当手広くやってるようです。大企業のクライアントもいくらかありますが、最大は富岳商事でしょうね」

富岳商事か。とうとう具体的な名前が出てきた。

「しかし、富岳商事との関係は一応顧問となってはいますが、創業者一族に繋がる本社総務担当副社長と血縁関係まであります。副社長というのは現会長の三男ですが、その妹が妻です。……十年以上前に亡くなってますが」

「他に係累は？」柳原は何気なく尋ねた。

「ええ、娘が一人いるようです」

「そう。判りました。ありがとう」

長生は一瞬沈黙した。柳原がもう一度礼をいってから切ろうとすると、長生がいった。

「あの、柳原さん、吉祥寺にワインの美味しい店を見つけたんですが、よろしければご一緒しませんか」

「――ええ、喜んで。私がお礼に御馳走します」

「そんな。そういうつもりでいったんじゃないんです。……都合のいい時に、ご連絡を頂けますか」

誰にも言いませんから、と長生はつけ加え、電話は切れた。柳原も携帯電話を置いた。

そして、変わってない、と思った。

学生時代、柳原は長生に告白されたことがあった。それは長生らしく誠実なものだったが、結果として柳原は応えなかった。その誠実さがその後続いた歳の離れた友人という関わりの中で柳原には時に鬱陶しく感じられた。子供だというふうに思った。けれど、振返ってみれば受け止められなかった自分の方が未熟だったと、今になっては思うのだった。

長生には捜査二課が似合っている、と思った。穏やかで何より誠実な仕事ぶりが、会社のために法を破ったとうそぶく輩を追いつめる大きな力となるだろう。そして自分には、公安や捜一が合っている。捜査のためには、気持ちに応えられなかった男さえ利用する女には。

柳原は小さな感傷を抑え、立ち上がった。感傷は新たな感傷を呼び起こし、結果、自分の心には混乱しか残さない。それがほんのさざ波であったとしても、今は無用な感情の変化に過ぎない。そうだ、感傷は感傷でしかない……。

柳原は電話番の捜査員に出てくるとだけ告げ、蔵前署を後にした。

タクシーを拾い、最寄りの地下鉄の駅に急ぐ。途中、何度かタクシーを乗り換えた。まさか尾行されるとは思わなかったが、自分がリスト班の責任者ということを当然幹部が押さえている事実からすれば、用心するに越したことはない。営団地下鉄有楽町線を永田町駅で降り、目的の国会図書館に徒歩で向かい、手荷物をロッカーに預け、筆記具のみ手にして、中に入った。

国会図書館は、柳原にとって馴染みの場所だった。捜査員として必要な資料は大体手にすることが容易であり、公安時代は、よく情報提供者――Sとの接触場所に選んだものだった。多数の書籍は資料や報酬の受け渡しに便利だったし、何よりみんな本に集中しているので、周囲の関心を引く恐れがない。

柳原は検索端末に【富岳商事】と打ち込み、回答のあった資料を貸し出し口で受け取ると、二階の閲覧室に入った。窓が広く、陽当たりの良いそこは混んでいた。柳原は椅子に荷物をのせている男に近づくと、「よろしいですか」と声をかけた。太り気味で、分厚い眼鏡をかけた男は不機嫌そうに柳原を見上げたが、柳原が口許だけで笑いかけると、慌てて場所を空けてくれた。

柳原は男を蹴飛ばしてやろうかと半ば本気で思いつつ礼をいって椅子にすわり、富岳商事の社史、経済団体や政府の刊行物に目を通した。

警察、とりわけ高級官僚と大企業、そして政治家さえ時に交える親密な関係。警察官の端くれとして考えたくないことではあったが、それは確かに存在することなのだった。警察は他の官庁と異なり、事業団や公団といった特殊法人を持っていない。勢い、退官後の再就職先は一般企業が多くなる。だが、近年では大企業の中で、官庁退職者と距離を持とうとするところもある。しかし、厳しい出世レースを走り、それまでずっとエリートとして遇されてきた幹部達の中には、中小企業に天下ることを潔しとしない者たちもいるのだ。

加えて、なにかと警察官僚達と繋がりを持ちやすい政治家、また警察ＯＢの政治家が関わると、話はもっと複雑になる。彼らは警察に有利な再就職先を提供することにより現職、警察官僚経験者双方に影響を持とうとする。その意図するところは当然、現職からは様々な目に見えぬ援助を、退職者からは再就職先の企業からの資金援助を期待してのことだ。

そしてその恩恵は、全国二十五万人の警察官を、たった五百人で支配する人々にしか与えられない。

人事権を独占することでノンキャリアを組み伏せ、権威に弱い国民の上に胡座をかき、厳しい職務の中で憤懣と諦観に耐え続ける現場警察官の上に君臨するキャリアの、全てとはいわないが大多数の姿だった。

手にした資料にはそれほど重要と思われる記載はなかった。柳原は時間を潰したかも知れないと思いつつ、必要と思われる部分を手帳に控えた。腕時計を見ると、そろそろ蔵前に戻らなければならない時間だ。後の対応は捜査員の報告待ちにすることにし、席を立とうとした。

「久しぶりだな」

不意に声をかけられ、柳原が脇を見上げると、口髭を生やした男が立っていた。柳原は一瞬穴があくほどそのかつての同僚の顔を見つめた。

「常磐……さん」柳原は呟いた。「――尾行したの？」

常磐芳樹警部は言葉を返さず、いや、というように首を振った。「偶然さ」

公安関係者が吐くその言葉に真実がないことを、柳原は身をもって知っている。

「――私は、帰るところなんだけど」立ち上がり、机の上で資料を揃えながら、柳原は静かな硬い声でいった。

「久しぶりなんだ、一緒に食事でもどうだ？　食堂、もうこの時間なら空いている」

「私なんかと一緒にいる所を見られたら貴方の立場、なくなるわよ。――それとも、誰かの命令？」

「偶然、と言ったはずだが」

「信じられると思うの」柳原は周囲に視線を素早く走らせた。しかし、監視要員らしい人間は判らない。柳原はまとめた書籍を手に、歩きだそうとした。

「富岳商事について調べてるのか？」

常磐は柳原の後ろを歩きながら、小声で呟いた。柳原は答えず、歩いた。常磐も続く。

「今の仕事の上司は、近藤さんだったな」

柳原は足を止めた。丁度、ホールに出た所だった。

「――何が言いたいの？」

「まず本を返却することだ。食堂下の階段で待ってる」

十数分後。柳原と常磐は隣合わせたテーブルにつき、背中を合わせて座っていた。いわれた通り、食堂には窓際に客が散見できるだけだ。

「手短にお願いできるかしら。忙しいの、これでも」

「そう邪険にするなよ。結構長い話なんだからな」

「昔話につき合う暇はないわ」

前を向いたまま囁（ささや）く柳原に、常磐の笑う気配が返ってきた。

「聞きたくなるさ。ま、感想は最後にとっておいてくれ。……今から十年前、冷戦時代――」

常磐は饒舌（じょうぜつ）に話し始めた。

冷戦時代、日本当局は東側の政治及び軍事情報を必要としていた。しかし、日本国内においては警察の警備公安を始め、自衛隊の陸上幕僚監部調査隊――通称陸幕調査隊、法務省公安調査庁などを擁し、それなりの警備実績を挙げているとはいえ、海外の情報については内閣情報調査室、外務省国際情報局、三自衛隊中央資料隊、そして通産省の特殊法人日本貿易振興会などが当たっていたが、ほとんどの組織は公開された資料を主たる情報源としていたため、どうしても迅速な収集活動とはいえなかった。わずかに、現在では統幕直轄の情報本部に組み込まれた防衛庁陸幕二部別室が電波情報を通じて、また内閣情報調査室の外郭団体が国外の潜入活動を申し訳程度に行っているに過ぎない状態だった。

日本政府が国外で情報活動が行えなかった理由はいくつかあるが、その最も大きな理由が課報に従事する人間の偽装履歴と組織間の連携のなさにあった。全く存在しない架空の人間を入国させても、相手国が日本国内に潜入させている工作員が簡単な身元調査を行うだけで正体が露見してしまう。そうさせないためには、工作員の監視、排除とともに、絶対に見破られない身元の用意と関係機関の緊密な連携が絶対に必要だった。

「絶対にばれない身元って……そんなもの、どうやって用意したの。偽の書類を発行したりすれば公文書偽造――」

「あるんだ、それが。絶対に見破られず、法律を犯す必要もない身元がね」

「――まさか」柳原は、視線だけ横に流した。「特異家出人を……」

「察しがいいな」

家族が失踪した人物を警察に届け出る場合、家出人カードを作成する。それには身体的特徴など事細かに記載され、都道府県警察本部総務部情報管理課で一括管理されている。バラバラ死体などが発見された事案では、真っ先に照会される資料だ。

「で？　それがどう富岳商事に関わってくるの」

「身元がはっきりしただけで、簡単に協力者作業を行えるか？　まず第一段階、協力しそうな人物を特定し、接近を試みなきゃならん。ただの旅行者で潜入して近づけると思うかい？」

「だから富岳商事の社員として潜入したってこと？　でも、何のためにそんなことに協力するの。まかり間違えば、企業としての信用を失墜するのに」

「富岳商事が協力した背景には、この組織……〝桜前線〟と通称されたがその創始者であり、指揮者に負うところが大きい。――各省庁間の情報収集機関を統合し、指揮運用する。……こんなことが出来る人物は限られている」

「……そんなことが出来る人は」柳原は呟いた。「――式部警視監」

柳原は現警察庁長官官房長の名前を胸の内で反芻した。

式部小次郎。情報に強い官僚として公安、警備で辣腕を振るい、米国情報機関からも一目置かれた男。警察官僚切っての政治派といわれるも、公安時代、部内での派閥闘争に敗れ、防衛庁防衛局長として出向した。実質的な左遷だったが、そこで精力的に情報活動を指揮し、幅広い人脈を得て〝さっちょう〟――警察庁警備局長として返り咲き、現在の地位を得た不死鳥めいた逸話を持つ。

「そうだ。防衛庁や外務省の意向をまとめ上げられたのは、あの人しかいない。……そして、現在富岳商事副社長の椅子に座っている人物とは、調べればわかるが大学時代親友だった。そしてその男は、自分の身内である最も信頼できる者を仲間に引き込んだ」

「——三枝康三郎ね」

「康三郎は、専務を通じて式部さんとも面識があったんだ。副社長……篠田幸雄にとっては妹の亭主なんだからな。不自然じゃない」

しかし、〝桜前線〟に突然の終息が訪れたのは、活動開始からおよそ三年を経過した時だった。

潜入した工作員が、ウラジオストックでソビエト当局に身柄を拘束されたのだ。

「式部さんは動じなかったが、政府と富岳商事は泡を食った。関係機関が討議の末〝桜前線〟は凍結せざるを得なくなった。実質的な解体さ。そしてそのまま冷戦は終わった」

柳原は黙って聞いていたが、ようやく煙草を取り出した。

「——特異家出人を利用するなんて……倫理的に許されないことをするからよ」

背後で常磐の口から息がこぼれた。笑っているのだ。

「俺達の仕事は、対象に接近し、あるいは事象を視察（監視）することで得る情報が全てだ。——そうだろう？」

元女性公安捜査員は無言だった。

「君は倫理的に許されないというが、もし君が公安に所属したままだったら、感想は違ったものになっていたんじゃないのかな？」

「……馬鹿なことを」

「事実さ。違うか？」

柳原はいつの間にか短くなった煙草を、安っぽい小さな陶器の灰皿に押しつけた。

「いろいろ参考になったわ。もう一つだけ教えて……貴方がこうして私に接触し、真偽不明の情報を吹き込んだのは――〝あの人〟の指示なの？」

「いや。関係ない。かつての同僚と有意義な時間を過ごしたかったんだ。――ただ、それだけだよ」

「ご親切にどうも」

柳原は皮肉に答えた。常磐は自分のレシートを持って立ち上がった。柳原は新しい煙草を取り出した。

「〝あの人〟、か……どんな経験であれ良い思い出に変わるのは、時間のなせる業だな」

常磐は立ち去っていった。柳原は座ったまま、指に挟んだ煙草を折り、そしてそのまま握りつぶす。

判ったことは二つだ、と思った。真偽の確かめようがない〝桜前線〟なる組織は別にして、上層部には三枝康三郎なる人物に関心を払う理由があるらしいこと。そして、捜査本部、というより自分の動きを何者かが監視しているかも知れないという可能性だ。警告を受けたとはいえ、三枝康三郎の娘、由里香が事件に関わる直接的な情報を持っているかは、定かではない。上層部が痛くもない腹を探られるのを嫌っただけなのかも知れない。何より、常磐が〝どちら側〟の勢力の考えで接触してきたのか、まだ不明だ。警察内部にも、様々な利害関係、確執、せめぎ合いがある。式部の影響下にある勢力か、それに対抗しようとする勢力なのか。——結論が出ないまま、柳原明日香は国会図書館を出たのだった。

「とにかく、慎重さを要する相手だということよ」

柳原は、爽子に言った。

「警部。お願いがあります」

爽子は柳原を見た。

「……三枝由里香を、私達に当たらせて下さいませんか？」

「それは、どうして？」

「私は第一犯行当初、この事案のマル被は、何か女性と性的な事柄でトラブルを起こしていると推測しました。それは多分、今に始まったことではなくて、長い間培われた女性全体への蔑視と憎悪が合わさった結果だと考えました。――状況から見て、三枝由里香以外にこの条件を満たす者はいません。ですから、重要参考人として任意同行を求めたいのですが」

勢い込む爽子を、柳原は冷静に押しとどめた。

「ちょっと待って。前里の自供と売春組織のリストに名前が挙がっているだけでは、任意の聴取しか出来ない。それに三枝由里香に乱暴をはたらいた男がマル被と断定できない現在、第二犯行と当該人を繋ぐ確たる証拠はないわ。――いい？　三枝由里香はあくまで参考人よ。犯行当夜の行動、マル害周辺の状況を聞き出すのが精一杯ね」

「それでも構いません。やらせて頂けますか？」

柳原は爽子を見つめた。ネタを捕まえてきた捜査員に、それを追う資格があるというのは刑事の不文律のようなものだ。三枝家を訪れた捜査員らも認めざるを得ないだろう。それはいい。しかし、三枝康三郎の背後には複雑な影が錯綜している。そんな相手に、爽子と藤島を向かわせていいものだろうか。――だがここで自分が止めても、爽子は何らかの方法で由里香に迫ろうとするだろう。そうなれば相手の思う壺だ。確実に潰される。

柳原は息をついた。結局、自分が慎重になるしかない。

「……判りました。三枝由里香の聞き込みは任せます。ただし、慎重に。相手には弁護士の父親がついてるわ」

爽子は頭を下げた。

「すいません、警部。――それから、神奈川県警に相馬良子の証言の裏づけをお願いします。前里が、その時の三枝由里香の相手を記憶しているかどうか」

柳原はすぐに警電をとり、神奈川県警に確認した。前里の回答は「記憶はしているが伝聞に過ぎず、人相着衣は知らない」とのことだった。

高田馬場のマンションに帰る柳原と別れ、爽子と藤島は再び自販機の前に立っていた。

「なかなか、難しい状況になってきたな……」

「難しいのは判ってる。でも、マル被に近づくには、避けては通れないわ。……栗原智恵美は殺された。残ってるのは、三枝由里香だけよ」

「考えは変わらないんだね」

爽子は頷いた。

「ええ。人間の心の反応は、――心因反応というけど、持って生まれた性格と周囲の状況が合わさって生じるといわれてる。とくに直接犯行に繋がる出来事を心理学用語で〝鍵体験〟、ＦＢＩの心理分析官達は〝ストレッサー〟と呼ぶけど。クレッチマーっていう心理学者はこの働きを心因反応論と呼んだ。坂口晴代の周囲からは、彼女が〝ストレッサー〟を与えたり、与えられたと思われる男性は浮かばなかった……。でも、坂口晴代とよく似た栗原智恵美の周囲には、いる」

「そして栗原智恵美は殺され、三枝由里香がいるという訳か」

「動機のない犯罪なんてない。どんなに猟奇的な手口で普通の人間には理解できなくても、すくなくとも犯人にとっては、あるのよ。性的な支配欲を満たせなかった犯人の心が暴走を始めたとしたら……これまで周囲に知られることのなかった狂気が、犯人を突き動かしているとしたら」

「…………」

「明らかにサティリアシス――性欲異常亢進に陥ってると見るべきね。ふつう、女性とトラブルを起こしても、ここまではしないでしょう？」

「――だけどマル被を突き動かしてるのは、狂気だけなんだろうか。マル被が栗原智恵美か三枝由里香に拒まれたかあるいは馬鹿にされたからといって、一気に殺人にまでエスカレートするものなのかな……。もしかして、マル被は栗原智恵美か三枝由里香に恋愛感情に似た気持ちを持っていた？」

「恋愛……？」

爽子は壁に背をもたれ、やや冷たい失笑と共に呟いた。

「恋愛だなんて、とても呼べない。マル被が女性に対して持ってる感情は一方的に性を略奪し、支配する対象としてであって、感情をもった一人の人間としてみてる訳じゃない。精神の均衡を失った人間の症状は保護的遺伝要素、人間関係の緩和、表現型――気質といい換えてもいいけど、この三つが形成するといわれてるの。そして絶対とはいい切れないけど、幼児期の体験が長く尾を引くといわれてる。前にも話したように、犯人の性格が突然変わった訳じゃないわ。昔からこうだったけど、犯行を行わせるだけの〝ストレッサー〟がなかっただけよ」

藤島は頭を振り、自販機にコインを入れた。金属音が暗い廊下に場違いに響き、紙コップが取り出し口に落ちる軽い音が続いた。

コーヒーが泡立ちながら注がれる音を聞きながら、藤島は口を開いた。

「――強行係に移ってすぐ、一七七を担当したことがあるんだ」

爽子は藤島を見た。

「マル害は二十五歳の主婦で、旦那が入院中だった。で、その世話で夜遅くなっての帰り、襲われたんだ。命に別状はなく、通報で人着を特定できたから、初動の段階で逮捕できた。――だけど」

藤島は言葉を切り、紙コップを自販機から取り出した。爽子は無言で、先を促した。

「……その主婦、妊娠三カ月だった」

「――どうなったの？　赤ちゃんは」

最悪の答えを予期しながら、爽子は尋ねた。

「亡くなった。ショックで流産したんだ」

藤島は一滴も口にしないまま、コーヒーをゴミ箱にぶちまけ、紙コップも握りつぶすと叩き込んだ。

「許せなかった。一時の欲望のために、小さな命が消えたんだ。これは一七七なんかじゃない、殺人だと思った。しかし結局、暴行傷害だけで起訴された。――悲しかったさ」

「罪が軽かったから？」

藤島は息を吐き、言った。

「俺も……、こんな下劣な奴と同じ、男だってことが」

「…………」

「恥ずかしかったのかも、知れないな」

爽子は、藤島が紙コップをゴミ箱に叩き込んだ姿勢のまま喋るのを聞いていた。そして、視線を床に落とし、いった。

「男だけじゃないわ」

爽子の柔らかい口許から、淡々とした声が薄闇に流れた。

「男が誰でも加害者になりうるように、女も誰もが潜在的に性犯罪の被害者になりうるのよ、年齢に関係なく。……男にとっては、身体だけが目的かも知れない。でも女は、身体的にも精神的にも一番大切なところに無理矢理侵入され、蹂躙されるのよ……」

「……ひどいよな」

「私はいつも腹が立った。暴行される女はいつも自意識過剰で、無意識に犯されたがっているんじゃないかって、男の側は主張するわ。じゃあ、猥褻行為を強要された子供達はどうなるの？　年端のいかない子供達まで、男を誘ってるっていうの？　レイプに限らず、性犯罪の被害者は、通り魔に遭ったのと同じなの。なのにどうして男は、自分達と同じ男というだけで、加害者を庇うの？　私は……そんなの絶対に認めないし、許さない」

どうして私はこんなにムキになってるんだろう、と爽子は喋りながら思った。わかって欲しいから……？　この私を。

「……そうだな。被害者は特定の男の被害者であり、男全体が持つ意識の被害者でもある。

そういうことかな?」

　爽子は頷いた。

「——人間、大切なものはある、誰だって当然。物だったら、まだ元に戻せる。でも……一生付き合って行かなきゃならない身体をそんなふうにされたら、死にたい、と思うかも知れないな」

「苦しみながらでも生きてる。被害者達は」

　爽子は書き留めるように、いった。

「苦しみがわかりたい、といったら、被害者達は怒るかな」

「……さあ」

　どうわかるっていうの。

「男と女は、やっぱり違う。でも……でも、同じ人間なんだから、きっと。——出来るだけのことを、してあげたい……」

　二人はしばらく無言だった。

「それじゃ、明日」

　爽子は寄りかかっていた壁から身を起こした。

「ご苦労さん、また明日な」

藤島も元の表情に戻り、答えた。

爽子は藤島に背を向け、暗い廊下を歩き出した。

「吉村さん」藤島が声をかけた。

爽子は立ち止まり、振り返った。

「あ——いや。気をつけて」

「ええ」

歩きだそうとして、爽子はまたふと立ち止まり、もう一度藤島に身体を向けた。

「藤島、さん？」

「どうした？」

爽子は問い返されて、急に狼狽(ろうばい)した。

「——いえ、ただ……ありがとう、って」

「え？」

爽子は藤島を残し、廊下を歩いていった。

一月二十七日。

朝八時、捜査員らが集合し、会議が始まった。前日の方針が幹部によって簡単に確認されると、柳原は発言した。

「昨日の会議散会後、組織売春に関与していたと見られる相馬良子から情報提供があり、それによりますとマル害栗原智恵美が殺害される一週間前、売春行為中の仲間が顔面を殴打されるなどの現場を制止した、とのことです。本日、このマル害の仲間である三枝由里香に任意の聴取を行います」

前日三枝宅を訪れた捜査員とは、会議前に話し合いが持たれていた。シマを譲るようにいわれた二人の捜査員は摑みかからんばかりの勢いで反対したが、結局、柳原の采配で渋々引き下がっていた。

「三枝由里香。あの写真に写っていた学生か？」

佐久間が尋ねた。

「はい。マル害と同じ光輝大学の学生です」

「……柳原警部、当該人物でわかっていることで他には？」

馬鹿丁寧な声で質したのは、佐久間ではなく近藤だった。全員が珍しそうに注視する。

彼らキャリアは、自分達が〝お客さん〟であることを知り抜いている。だから、こういった会議では傍観者的に振る舞い、発言などしない。とくに、課員が全員ノンキャリアの〝現場〟である捜一では、それが顕著だ。たとえ発言しても、有益なこととは限らない。

それが不手際の原因になっても、彼らは責任を問われることはない。泥を被るのは、常に現場のノンキャリア指揮官だ。

柳原は近藤を見つめた。心の中では、判っている癖に、と吐き捨てる。しかしどうせ知られていることだ。隠すことはない、と柳原は判断した。

「……父親は法曹関係者です」

「具体的には？　なんです」

「弁護士です」

室内にそれと判らないほどの軽い緊張が走った。弁護士にとって警察が天敵であるように、警察にとっても厄介な相手ではある。まして、反体制を気取っている弁護士となれば、ますます事は面倒になる。

「弁護士、ですか。どうでしょう警部、もう少し様子見、という訳にはいきませんか？」

「理由をお聞かせ願えますか？」柳原は端から見れば昂然と聞こえる口調で反問した。近藤はやや上目使いに柳原を見た。

「いえ、さしたる意味はないのですが……。その、相馬良子は傷害事件があったといっている訳ですから、地取りで三枝由里香及び栗原智恵美と、当該人物が接触していた現場の目撃者を捜してからでも遅くはないのではないか、とも考えます。売春に関わっていた者としてより、傷害のマル害としての方が。なにしろ、弁護士の家族ですから」

何を言っている、と柳原は軽蔑さえ忘れて思った。佐久間も同様らしく、身体を向けて隣の近藤を見た。ラブホテル街での聞き込みがどれだけ困難か。そして現れないかも知れない目撃者を探すより、当事者の三枝由里香に直接当たった方がどれだけ確実か自明の問題だ。地取りでよしんば当該人物が判明しても、連続殺人のマル被と断定できる訳ではないから、取り調べと勾留の理由となる罪状が必要になる。傷害は非親告罪であるため捜査はできるが、逮捕するとなると必ず被害届が必要になるのだ。

「マル害関係者全員から事情を聞くのは、捜査の常道です、近藤管理官」

捜査員の間にわずかに嗤う気配が漂った。近藤はさらに言った。

「柳原警部は三枝由里香と連続犯行とを結びつけてお考えのようですが、そのトラブルを起こした男性がマル被とお考えなのですか」

柳原は失笑したいのをこらえた。そして、言った。

「判りません。だから聞きに行くのです」

近藤はきまり悪そうに視線を下げた。

「判りました、結構です。……ただ、私としては捜査にフリーハンドを保っていきたいのです。相手が相手です、下手に接触すれば、どこからどんな外圧が掛かるか判りませんから」

「留意します、警視」

もちろん柳原は判っていた。迂闊(うかつ)な行動をとれば圧力をかけてくるのは〝どこから〟ではなく近藤に繋がった上層部の一部の人間であり、〝どんな〟についてもある程度は予測可能だ。

「地取りの進捗(しんちょく)次第だな。渋谷の現場周辺の聞き取りでは当該の傷害事案が発生していたか、またその目撃者がないか確認して貰いたい。なお、三枝由里香については参考人として聴取するのは構わないが、くれぐれも慎重にして貰いたい。——柳原警部、判っているな？」

とりなし顔の佐久間の言葉に、柳原は「はい」と答えて着席した。

捜査会議は散会し、捜査員らは床を鳴らして会議室を出て行く。爽子と藤島もコートを手に立ち上がった。

「まず自宅からだな」

「ええ」

密かな期待の疼(うず)きを感じながら爽子は藤島に答えた。そして会議室を出るとき、ふと背中に何かを感じ取って振り返る。

吉川警部補が、じっと爽子を見ていた。

爽子と藤島は蔵前署を出、ワークスで世田谷区成城の三枝康三郎宅に向かった。

地図を頼りに見つけた三枝家は、成城六丁目、高級住宅地の一際閑静な一角にあった。

爽子と藤島は離れた場所にワークスを停め、歩いた。表札を確認する。見たところ百坪ほどの敷地に古い洋館が立っており、外壁を茶色く枯れた蔦（つた）が覆っている。

玄関前の駐車スペースには、二台は停められそうな屋根つきの車庫があり、銀色の小型ベンツ、Ｃクラスが一台見られた。爽子は康三郎がまだ出勤前だということ、そして北と東西は住宅に挟まれ、出入り口はここだけということを見て取りながら、格子状の鉄製の門扉を開いた。

門扉から十歩ほどの玄関の前に立ち、ベルを押した。しばらく待たされ、ドアが開かれると、中年の女性が顔を覗かせた。

「お早うございます。朝早くから申し訳ありません。警視庁の吉村と申します。お嬢様はご在宅でしょうか？」

いいながら爽子は警察手帳を取り出し、身分証のページを開いて見せた。

「あの……生憎（あいにく）不在ですが」

「昨日もお出かけだったとか。いつお戻りになられるでしょう?」

「えーと、それは」

「ご旅行、ですか?」藤島が尋ねた。

その時、奥から「喜代さん、どなたかね」と声がした。爽子は奥に視線をやってから、

「ご主人ですか?」と訊いた。

「宅の主、康三郎でございます。私はお手伝いをさせて頂いております、青山喜代子と申します」

爽子は昨日訪ねた捜査員にも、お手伝いの女性が対応したことを思い出した。

「失礼しました。あの、少しお時間を頂けるように、お伝え願えませんか。ちょっとお聞きしたいことがあって」

「少々お待ち下さい」

二人は玄関に入り、待った。青山はすぐに戻ってきた。

「どうぞ。お話を伺いたいそうです」

二人は礼をいい、靴を脱いで上がった。通されたのは居間らしい広々とした部屋だった。高価さの上に年月を感じさせる家具に囲まれた革張りの安楽椅子に、出勤前の背広姿の三枝康三郎が座っていた。見たところ年齢は五十代前半で、頭髪が半分以上白くなっている。

それほど大柄ではないが、自信と貫禄を感じさせる紳士だった。

「お早うございます。朝から申し訳ありません。警視庁の吉村と申します。こちらは藤島です」

「朝からご苦労さんと言いたいが、娘にどういうご用件かな。昨日も警察の方が来られたようだが」

康三郎は身振りで二人に革張りのソファを勧めながら、口を開いた。腰を落ち着けると爽子はいった。

「お嬢さんにお話を伺いたいことがありまして。あ、奥様は?」

「十年ほど前に亡くなったよ。――で、何をかな」

「失礼しました。――お嬢さんから、栗原智恵美さんという名前を聞いたことはありませんか」

「――いや。……それは確か先日、殺された娘さんではなかったかな? 娘と同じ大学に通っていたと新聞に載っていたので、覚えているのだが」

「ええ。その栗原さんと由里香さんがお友達だったようなので。手紙や電話はありませんでしたか」

栗原智恵美が売春を行っていたことは、マスコミには伏せられている。もっとも、本部の捜査員が渋谷で地取りを行っているので、マスコミのどこかが〝抜く〟のは時間の問題ではあったが。

爽子は康三郎の表情に注目したが、動揺などはなかった。

「私は知らないが、喜代さん、何か知っているかね？」

傍らに立つ青山喜代子の方を向いて、尋ねた。

「いいえ。お嬢様は電話はあまりなさらないし、お手紙なんかも――」

「由里香さん、携帯電話はお持ちになってますか？」

藤島がいった。

「いや、学生には不要な物だ」

父親は何も知らないのではないか。そうですか、と答えながら爽子は思った。自分の娘に何か思い当たる所があれば、なにか表情に変化が表れても良さそうだが、それはない。あるのは娘に対する自負と、信頼だけだ。

「ところで由里香さん、ご旅行ですか？」

「……ん？」初めてわずかな逡巡があった。「――ああ、そう。ちょっと旅行でね」

「差し支えなければどちらに、何日の予定でしょう？」

「まさか私の娘を、由里香を疑っているのかね？」

康三郎のわずかに上がった語気を、爽子ははぐらかすように微笑んだ。

「いいえ、疑うなんてとんでもない。ご承知のように、あくまで被害者周辺の方全員にお話を伺うのが原則ですから。けれども、ご旅行してらっしゃるんでしたら、仕方ありませんね」

爽子は視線で藤島に引き時を知らせ、立ち上がった。

「お時間をとらせてしまって。ありがとうございました」

「いや、お役に立てなくて申し訳ない。——喜代さん、お見送りして」

「それじゃ、どうも」

藤島も礼をいった。

「——あの、三枝さん？」

爽子はふと思い立ったようにして、何気なくいった。

「なんです」

「由里香さんがお帰りになったら、ご連絡頂けますね？」

康三郎は爽子を見つめ、黙り込んだ。そして、答えた。

「……ああ、報せよう」

爽子は名刺を一枚取り出し、裏に捜査本部直通の特設電話の番号を走り書きして、手渡した。

二人は青山に見送られて、玄関を出た。

「あ、もうここで」

と藤島は断ったが、青山は門扉まで見送った。

「すいません、お忙しいところを」

爽子が詫びると、青山は「いいんですよ」と控えめな笑顔で答えた。その青山に藤島が笑顔を返しながら尋ねた。

「立派な車ですね。これ、三枝さんがいつも御自分で運転を?」

「とくにお忙しくない時は、いつも」

「そうですかあ、違うな、やっぱり。……もう一台入るようですが、どなたか?」

藤島の言葉に気をよくしたのか、青山は答えた。

「お嬢様です」

「由里香さんが……携帯電話は持ってらっしゃらないのに」

爽子の言葉に、青山は実の娘のことを話すようにいった。

「見聞を広めるには、どうしても車は要るって、お嬢様が旦那様におねだりして。滅多に我がままをいわないお嬢様だから、旦那様もつい……」

「羨ましいな、それは」

そう言って、藤島は笑った。

青山の姿が玄関に消えると、爽子と藤島は真顔に戻り、少し離れた場所に停車したワークスまで歩く。乗り込み、爽子がエンジンをかけると、助手席の藤島が言った。

「あの様子じゃ、何も知らないいな」

「でも、不安は感じてるようね」

「三枝由里香が事件に関係して姿を隠したとしたら、どこに行ったと思う？」

「多分、都内のどこかね」

「どうして？」

「相手は十九歳の学生よ。行動範囲は限られてる。それに、事件に関係して姿を隠したのなら、見知らぬ場所には行かない。自分のテリトリーから外れると、その分不安が増すもの」

「ということは」と藤島はいった。「日常の行動範囲に近いが、車で行ける範囲、か。……まず、由里香の乗っている乗用車の特定だな」

爽子と藤島は所轄、成城警察署の交番に立ち寄った。

交番は管轄内の住民の様々な動向を把握し、防犯に役立てている。

住民が直接記入する防犯連絡カードが代表的だが、この他にも独自に住民カードなる物を作成している。これは巡回連絡と呼ばれる戸別訪問や不動産業者からの情報をもとに、受け持ち区を担当する勤務員が作成する。この住民カードには、いわば〝表〟の防犯連絡カードに記載された情報はもちろん、思想信条などの項目も含まれており、何かあれば注意報告書――〝注報〟が作成され、まれに刑事課に回されることもある。それがきっかけになって犯人検挙に結びつくこともあり、捜査員達はこれを注報ならぬ〝特報〟と呼んでいる。

「三枝……、ああ、蔦の生えた古い家ですね。確か弁護士が住んでいますが」

爽子と藤島が協力を求めた三十代半ばの巡査は、分厚いファイルを書類棚から取り出し、捲りながら答えた。交番ではもう一人若い巡査が、隅の机で辞書と首っ引きの様子で、書類作成している。

「ええと、これです。〝戸主、三枝康三郎、五十三歳。東京弁護士会所属。妻、美和は死去。長女、由里香、十九歳。光輝大学法学部学生。他、家事手伝いの女性一名。〟――と、この家が何か？」

「いえ、ちょっとした聞き込みなんですけど、娘の乗っている乗用車についてご存じですか？」

「車、ですか？　さあ、赤い外車でコンバーチブルなのは知ってますが」

警察官は職業柄、車には詳しいが、知らない様子だった。

「あれ、ＢＭＷですよ」

事務を執っていた若い巡査が顔を上げて口を挟んだ。

「確かまだ、日本では珍しいと思いますよ。ええと、Ｚ３〝ロードスター〟だったかな」

「詳しいね」藤島がいった。

若い巡査は、はにかんだ笑みを浮かべた。

「自分も詳しいというほどではありませんが、好きなんです。非番の日は寮で買えない車の雑誌を眺めてて。実は自ら隊志望で……」

自ら隊、とは本部自動車警邏隊のことだ。

爽子と藤島に説明していた先輩の警官は面白くもなさそうに「お前、車の名前覚えるより、報告書の書き方の方、覚えろよな」と言うと、若い警官はすみません、と慌てて書類に戻った。

「最後に一つだけ。その車を最後に見かけたのは、いつ頃ですか」

「ちょっと待って下さい。……そういえばここしばらく、見てませんね」

「あの、大体一週間前からだと思いますが」若い警官が再度口を開いた。

「どうしてわかる」先輩警官が怖い顔をして言った。爽子はこの警官が若い巡査の指導巡査かも知れないなと思った。

「はい先輩。二十一日にあの家の近くで騒ぎがありましたから。……鍵の閉め忘れを空き巣が入ったと勘違いした主婦がいて駆けつけたのですが、その時から見ていません」

話の後半は、爽子と藤島の方を向き、若い巡査は自信を持っていった。

どうやら信頼できる話のようだ。二十一日、といえば麻布管内の第二犯行から二日後、まさに新聞広告が掲載された日だ。その日に姿を隠した三枝由里香は、何か知っている可能性は極めて高くなった。

「そちらの方は？」爽子が先輩警官を見て確認した。

「そうですね……そういえば。重要なことでしたら、他の者にも聞いておきましょうか」

ここぞとばかりに答えた。

「そうして頂けますと、助かります」

「よろしくお願いします」

二人は謝意を述べ、交番を後にした。

爽子と藤島は蔵前署に戻り、本部で書類を前にしていた柳原を見付けた。

「三枝由里香は新聞広告がでたその日に姿を消し、未確認ですが、一週間ほど、車が自宅に戻っていないという情報もあります」

「そう。……行き先は?」

「不明です。父親の康三郎も、あの様子では認知していないと思います」

「おそらく、これは私の考えだけど、宿泊施設ね」

柳原が遠視用の眼鏡を外しながらいった。

「それは、どうして……」

爽子の問いに、柳原は紙の束を差し出した。表紙には「参考人・前里良樹に対する神奈川県警協力による聴取を、次のように復命する」と書かれている。

「それを読めばわかるけど、三枝由里香って子、一筋縄ではいかない相手よ。……何故彼女たちの組織の実態を、当該部署が把握していなかったのか。普通、売春組織っていうのは女性達の詰め所っていうか待機場所があるわよね。でも、この組織は客からかかった電話をいくつも転送機を経由させて、前里が運転する車の携帯電話に連絡をとり、一度に一人しか女性を車に乗せなかった。そして客のいったホテルに送ると、客の相手が終わった、あるいは別の喫茶店なんかで待機している女性を乗せるというふうにしていたのね。これなら、一人が補導あるいは逮捕されても、組織全体が摘発されることはない。まあ、前里は逮捕されたけれど、大した組織管理ね。それに一度でも補導歴のある子は組織から外したそうよ。前歴がない訳ね。こういう仕組みを考えたのは、三枝由里香らしいの」

実際柳原は、あまりに公安を始めとする情報活動組織に似ているので、遺憾ながら感心したほどだ。人間は弱い。そのことをもっともよく知る情報機関は、個人には必要最小限の情報しか与えない。内通者が生じた場合、組織の全貌が漏れるのを嫌うためだ。

「ですが、警部。組織を仕切っていたのなら売防法六条の一か二条に当たると思います。逮捕状(カミ)が取れるのでは――」

藤島がいった。売春防止法では相手を勧誘したり、管理する人間は売春行為そのものをした人間より罪が重い。

「それは今のところ無理ね。売春の立件は、現行犯逮捕以外には客と女性の間の金銭授受の事実、買った男の側の証言、証拠写真を揃えて令状を請求しなくてはならない。〝買った〟と確認されているのは、例の政治に近い筋の男性だけだし、それに前里はまだ、身柄を神奈川から移されていないから……。もしかすると、当分は移されないかも――」

柳原は言葉を濁した。

「どうしてですか？　前里の供述が得られれば、三枝由里香に対して正式な聴取が出来ます。何故、神奈川は――」

柳原に激してみても仕方がないとわかっていながら、爽子の口調は強かった。

「吉村さん」柳原は静かにいった。爽子は言葉を飲み込んだ。あなたは警察官でしょう、冷静になりなさい、と柳原は言いたかったのだ。

「……すいません、警部」

「いいのよ、気持ちはわかるから。逮捕状が取れない以上、旅舎検索（宿泊施設の一斉捜索）は不可、といってても未成年相手にはできないでしょうけど。それに、上層部におかしな動きがあるわ」

爽子と藤島は顔を見合わせた。どういうことか訳が判らなかった。

「鑑よりも物証に重点を置くように、内々にだけど課長に指示があったそうよ。課長はまだ決めかねているらしいけど」

治安事件でもない殺人事件に上層部の意志が関わってくるなど、爽子は想像もしていなかった。そして、動揺もせず淡々とした口調の柳原を見つめた。

「……警部は、何か知っておられるんですか……？」

柳原は答えなかった。そしてすっと目を逸らした柳原の端整な横顔を見て、爽子は当然のことだが、柳原には自分の知らない部分があると思い知った。

「ちょっと屋上ででも話さない？」

柳原は爽子と藤島を誘った。

屋上にでると、誰もいなかった。珍しく空が澄んでいる。

柳原は煙草を取り出して火を点け、一息吸ってから国会図書館での出来事を話した。

「――〝桜前線〟なる組織が実在したのかどうかは不明よ。でも、三枝康三郎を何らかの理由で守ろうとする動きがあるのは事実ね。……どんな形であれ三枝康三郎を刺激して、何らかの秘密を暴露されるのを恐れているのかもしれないわ」

「その情報を提供してきた人って、信用できる人なんですか」

「出来ない。最低よ、私が知ってる限りでは」

「それなら――」藤島がいいかけた。

「でも、警告通りの動きが見られるのは事実」

柳原がいうと、藤島は黙った。柳原は手摺に歩み寄り、遠くを見つめながら紫煙を吐いた。

「私が思うに、三枝由里香って子は台風の目であり、いうなればパンドラの箱ね。あなた達の捜査で、何かが白日の下に曝されるのかも」

爽子は足下の風雨に汚れたコンクリートの床を見つめていた。が、ゆっくりと顔を上げ、柳原を見た。

「——三枝由里香を追います。こういう状況であれば、必ず父親に助力を求めるため、接触すると思いますから」

「パンドラの箱を開けることになっても？」

柳原は背を向けたまま、片頬だけ爽子に見せて、問い返した。

「ええ」

柳原は二人に向き直った。

「……だったら私は、何もいわない。夜の捜査会議に出て、あなたの口から、あなた自身の言葉で、三枝由里香内偵の理由と必要を話しなさい。認められれば、指揮と責任は私がとります。いいわね？」

静かな柳原の口調は穏やかな心理療法士のそれのようだった。

「はい」爽子は頷き、答えた。

柳原は微笑み、爽子の肩に手を置き、藤島の背中を叩いて、屋上から降りていった。

爽子は無言で柳原の背中を見送りながら、犯罪はいつもパンドラの箱です……と呟いた。心の深層の欲望を解放した犯人にとっても、その犠牲になり身辺捜査をされて私生活が暴かれる被害者と周辺の人間にとっても。心の深層のパンドラの箱を開けるという行為は、異常犯罪者にとっては歪(ゆが)んだ達成感とある種、社会規範から自らを埒外(らちがい)にすることを意味するが、不幸な被害者にとっては死に至るまでの激しい恐怖と苦痛、結果としての無惨な死しか与えない。周囲の人間には唐突かつ理不尽に、肉親であり友人であった被害者を奪われた憤りと悲しみだけだ。

爽子は坂口晴代の、愛らしいといってもいい顔立ちが、冷たく暗い路地に物いわぬ死体と化して横たわっていた光景の全てが、心に焼きついている。彼女になんの落ち度があったというのか。ただ運がなかったというだけですませておけるのか。第二の被害者、栗原智恵美はどうか。売春はけして褒められたことではない。しかし、褒められないと同時に、殺されてもよい理由にもなり得ない。あんな無残な死に方をする理由は何もない。だれにもない。

人命は地球より重いという。ならば、二人の人間の命を奪った犯人を追う捜査本部に圧力をかける人間がいるというこの国の正義とは、一体なんだ？　国の、あるいは権力者の正義とこの国に生きる人々の正義は違うのだろうか。正義という清心な言葉の響きが、独善者たちの方便になってきた時間が長すぎたのか。いや、もとよりこの国には正義などないのかも知れない。自分達警察官も、上層部がどういおうと、社会正義を守るためではなく、法を〝遵守（じゅんしゅ）〟させることによって人を守っている。正義は人を、そしてなにより自分自身を守ってくれないことを、警察官は知っている。正義という言葉が持つ危険性を知るのもまた、様々な強制力を持つ警察官なのだ。

階段を藤島とともに降りながら、爽子は自分が何かを待っていると感じた。それは正義がもたらされるという、この国では神や救世主の降臨を願うより難しいことなのかも知れなかった。

夜の捜査会議は、いつものように進捗していた。

蔵前の地取りは……捜査継続中です。渋谷の地取りは……引き続き行っています。マル害の鑑は……継続中です。

淡々とした報告がその場にいる全員の疲労に追い打ちをかけ、皆が溜息混じりの呼吸を無意識にしていたが、それも柳原が挙手するまでのことだった。

「麻布のマル害の友人、三枝由里香について――吉村巡査部長、報告を」

促された爽子は立ち上がった。となりの藤島がそっと気遣うように爽子を見た。

「報告します。当該マル害の友人、三枝由里香の自宅に聞き込みに行きましたが本人在宅しておらず、父親との面談でも同人の所在を家人は把握していない様子です。また、所轄交番の勤務員の話では今月二十一日から――、これは新聞に例の広告が出た日ですが、その日より当該人の車が車庫にないとの証言を得、確認中です。

以上のことから、先の相馬良子の証言と合わせ、三枝由里香が麻布の事案について何か関わりがあり、姿を消したと思われます」

爽子は佐久間を見た。佐久間は爽子が報告を終えても口を開かなかった。佐久間だけではない、他の捜査員も黙っている。

組織社会では、上司が何を避けたがっているかという気配は、不思議なほど瞬く間に部下に伝播する。そしてそれがどんなに有利な材料といえど、〝優秀な〟警察官ほど避けて通るものなのだ。組織と階級に、二重に絡め取られた警察官の、それが処世術だった。

「それは売春の事実が周囲に漏れるのを防ぐためじゃないのか。マル被に繋がることを知っているとは限らんだろう」

横隣の通路をはさんだ机に着いていた大貫が、爽子を見ることもなく、ぼそりと言った。

爽子は大貫を見た。その横顔は土気色が一層ひどくなり、打算や上の方針に合わせている気配は感じられなかった。

「そうかも知れません。では何故自分が売春していると我々が知ったと判ったのでしょうか。前里が神奈川県警に逮捕される前から、三枝由里香は姿をくらましています。素直に解釈すれば、これは新聞に掲載された広告を見、我々警察からではなくむしろマル被から逃亡したのだと考えられます」

「理屈はそうでも、仲間が殺され、自分にも我々の手が及ぶと慌てて逃げ出したと見る方が無難じゃないのか。――はたち前の小娘が何の考えもなく逃げた。それだけのことだ」

「しかし、それでは犯行翌日ではなく何故広告のでた二日後に姿を消したのか、説明できません」

「だが、吉村君。あの広告をマル被が出した証拠はないし、さらに三枝由里香が見たという確証もないんじゃないかな?」

吉川が言葉を夾んだ。上司の前専用の穏やかな声だったが、上司に媚びているのが露骨にわかる声色だった。

「ですが、〝新田〟という広告主の名前と、事件当夜、マル害と最後に接触したと思われる客の男性が名乗った〝日田〟という名前が共通しています。――それとも、吉川警部補はあの広告をマル被が出した物ではなく悪戯だという確証でもお持ちなのでしょうか?」

「吉村……君」爽子の言葉に、吉川の声が低くなった。爽子は佐久間の前で吉川の仮面を一枚でも剝ぎ取ったことに屈折した歓びを心のどこかに感じた。

「あんたが広告に拘る理由は、相馬良子の情報提供からだろうが、渋谷じゃ事件に発展しないもめ事は掃いて捨てるほどある。現に渋谷の地取りじゃ、条件に合致する場面を目撃した者も大勢いる。その一つ一つが別の事案だ。把握しているだけで九十件以上あるんだぞ。いわれなくたって俺達も仕事してるんだ、自分だけが仕事をしているようにいうな！」

爽子と吉川の問答を黙って聞いていた佐久間に、柳原はいった。

「佐久間管理官」

「――柳原警部」

「現時点では三枝由里香が事件に関わっていた可能性は何とも言えません。しかし、当該人は〝さくら〟のリストに記載された関係者であることは間違いありません。父親の職業など、状況が微妙なことは心得ていますが、当該人への聞き込みが売春容疑の捜査ではなく、あくまで殺人事件の参考人への聴取という点をわきまえておけば問題はないと思慮します」

柳原は含みのある発言で、佐久間に決断を迫った。佐久間自身、いや内通者の近藤警視以外、一課長から借り上げの巡査に至るまで、事件に携わる者の中には、物証を重視し犯人逮捕せよという決定に納得できる者はいない筈だ。通常なら専従班が組まれて三枝由里香を追ってもおかしくはない。いや、むしろそうした対応をとらないことこそ異常事態だ。

警察官には様々な社会からの外圧や組織の中での内圧がのし掛かるという現実がある。しかし、それらに屈してはならない時がある。屈してしまえば、警察はただ警察であるがために警察であることになり、平時には軍隊以上の権力を独占するだけの機関に成り下がる。警察官は人を守るとき、何者にも屈してはならない、と柳原は信じていた。理想論だが、現実も理想を含んで動いている。

「――判った。三枝由里香の所在確認及び聴取は、柳原警部以下二名で行ってくれてかまわん。ただしこれ以上の人数は回せん。慎重に頼むぞ」

会議が散会すると、捜査員がぞろぞろと退室してゆく中、大貫や吉川の白眼視に構わず、柳原は爽子と藤島を呼び、指示を与えた。

「管理官の許可は下りた。これより吉村巡査部長と藤島巡査長の両名は、三枝由里香の所在確認専従とします。準備出来次第、自宅の張り込みを開始して。――復命は一切当本部の私宛に一報すること。あらゆる状況に留意し、慎重に実施するように」

「わかりました、警部」

柳原は爽子を見、そして藤島を見上げた。

「難しい状況だからこそ、得られた手がかりに意義があるわ」

柳原はふと言葉を切り、爽子に微笑んだ。もう部屋には三人以外の捜査員はいなかった。

「――いつだったかしら、吉村さんは私に精神疾患の症状が暗示で他の患者にも感染するって教えてくれたことがあったわね？」

「え？……ええ」

爽子は曖昧に頷いた。覚えてはいないが、雑談の時にでも話題になったのだろう。

「精神的伝染のことですか？」

精神的伝染とは社会心理学の用語で、共感や模倣、暗示によって感情や行動が他人に伝わることだ。ただし、精神疾患は伝染することはない。

「いまの上層部は、それと同じね。三枝康三郎の存在を問題視する一部の人間が、それまで三枝康三郎のことさえ認知していなかった人間に、くりかえし自分達の組織にとって危険だと囁きつづけた結果が、現在の状況の始まりだと思う。……まるでインフルエンザね。組織や階級に囲われた場所では、蔓延するのも早いわ」

「――病気の医者に、患者は診られません」

爽子は静かに答えた。本心だった。

「そうね。藤島さん、よろしくお願いね」

「はい」藤島はしっかりした声と視線を柳原に返した。

柳原は二人に敬礼すると、部屋を出ていった。

爽子と藤島を乗せたワークスは、三枝康三郎の自宅から離れた場所に停まった。朝方の訪問で、出口が表に面した一カ所だけだということは判っている。ここならば由里香が帰宅すれば絶対に気づく、と爽子はルームミラーで門柱の上に設けられた街灯を見ながら思った。距離としては遠張りと近張りの中間だな、と思った。

張り込みには相手に近接して行う〝近張り〟と、今回のように対象から出来るだけ距離を置く〝遠張り〟がある。普通、こういった住宅地で行うならどちらも敬遠し、アパートなど賃貸住宅から監視するだろう。これは〝内張り〟という。しかし今回はここが高級住宅地でしかも周囲に監視拠点となるものがないので、致し方ない。まあ、あったところで許可も下りず、経費も認められないだろうと爽子は思った。

エンジンを切って数分で、早くも暖気は消えようとしている。住宅地は人通りもなく、夜十時という時刻にもかかわらず、灯りの漏れている窓も多くはない。

藤島はちょっと見てくるといい残し、用意していたマグライトを持ってドアを開けた。するりと入り込んできた寒さが、爽子の肌の露出している部分をぴしりと叩いた。

ルームミラー越しに、藤島が白い息を吐きながら三枝家の前まで歩いて行くのが、電柱につけられた街灯に照らされて見えた。藤島は三枝家の前でちょっと立ち止まり、車庫を窺った。それから通り過ぎ、しばらく歩いてから引き返してきた。

「どうだった？」

車内に戻った藤島に爽子は聞いた。

「いや、赤いBMWはない。多分、由里香も帰ってないよ。灯っている灯りは一つだったから。お手伝いさんが通いなら、起きているのは康三郎一人だな。——毛布を取ってくれないか」

爽子は身をねじ曲げ、後部座席の留置管理から借り出してきた毛布をたぐり寄せると、藤島に渡した。

「ありがとう。長い夜になりそうだな……。順番をきめようか」

「藤島さん、先に寝て。私、運転席にいるから」

「じゃあ、適当な時間に起こしてくれ。交代するよ」

「ええ。——お休みなさい」

藤島はコートを着たまま毛布を首までたぐり寄せると、顎を埋めるようにして眠った。

爽子は自分も毛布を被った。ふっと息をつく。そしてどうして移動していない車内は狭く感じるのだろうと思った。心理学的にならば、爽子は容易に説明できるだろう。しかし、助手席にいるのが藤島の場合、その説明はどれも正解で、どれもが間違いであるように思える。それに何故、自分は藤島に先に仮眠をとるようにいったのか。負い目のためか。

——いや、違う。

爽子は思い、そっと藤島を盗み見た。

――怖かったんだ、きっと。……藤島さんだから。

藤島が何かをするような人間と考えている訳ではない。むしろ、爽子は藤島を克己心の強い方だと思っている。何より今は捜査中だ。間違いが起こる筈がないが、もし何かあれば、自分の心のどこかが確実に壊れてしまうと思った。

別の捜査員となら、格段の緊張などしない。けれど、どうして藤島にだけはそれほど緊張するのか。

爽子はルームミラーを見上げた。じっと目を凝らす。

――判ってはいけない。判ろうとするのも……。

爽子は毛布の下で一瞬身震いした。

それは、判れば確実に自分が変容してしまう予感とも確信ともつかない、爽子にとって未知の感情なのだった。痛みを感じることさえ忘れたいと願う爽子の心は、小鳥のように臆病だった。

若さが自分の心と身体の変化に敏感なことを指すのだとしたら、爽子の心は二十七歳という年齢にかかわらず、すでに年老いていた。

一月二十八日。

結局爽子は交代しないまま、朝を迎えた。

薄い靄を透かすようにして、朝日が狭い車内に射し込む。爽子が眩しさに目を瞬かせていると、助手席の藤島が窮屈そうに身動きし、そして目を覚ました。

「おはよ」爽子は通りかかった新聞配達から買った新聞に目を通していたが、それを畳むと意識して快活な声をかけた。

藤島は長い欠伸を一つ漏らすと眩しげに陽光を見、そして腕時計を覗いてから、急に意識がはっきりした顔で、爽子を見た。

「どうして起こしてくれなかったんだ。……寝てないのか？」

「ええ、まあ。……徹夜には強いの、私」

「今度からは必ず起こして欲しいな。寝不足はミスのもとだ」

藤島が強い口調で言った。

「……ええ」爽子は頷いた。

「動きは……なし、か」

「今のところ。でも一つ判った」

爽子は手にしていた新聞を藤島に差し出した。それはT新聞の関東圏版で、三枝家に配った配達の青年を呼び止めて購入したのだ。T新聞は栗原智恵美が殺害された二日後、広告の出た新聞だ。

これで、三枝由里香が広告を見て姿を消した可能性が高くなった。

何時どこで三枝康三郎と由里香が接触するか判らず、爽子と藤島は二手に分かれてこのまま三枝宅の監視の続行と、康三郎の尾行を行うことにする。睡眠を曲がりなりにもとれた藤島が康三郎を追い、爽子がこのまま止まることになった。

「車両は？　どうするの」

「タクシーを使うしかないな。ここで女一人立ってりゃ、どうしても目立つ。今から表通りで捕まえる」

「でもこの時間、どの車も帰庫前よ」

「その時は別の車を無線で呼んで貰うさ」

「……探費、大丈夫？」

「ああ、多少の持ち合わせは」

探費とは捜査に必要な経費のことで、もちろんあとで申請すれば支給されるが、尾行の最中になくなれば、金融機関へ走っている間に失尾（しつび）――対象を見失ってしまう。爽子は財布を取り出し、一万円札を一枚のこし、あとの紙幣を藤島に押し付けた。

「持って行って」

藤島は苦笑して受け取ると、ちょっと拝むようにして持ち上げて見せ、それからドアを開けると小走りにタクシーを求めて走っていった。

爽子は薄くなった財布をしまいながら、息をついた。警察官の俸給は決して安くはないが、給料は全額、警察信用金庫に振り込まれる。知られざる優良金融機関で、絶対に倒産しないが、まとまった金額を引き出すと、すぐに上司に通報が為される仕組みだ。独身警官はとくに監視が厳しい。現金を引き出すたびに、否応なしに自分が警察官であることを認識させられる。それが、警察官達を疲れさせるのだ。

藤島がいなくなると、爽子は急に車内が広くなったように感じ、ふと安堵する自分を見つけていた――。

爽子は監視を続けた。お手伝いの青山喜代子が七時頃玄関に入って行き、康三郎のベンツが八時頃、出勤のために出て行った。

天候は雲が多いが晴れていた。昼前、青山喜代子が玄関前を掃除し、その合間に近所の主婦達と挨拶や短い会話を交わしている。掃除が終わると青山は家の中に戻った。郵便の配達があり由里香からの物があるとも考えられたが、差出人の名前を盗み見るのは憚られた。

三枝家は、少なくともここから監視する限りは日常から逸脱することなく、平穏な一日を過ごしているように見えた。

爽子はそっとポケットベルを探った。藤島からも、捜査本部の柳原からも連絡はない。爽子は携帯電話を持っていなかった。若い年代を中心に普及が進み、また捜査員の多くが私費で加入していることが多い中にあっても、爽子は持っていなかった。……加入しても、鳴らない電話を持て余すだけだ、と爽子は思っている。

その日は日没まで、当座の敵である眠気と闘いながら、爽子は空腹さえ忘れて見つめ続けたが、由里香は現れなかった。

夜、八時。昼間の暖かい空気が夜の帳に追い立てられるようになくなった頃、康三郎のベンツが戻った。それから、ダイニングと二階の部屋に灯りがついた。藤島は戻らない。どこか離れた場所でタクシーを捨て、徒歩でここに戻っているのだろう。

やがて半時間ほどして藤島も戻ってきた。いつも持ち歩く鞄と、白いビニール袋を下げていた。夕食に違いない。

「お疲れさま。どうだった？」

助手席に乗り込んできた藤島に、爽子が尋ねた。

「お疲れ。……行動に不審な点は見られないな。午前中は依頼人二人と面談。午後は赤坂のホテルで弁護士会の会合。それから小菅で面会。そして帰宅」

「そう」爽子は藤島を見た。

張り込んですぐに成果が挙がると思うほど楽観していた訳ではない。

「一つ確認はできた。昨日の件」

「どうだった？」

「勤務員全員に確認したが、三枝由里香の車はやっぱり広告が出てから見ていないそうだ。……それに、あの子はかなり美人だから、注意を引く、間違いないと言い切った者もいたそうだよ。ま、男のこういう時の意見はかなり信用できると思うが」

藤島は小さく笑った。

「広告が載った新聞を購読していた。そしてそれが載った日に姿を隠し、今日まで戻っていない。……やっぱり、三枝由里香は何か知ってるわね」

夜十時。二人は交代で仮眠をとることになった。爽子は運転席を藤島に譲り、助手席で毛布をかぶり、束の間の眠りに就いた。

……夕焼けが空を紅く紅く染めていた。

爽子は両側を塀にはさまれた狭い道をいつの間にか歩いていた。立ち止まり、どこまでも続く塀を見ると、突起や繋ぎ目の全くない、不思議な白い壁だった。途切れもない。ただどこまでも、どこまでも続く一本道だった。

爽子は歩き出した。何故か歩き出さなければならないような強迫観念があった。何かが、誰かが待ち受けている、そんな気配があったのだ。

爽子は歩き続けた。

突然、悲鳴が聞こえた。虚をつかれて前を見ると、路上で倒れた女性らしい人物に男が馬乗りになっている。爽子には男の背中と、必死に空を走るように抵抗する女性の足がはっきりと見えた。そして、布地が裂かれる音、悲鳴。

悲鳴だ。

「なにをしてるの！」爽子は反射的に走り出していた。「止めなさい！」

男は振り返り、素早く立ち上がった。そして二、三歩走ると、爽子が着く前、宙にかき消すように見えなくなった。

爽子は女性に近付いた。女性は殴られたのか、小さな呻(うめ)き声を漏らしながら、路上で俯(うつぶ)せに転がっていた。

誰かに似ている、一瞬そんな考えが脳裏に閃(ひらめ)いたが、爽子はその女性を仰向けにし、片膝をついて上半身を抱え上げた。

そして、見た。

そこには、泥と鼻孔からの鮮血にまみれ、焦点の合わない虚ろな目をした爽子自身の顔があった。爽子は息がつまり、そして何か強烈な気配を感じて顔を上げた。

視界一杯に広がったのは、巨大な眼玉だった。毛細血管が浮き、白目が濁っている、いつもどこかで爽子の心の女の部分を凝視している眼。その眼が、血のように紅い空に嘘のように浮かんでいた。

悲鳴を上げたのが先か、視界が暗転して現実に戻されたのが先なのか。爽子は目を開いた。目に映ったのはやはり暗闇だったが。

右側に身体をずらせた体勢になっているのが、自分でも判った。右の頬だけが奇妙に暖かい。不自然な姿勢をとっていたために、鈍く痛む首筋に手をやろうとした時、爽子は自分が藤島に凭(もた)れるような姿勢になっていることに気づき、ぱっと身を起こした。

「ご、ごめんなさい……、動きは?」

慌てて詫びながら藤島に顔を向けた時、ほどいていた髪が目に入った。ちくりと眼が痛み、両手で髪を掻き上げたとき、こちらに伸びる藤島の手が見えた。

爽子の動作が止まった。

そして、爽子は考える前に、差し出された藤島の手首を掴んでいた。まるで、恐怖に駆られたように。

藤島は驚いて動きを止めた。それからしばらく、二人は互いの場違いな表情を覗き込んでいた。

「――やめて、お願い。……私に触れないで」

爽子の声は自分でも不思議なほど掠（かす）れていた。そして掴んでいた手から力を抜き、離した。藤島も手を引っ込めた。

「――何もしない。ただ、うなされていたから」

藤島は戸惑ったようにいうと、視線を前に戻した。

「……判ってる。――ごめんなさい、交代する」

爽子は視線を逸らしたまま、ドアを開いた。

寒さに自分の両腕を抱くようにしてワークスを半周しながら、爽子は思った。

レイプの被害者の反応の段階には、警戒し周囲を威嚇（いかく）することで自己を守る予測期。注意が散漫になり恐怖反応を起こす衝撃期。罪悪感や羞恥心、無力感に襲われ悪夢に苛（さいな）まれる反動期。自分の能力、強さに疑問を持つ再建期に分かれるという。

ひとつひとつの段階が自分の生き方や強さを確認し、社会への復帰を目指す扉なのだ。

だとすれば、自分は今どこにいるのか。自分の心は、自我はどこに行こうとしているのか。自分の次に開けるべき扉は、一体なんだろう？

――私は欲情する男が嫌い。欲情される女も嫌い……。

また一枚仮面をかぶり、爽子は運転席のドアを開けた。

藤島は助手席に移り、毛布を被ったが、なかなか寝つかれない様子で身体を動かしていた。爽子は藤島に早く眠って欲しかった。眠って男でもなくもちろん女でもない、ただの無害な人間になってほしかった。

三十分ほど時間が流れた。

「――子守歌でも、歌いましょうか」

爽子が苛立ちを揶揄(やゆ)に隠した小声で口にすると、藤島は溜息まじりに「有り難いね……」と呟きで答えた。

「音楽、なに聴くの？」藤島はしばらく眠るのを諦め、ダッシュボードの純正のＣＤステレオに目をやりながらいった。

「……中島みゆき」

「――他には？」似合いすぎている、と藤島は思った。

爽子は少し考えてから、答えた。「遊佐未森」

「声、似てるね」

爽子が苦笑した。「当人が聞いたら、気を悪くすると思う」

「そんなことはない」

藤島は確信を込めていった。藤島の気遣いが、急に爽子の心のどこかを開かせた。

「ね、藤島さん。……一つ聞いていい？」

「何かな」

「どうしてそんなに、優しいの」

爽子はルームミラーに視線を止めたまま、いった。

「若い女性には、男はみんな優しい」

爽子は何もいわず、待った。答えを求める沈黙が、二人の間に落ちた。やがて、藤島は口を開いた。

「この稼業は、まず疑うことだといろんな人が教えてくれた。でも俺は、少し違う考えを持っているんだ」

「………」

「俺個人は、誰であれ、人の信じられる部分を探す仕事だと思ってる」

言い方を変えただけではないかと爽子は思ったが、口には出さなかった。言葉が足りないかなと藤島は思ったらしく、続けた。

「よく、人を疑わずに生きていけたらいいというけれど、疑わず、ただ何でも信じて生きて行くというのは、とても安易な生き方のように思うんだ。疑ってもいい、それでもその人の信じられる部分を見つけていく方がいい。——疑う心からこそ、信じたい気持ちが生まれる」

爽子は藤島に顔を向け、視線で話の先を促した。

「最初に会った時、正直、吉村さんはよく判らない人だと思った。でも吉村さんは……何か演じているだけのような気がしたんだ。きっと、心の温かい人だと思った」

「そういってくれるのは嬉しいけど……買いかぶりだと思う。私は見ての通りの人間だから。生意気で可愛げのない、こんな女よ」

「吉村さんがそういう態度をとる理由を詮索するつもりはないが……吉村さんの本当の在りようを他人も、自分自身も知らないだけなのかも知れないと思った。もしかすると」

藤島は言葉を一旦切った。

「……知らない振りをしているだけかも知れない」

「私は自分のことはよくわかっているつもりだけど」

また自分はムキになりかけている、と爽子は思ったが、抑えられない自分もまた、感じていた。

「……人を完全に理解するのは根本的に無理だと言ったのは、吉村さんだよ」

藤島の言葉の一つ一つが、爽子の心に微妙な漣(さざなみ)を立てて行く。

「わかったようなこと、いわないで……！」

爽子は押し殺した声を口から押し出し、藤島を睨(にら)んだ。

「わかる。——少なくともわかりたいと思ってる」

藤島も視線を返した。

その時、後方から乗用車が走ってきた。ヘッドライトの光芒(こうぼう)が車内を掠め、爽子と藤島の表情を浮かび上がらせた。

爽子は藤島の目を見てたじろいだ。

——まさか、そんな。

車はワークスの脇を通り過ぎ、走り去っていった。緊張の糸が切れ、二人はどちらともなく視線を逸らして正面を向き、座席に座り直した。

先に口を開いたのは、爽子だった。

「ごめんなさい。……ちょっと感情的になった。私、どうかしてる」

「俺も——悪かった、立ち入ったことといって。……そうだな、心理学は吉村さんの専門だ」

「仕事、しましょう？」

「もう、寝るよ」

藤島は毛布を顎の下まで引き寄せた。爽子が冷たいステアリングに手を置いて、ルームミラーを見上げたとき、藤島が目を閉じたままいった。

「な、このヤマが解決したら……どこか静かなところで食事でもどうかな。奢(おご)らせてくれたら、有り難い」

「なあに？　ちょっと気が早すぎると思うけど」

「お詫びのしるし、かな。……さっきの」

爽子は苦笑を返した。「——解決したら、ね」

「ああ。解決したら、だよ」

藤島はやがて静かな寝息を立て始めた。

一月二十九日。

藤島がいった通りに爽子は四時間ほどで叩き起こし、その四時間後、藤島は爽子を起こした。

朝を迎えていた。薄い靄が朝日に反射し、一日の始まりを告げている。藤島はシェーバーで髭をあたり、絞りすぎの雑巾のような有様になった背広を、後部座席で苦労しながら着替えた。爽子も顔見知りになった交番へ、藤島をその場に残して向かい、着替えと洗顔をすませ、電話を貸して貰い、柳原の携帯電話に異状がないことを報告した。

勤務員に礼をいって急いで戻ろうとする爽子に、最初に立ち寄った際、親切に協力してくれた三十代の巡査が声をかけた。

「あの、巡査部長。お茶でもいかがですか」

早朝と深夜が通報がもっとも少ない、交番の勤務員にとって束の間の安穏が得られる時間だ。

「……すいません。でも、行かなくてはなりません」

「一杯くらい、飲んでってくださいよ」

爽子はすまなさそうな笑みで答えた。「相勤が待ってますから」

着替えた衣類を入れたバッグを抱え、一礼して交番の前に停車したワークスに乗り込む爽子を、巡査は深い溜息とともに見送った。

「相勤が待ってますから、ですか。なんかあの人、寝不足らしいのにこの前より綺麗に見えましたね」

湯呑みを先輩に手渡し、自分のお茶を啜(すす)りながら、実習中の自ら隊志望の若い警官がいった。先輩警官は不機嫌な声でどなった。

「お前、無駄口叩く暇あるのか。警邏中使った受令器の使用報告書、まだだろうが、仕事しろ仕事」

若い警官は、はい、と答え、首をすくませながら机に戻った。そして、まだ独身寮で生活する先輩警官の心中を察し、警察学校に戻ったら是非みんなに話してやらなければと思った。

爽子と藤島は簡単な打ち合わせの後、結局爽子が自宅の監視に残ることになった。差別してる訳じゃないが、と藤島はいった。

「やはり女性一人じゃ不利な場所が多い。三枝は俺が尾行する。ここ、頼む」

判った、としぶしぶ爽子は頷いた。

長い一日の始まりだった。

ルームミラーで三枝邸を監視しながら、爽子は藤島が口にはしなかった理由を考えていた。――煙草が吸えるから、などと藤島は冗談めかしていったが、藤島の真意は判っているつもりだった。

——私は、そんなに目立つのだろうか……。

警察官として一通りの成果と経験が、爽子自身が鏡を見るたびに嫌悪を催す容貌とは重ならないからだろうか。それとも、警察にも馴染みきれず、かといってもう普通の市民の輪にも混ざれない中途半端な存在の立つ位置が、自分を両方の人間の集まりから浮き上がらせてしまうのか。……では私は何故、成り切れぬこの仕事を続けるのか。

職を自らの意志で辞してゆく警察官の多くは、激務に疲れて辞めるのではない。その人達は日々の業務に耐えられなくなったのではなく、閉鎖された濃密な人間関係に疲れ、階級上位者に対してどこまでも卑屈にならざるを得ない巨大な組織に絶望して去って行くのだ。

辞めて行く者がまともなのか、耐え続ける者が異常なのか、爽子には判らない。ただ、爽子は短い警察官生活の中で、まだ希望を見出したことがなかった。自分自身にも、仕事にも、組織にも。もしそれがあるのなら——ないかも知れないが、手にしたい、感じてみたかった。それだけの、細雪のように儚い思いかも知れないものを信じて、警官であることを辞めないのに過ぎなかった。願いも希望も何もない、という諦観した冷たい感情の隣で、しぶとく何ものかを信じたいという感情もまた、無節操に、けれど地熱のようにどこからか湧いているのを知っている。

希望は、大きな、燦然と輝くものでなくていい。ただそれは、たとえるならどんなにスモッグが夜空を覆っても、小さく瞬き続ける星のようであってほしいと爽子は思った。

昼前、そろそろ空腹感が無視出来なくなったころ、ワークスに近づいてくる人影を認め、爽子はルームミラーから視線を移した。

柳原明日香だった。そのひっそりとした歩き方はまるで未亡人のように見えた。

「ご苦労様、動きは？」周囲を見回してから助手席に乗り込むと、柳原はいった。

「まだ、ありません」

「そう。……吉村さん、今から私と登庁して頂戴」

唐突な指示に爽子は戸惑った。

「……？　どうしてですか？　今、離れる訳には――」

「一課長からの命令よ。理由は私の車の中で話すわ。交代は連れてきたから大丈夫。――急いで」

爽子は釈然としないまま、ワークスを降り、柳原と共に歩いた。柳原のトヨタ・キャバリエは二つ角を曲がった路上に停車されていた。助手席には強行四係の捜査員が座っており、柳原が頷くと、黙ってドアを開け、歩き去った。

「……どういう理由でしょうか？」

爽子が助手席に座るとすぐに、柳原に質問した。柳原はシートベルトを締め、エンジンをかけながら口を開いた。

「実はね、あなた達が張り込む間に、相次いで二人の被疑者が浮かんだの。一人は江東区白河在住の二十六歳の男性。もう一人は八王子の二十八歳の男性よ。どちらも鉄鋼関係の仕事に就いてる。絞り込んだのは強行三と麻布の強行。それぞれ〝行動確認〟対象として尾行がついてるわ。――幹部達としては、行確対象が絞り込まれた以上、三枝由里香に対する聴取の必要性を疑問視しているのね。徹底した内偵を続けていれば、自ずと本性をだす、ということかしら……」

柳原はふっと鼻先で笑った。自分の口にしていることを、全く得心していない、皮肉な笑みだった。

「体の良い言い訳にしか過ぎないわ、こんなの。マル被を挙げられないよりは、圧力と折り合った方がいいなんて……。それに上の連中、自分達のことは棚に上げて、あなたのした犯人像推定まで槍玉に上げようとしているのよ」

柳原はアクセルを踏み込み、発進させた。

「現時点で三枝由里香に対する聴取を行う根拠は、相馬良子の証言と、あなた自身の分析だけ。さっきいった二人の男性は地取りで浮かんだ。女性とトラブルを起こしていたのを目撃されていたのね。つまり――」

「……トラブルを起こしていた女性が複数名いる以上、三枝由里香が何か知っている確証はない、ということですね」

爽子は後を引き取って続けた。

そう、と柳原は前を向いたまま答えた。つまりストレッサーを与えたのが三枝由里香と幹部達は考えたくないのだろう。

「もう一つの根拠、あなたの分析だけど、……こんな言い方はしたくないけど、推測される状況の一つといわれれば、反論は難しいわ。だから、上が本当にあなたの考えを摘もうとするなら、当事案における心理捜査の有用性はもとより、あなた自身の能力にも厳しい質問が待ってると思う」

はっと、爽子は息を吐いた。

爽子はもちろん、三枝由里香が何か知っているという確信があったが、これからの吊し上げに近い幹部達からの質問を考えると、ふと心許ない気持ちになるのは止めようがなかった。そして、自分の行った犯人像推定――プロファイリングについて思った。

かなりの正確さを期している自信はあった。だが、犯人逮捕の魔法のように思われているこの技術も、米国の退役した心理分析官達が喧伝するほど優れていないことを爽子は知っていた。

端的な例が約十年にわたって大学関係者などに小包爆弾を送り続けた犯人――、通称〝ユナボマー〟のプロファイリングだった。これは爆弾魔を推定する統計的資料がなかったこともあったが、犯人像推定はことごとく見当違いだった。また、これも米国の事件だが、ある容疑者の山小屋を警察部隊が包囲、監視中に銃撃戦になった。その最中、子供を抱えた容疑者の妻が頭部を撃たれて死亡した。容疑者以外の人間に対して発砲は自制するよう厳に命令されたにもかかわらずだ。この狙撃の背景には、容疑者の家庭内での主導権は妻が握っていると思いこんだ捜査官が心理分析官に助言を求め、誤った情報を元に分析した心理分析官が、妻を何らかの方法で排除するように答えたためだという。

このように、心理捜査も正確な情報なしには、ただ現場に予断と偏見を与えるだけの諸刃の剣になる危険性を秘めている。

でも、と爽子は思った。自分は、間違っていない。

――私は、間違ってない。

「吉村さん、後ろの席にお昼が買ってあるから。まだ時間はある、ちゃんとお腹に入れておきなさい」

「どうも」

爽子は、食べたくなかった。

警視庁に到着すると、柳原は地下の駐車場に車を停め、エレベーターで六階、刑事部に上がった。

護送される気持ちで廊下を歩き、爽子と柳原は課長室の前で立ち止まった。入廷する被告人の気持ちだった。無意識に時計を覗くと、午後二時五分前だった。柳原がドアを開ける。弁護人のない、軍法会議の始まりだった。

「二特捜柳原、吉村両名、ご命令通り出頭いたしました」

「座ってくれ」平賀はソファに座ったまま言った。

課長の両袖のデスクの前にしつらえられた応接セットの顔ぶれは、平賀課長の他、桐野理事官、佐久間、近藤管理官の一課幹部に加え、瀬川刑事部長も座っていた。

「三枝由里香は現れたか」

爽子と柳原が座ると、正対にソファに着いていた平賀が口を開いた。

「いいえ、まだです」

爽子が答えると、平賀は不幸中の幸い、という微かな視線を幹部一同に送った。

「道中柳原警部から呼ばれる理由は聞いただろうが、三枝由里香のことについてだ」

「君の報告は読ませて貰っているが――」桐野がいった。「当該参考人が、直接マル被と接触があったとする根拠、これがどうも弱いように思えるのだが」

爽子は顔を上げて答えた。

「三枝由里香は犯行の二日後、新聞広告が出た当日に行方をくらませています。当該の広告が掲載された新聞を購読していることも確認しました。また、状況から見て当該人はマル害、栗原智恵美と共に売春に関わっていたことは明白です」

「だが、当該人が犯行の動機に関わっているとする根拠は何だ？　広告が悪戯で、動機を造ったのは栗原智恵美当人と考える方が自然ではないかね？」

「広告を出した人物が特定されてません」

「聞いているだろうが、二人、被疑者が挙がっている。君の犯人像推定とも矛盾しない」

桐野がなおも質すと、爽子は言葉を選び、簡潔に答えた。

「犯行の動機になりうる現場で、マル害とともに居合わせた三枝由里香が、無関係とは考えられません」

「しかし、その人物がマル被という確証もない筈だ」

「三枝由里香の口から何も聞いていないという点では、判断は出来ないと思います」

「吉村君。私は新聞広告の文面、被疑者に動きがない点、この二つから考慮して当該事案の被疑者と接触があったのは栗原智恵美だと判断する」

断定的な口調だった。

「……捜しているのだと思います」

爽子は静かに言った。

「誰をだね」

「最後の標的にふさわしい人間を」

平賀と桐野は互いの視線を見交わした。それから、爽子の顔をじっと見た。まるで白昼、新宿の真ん中で月は宇宙人の基地だとか、世界を操っているのがフリーメーソンだとか、エネルギー不要の永久機関を発明したと、誰彼なしに触れて回る怪しげな山師でも見る目つきだった。

「……何のためにだ？　そうだ、何故、被疑者はそうまでして犯行を続けるのだ？　その最後の標的とやらが、三枝由里香とでもいうのか？」

「君のいう根拠は犯人像推定も含めて、推測を重ねただけのものではないか。微妙な相手に確証がないまま聴取を行って、効果があると思っとるのか、君は！」

平賀が吐き捨てた。佐久間管理官は賛意を示すこともなく無言だった。

「前里の身柄を移送し、供述をとれば可能です。また、〝買った〟男性が少なくとも一名確認されています」

爽子の考えは、結局そこに収斂する。前里から正式な調書をとった上で、三枝由里香の身柄を確保すること。しかしそれが出来なければ半歩も進めない。そのことを見越し、「吉村君」と瀬川刑事部長が上座の一人がけのソファから口を開いた。

「前里良樹の身柄の移送は、神奈川との協議の上、あちらの薬物関係の捜査が終了するまで見合わせることに決まった。こちらの生安部でも酒井奈緒子を内偵中であり、こちらが裏付けに協力する限り、我々の縄張りには立ち入らない」

つまり、前里と酒井奈緒子の間には薬物の行き来があり、その供述を得た神奈川が裏取りに動けば、芋蔓式に酒井奈緒子はもとより、薬物対策課の追う大本の内偵対象である医師まで持って行かれる。そこで、神奈川の必要最低限の裏取りには協力するが、それ以外はご遠慮願うということだ。――表向きは。

「三枝由里香が関係したという男性だが、……現時点では言及不可、厳重保秘だ。撮影時の状況が不明、加えて警察官が職務執行法に基づいて撮影した物でもない写真に、証拠能力はないと判断した」

「では、三枝由里香の供述を取ればよろしいのですね？」

「馬鹿を言ってくれては困る」瀬川は冷ややかにいった。「よく覚えておいて貰いたいが、君の本来の任務は二人の女性を殺害した犯人像推定業務にある。売春は関係部署に任せておけばいい。――三枝由里香に対して内偵の必要は認められないというのが、私の考えだ」

最後は台本でも読むような口調で、瀬川は締めくくった。

自分の考えとはいっても、自分の頭でひねり出した結論ではないだろう。爽子は上座に座る中肉中背の警察官僚が〝あっち側〟の人間であることを意識してなお、不快感とその反面でどうにでもなれという気持ちになった。それは、自分自身と自分の属する社会への諦めと、その二つにどんなに拒絶反応は持っても、結局はからめ捕られるしかないやり切れなさに通じていた。

「事情は飲み込めました。いかがでしょうか、部長。当該人への聴取を、被疑者二名に確証が発見された時点で解除するということでは」

柳原が言った。瀬川刑事部長は鼻先で答えた。

「必要を認めない」

柳原は微笑んだ。ただし口許だけで、眼は瀬川にまっすぐな視線を送っている。

「そうは思いません、瀬川警視長。もし当該二名の対象者、あるいは別のマル被を首尾よく逮捕すれば、問題はありません。しかし、我々の捜査範囲内にマル被がいなかった場合、そしてその人物が三枝由里香に怨恨があった場合、近く当該参考人が危険に曝される事態は十分、予想されます。

加えて、もしその最悪の事態が発生すれば、たとえマル被を逮捕できても、我々は重大な指弾を浴びることになります。──売春のリストに氏名が記載されながら聴取が行われなかった理由はもとより、行方さえ把握せず、また、相馬良子の証言と予告ともとれる広告を出した者も不明、かつ第二マル害と共に売春中、犯行の動機になり得るトラブルの当事者であった参考人に、危害が加えられる事態を予見しえなかったのか」

瀬川は動かない眼を柳原に据えていた。

「そうなれば、〝あの写真〟の存在を嗅ぎつけ、関連づける報道が見られるかも知れません」

爽子は柳原の凜とした横顔を見た。何もかも悟ったかのような諦念ともとれる言葉を口にする反面、この女性のどこにこんな精神の熱が隠されていたのだろうという思いだった。

「繰り返すが、君や吉村君のいう男性が必ずしもマル被とは、私は認識していない。それに、報道各社は協定を結んでいる」

「マル被が何者かは、この際置きます。むしろ問題はマスコミは捜査員の動きで事案が売春絡みであることを察知しており、我々より彼らが早く、あるいは同時に三枝由里香の所在を認知するということです。その時点で我々が所在を確認していなかったとマスコミが知れば、必ず彼らは例の写真と結びつけます。取材は自由ですし、この手の情報は、必ず水漏れがします。捜査が長期化すればその原因として、新聞はともかく雑誌媒体で写真の存在を〝抜く〟社は必ず出ます。そうなれば無用の波紋が広がるのは必至です。問題は我々が三枝由里香の所在を把握しているかどうか、それだけです。

私が申し上げたいのは当該三枝由里香に対する内偵、聴取ではなく、当該人の〝保護〟です、あくまでも。もっとも、当該人と捜査員が雑談を交わすこともあるでしょうが、それは書面に残す必要はないことです。それに――」柳原は口許だけで微笑んだ。「幸運にも何か証言を得られれば、証言の扱いは事後に判断すればよろしいかと思います」

「詭弁に聞こえるが。そもそも捜査員も現認していない当該人をどうやってマル被が襲撃する」

「当該人もいつまでも姿を隠すことなどできません。帰る場所は一つだけです。そしてこのマル被は、紛れもない異常犯罪者です。血に飢えている、何をしでかすか予測不能といっても過言ではないかもしれません」

柳原は瀬川の眼を見つめながら声を落として低くいい、一呼吸置いた。

「……娘が傷つけられて、我々の失態が理由だとすれば、納得できる父親はいないと思いますが？」

柳原は言外に意味を持たせてつけ加えた。

刑事部長と四係主任は互いの視線をさぐり合った。

柳原には読みがあった。それは、まだ三枝由里香の問題が警察組織より外には出ていないという漠とした感触だった。上層部としては事が外に出る前に内部でもみ消してしまいたい、あるいは蓋をしてしまいたいのではないか。

その感触の根拠は上層部の連中が三枝由里香の所在を確認しておらず、捜査員がまだ接触していないという現状と、警察に限らず事態の推移を見守り、必要が生じてから初めて外部に連絡を取る、官僚特有の思考をつき合わせた曖昧な結論に過ぎなかったが、この圧力が富岳商事からのものでも、まして三枝康三郎個人の力が働いたものでもないとしたら、柳原が想定した事態に至った場合、富岳商事はともかく三枝康三郎個人は、かつて己が巻き込まれた諜報工作を隠蔽するために警察が動かなかったとして、いやそれどころか看過したとさえ受け取り激怒し、どんな手段に走るか予想が困難だ。実際、事情を知る警察幹部の胸の内は、マル被が三枝由里香と関係のない証拠で逮捕されることを願っている筈だ。そうすれば富岳商事にも報せる必要がなく、全てを内部で処理できる。

柳原が暗にでも三枝康三郎に言及した以上、上層部は三枝康三郎とその後ろにいる富岳商事に連絡を取ろうとするだろう。何らかの結論が出るまで、幾ばくかの時間が稼げる筈だ。柳原は薄氷を踏む、というほどではないにせよ、背筋に震えるような感覚を感じ、それを愛おしむ自分を自覚していた。

先に眼を逸らし、宙に苛立たしげに、はっと息をついたのは瀬川だった。官僚面の崩れた一瞬だった。

「刑事部長、普通この種の異常犯罪では犯行周期が短くなる傾向があります。次の犠牲者が確認されず、行動にも計画性が感じられ――」

「もういい、判った」

爽子が口を挟んだが、瀬川は遮った。

「いいか、任同不可、写真への言及不可だ。佐久間警視、捜査本部全員に保秘を徹底させろ。後のことは検討する」

「それは張り込みを――いえ警護を続行してよし、ということですね？」

柳原は食い下がった。答えは立ち上がった瀬川の口から降ってきた。

「当座の間はだ」

それだけいうと、瀬川は出ていった。

一課幹部だけになると、凝縮したような深い溜息が、それぞれの口から漏れた。

「柳原」平賀は口を開いた。「部長に言ったことを君は確信しているのか」

「はい」柳原は一言答えた。

「吉村」と矛先が爽子に向かう。

「……はい」爽子も短く答えた。そういうしかなかった。

「根拠は」桐野理事官が言葉を継いだ。

「……根拠は」爽子は柳原をちらりと見、「現場の感触です」

平賀課長と桐野理事官の眼が佐久間を見、次いでじとりとした視線を爽子と柳原に送った。

「全く、二特捜はどうなってるんだ……！」

お前らのおかげで、こっちがどんな圧力を受けているのか判ってるのか。柳原にはそう続けるノンキャリアの心中の呻きが聞こえるような気がした。だが、たとえ口に出しても、柳原は眉ひとつ動かすことはないに違いなかった。上司というものは、こういう場合しか利用価値がないことを柳原は知っている。

「捜査の困難な状況はわかるが、焦らず、慎重にやれ」

最後に威厳を持ったもっともらしい言葉がひとつ平賀の口から吐き出され、爽子と柳原は退室した。近藤はともかく、佐久間は終始無言だった。

柳原は部屋を出るとまず、爽子の肩をぽん、と叩いた。爽子も自分の身体がどれだけ硬くなっているかを改めて感じ、生まれ変わったように深呼吸した。二人は柳原の「送って行くから」の一言で歩き出し、エレベーターに乗った。

エレベーターの箱の中には、誰もいなかった。

「私が何をしたかわかる?」

柳原が階数を示すデジタル表示に眼をやりながら、いった。

「え……?」爽子は緊張がまだ身体の中で持続し、足下がおぼつかなかった。背中を壁にもたれさせていた。

圧力に屈しなかった、そういうことだろうか。爽子は柳原のいいたいことが別にあるような気がし、口にはしなかった。

「恫喝(どうかつ)、威圧……どういってもいいけど、あまり褒められたことじゃないのは確かだわ」

爽子は柳原を見上げた。

「人は、謙虚な方がいい。——そうすれば、心の深い部分を傷つけずにすむし、なにより充実した生活が送れるもの。謙虚さっていうのはね、自分を高めてゆくのに必要と同時に、周囲との関係も円滑にしてくれる……」

爽子はどうしてこんな書生論のようなことを柳原が口にするのだろうと思った。そして、柳原の端整な顔立ちにかかる厭世的な影が、柳原が心に抱える空虚さの深淵につながっているような気がし、眼を逸らした。

「……私達は、組織に属して、その権力に拠って仕事をしている。そして権力は、いろんなものを差し出すように要求するわ。忠誠心、義務感、個人生活、そして——時には自尊心、謙虚ささえも」

低い静かなモノローグは、前を向いた爽子の耳朶に滑り込んで行く。

「でも……謙虚さの対象だけは、自分で選びたい」

柳原は顔を下げ、すっ、と目線だけを爽子に向けた。爽子も柳原を見た。淡い微笑も、綺麗なうなじの動きも、わずかに唇から漏れた白い歯も、密閉された二人だけの空間で、爽子が見とれるほど場違いな凄艶さを醸し出す。

「——どうして……」爽子は柳原の眼を見つめたまま考えもなく呟いていた。それは他に言葉がない、ただそれだけで口から零れた音韻に過ぎなかったが。

ドアが開き、制服、私服の一団が乗り込んで来、爽子の本当に無意味な呟きを飲み込み、人が水流のように爽子と柳原の間に広がった。

柳原は元の静かな面立ちに戻り、視線は中空と現実を見つめ、背を伸ばしていくつもの頭の向こうに立っていた。爽子は窮屈さも人混みの不快感も忘れ、柳原の視線の先を探していた。

第一機動隊員に礼をいい、地下駐車場からキャバリエを出すと、助手席の爽子は口を開いた。

「警部、一つ思い出したんですが」

「何を？」

柳原は運転しながら答えた。

「本部は鉄工業に従事している人間を内偵していますが、そうなんでしょうか」

「あなたの意見は違うの？」

爽子は藤島に話した第二犯行現場の鉄粉について自分の考えをいった。

「可能性の問題としては、あり得るけど……マル被を逮捕して訊くのが一番確実ね」

「そうですね」爽子もそれきり口を開かなかった。

成城の三枝家付近に戻った頃には、辺りは日没で暗くなり始めていた。

「じゃあ、吉村さん。慎重に……足をすくわれないようにね」

停車し、爽子がドアを開けると、柳原がいった。

「はい、警部」

「忠告よ、老婆心からの」

爽子がドアを閉めると、キャバリエはテールランプの灯りだけ爽子の瞼（まぶた）に残し、走り去った。爽子は歩き出した。

ワークスに戻ると、すでに助手席には藤島がいて、運転席には四係の捜査員が前屈みになり、ハンドルを両手で抱えるようにしていた。どちらも絵に描いたような仏頂面だった。

「ご苦労様です。ご迷惑をおかけしました」

爽子がウインドーを叩き、ドアが開かれると、いった。捜査員は無言で歩き去った。どこか別の場所で柳原の車に拾われる筈だ。

「仲良くしてた？」

爽子が声をかけると、藤島は運転席に背を向けていた身体をもぞもぞと動かし、座り直した。

「ご苦労さん。……ああ、仲良くしてた」

嘘ばっかり、と爽子は思った。乗り物でも公園のベンチでも、隣に背中を見せるというのは、心理学的にいうと排他的な感情を持っている証拠だ。

「で、どうだった？」

「……任務に、若干の変更」

「変更？」

「所在確認ではなく、三枝由里香の保護、及び警護」

爽子は課長室での顚末（てんまつ）を話した。

「……つまり、ヤサづけて証言取っても調書に出来ない、か」

「ええ、——実績にはならないわ」

藤島はふん、と息をついた。

「本庁組は気苦労が多いな。所轄同士の付き合いもそうだが。……いいさ、マル被を咬めない方が辛いよ」

藤島はさばさばした口調でいった。爽子はすっと、胸のつかえが下り、話題を変えた。

「藤島さん、今日は早いのね」

「三枝康三郎が十五時頃、事務所から一人で出てきてね。いつも連れてる、多分〝いそ弁〟らしい若い男も連れてなかったんだ。で、そのまま麴町（こうじまち）の事務所を出て、ベンツで都内を周遊。まるで左の活動家で、明らかに巻く気だったんだろうな。こっちも何とか失尾せずにすんだが。着いたのは赤坂プリンス。ティールームで、これまで見てない男と会った」

「人着は？　どんな雰囲気の？」

「いや、平凡な感じの中肉中背、特徴のない男だった。年齢は四十代。普通のスーツ。依頼人かとも思ったが、違う。どちらも手ぶらだったから」

弁護士がクライアントと会うのに書類の用意もしないとは不自然だ。爽子の脳裏に信号が灯る。そうか。おそらく上層部の意をうけたレポ役、連絡員だ。いや、と爽子は思った。実はこの男と康三郎こそが囮(おとり)で、〃いそ弁〃、居候弁護士が由里香と接触したのかも知れない。

「三十分ばかり話して、それから青い顔してすぐに出てきて、近くの駐車場のベンツに乗り込んだ。ドアを開けるとき、なかなかキーが穴に入れられないほど震えてた。そして、そのまま帰宅」

〝桜前線〃は、まだ生きている。幽霊のように実体がないくせに、徘徊(はいかい)して何かを守ろうとしている。

「その男は三枝康三郎に、由里香が売春行為をしていることを告げたんだわ。三枝康三郎の尾行を巻くような行動、そして会った後の動揺……当該人が信用したのは間違いない。そしてその事実を信じるに足ると思わせたその男は――」

「警察官、だな。面識もある。てことは、――公安」

ええ、と爽子は頷いた。

「とすれば……、しばらくは接触がなくなるんじゃないか。……まずいよ」

「五分五分、だと思う」

「希望的観測？」藤島は笑った。白い笑いだった。「当然、内偵のことも告げられたと見るべきだ」

爽子は黙った。そしていった。

「……親子の感情は、理性や計算だけで割り切れるものじゃないと思う」

親子の間には、深く濃い闇があると爽子は思った。それは母親の胎内の闇から生まれた子供と、その闇を形作る一対の男女との間に、一生横たわる闇だ。その闇は、知性や理性では照らせない。ただ感情のみが互いの間を照らし、関係を確認させる。親と子は、遺伝子で繋がるのではない。感情と感情の一部分を共有し、繋がるのだと爽子は思った。そう考えると、子供を愛さなかった女と、腹に子供がいるうちに女を捨てた男の間に生まれた自分の〝闇〟は、濃いのか淡いのか。心の通い合わない親娘は何によって繋がっていたのか。

「藤島さん、先、寝てくれる？」

爽子はいった。夜の闇のほうが、いくらかましだった。

（上巻　了）

本書は2004年2月徳間文庫として刊行されたものの新装版です。なお、本作品はフィクションであり実在の個人・団体などとは一切関係がありません。

徳間文庫

警視庁心理捜査官（けいしちょうしんりそうさかん）上

〈新装版〉

2021年3月15日 初刷

著者 黒崎視音（くろさきみお）

発行者 小宮英行

発行所 株式会社 徳間書店

東京都品川区上大崎三−一−一
目黒セントラルスクエア 〒141−8202

電話 編集〇三(五四〇三)四三四九
販売〇四九(二九三)五五二一

振替 〇〇一四〇−〇−四四三九二

印刷
製本 大日本印刷株式会社

ISBN978-4-19-894633-3 （乱丁、落丁本はお取りかえいたします）